La Malédiction d'Aggor

Pour Mattéo et Louane
Bon voyage au Royaume du Roi Aggor
au côté du petit Doris.
En toute amitié
Stéphane [illegible]

Stéphane BOHMAN

La Malédiction d'Aggor

Tome 1 - Le Passage

ISBN numérique : 979-10-405-1635-4

EAN papier : 9791040516361

Librinova

Courriel : contact@librinova.com
Internet : www.librinova.com

Conception graphique :
Lorine Mathon – Studio Oxymore
www.studioxymore.com

Photo réalisée par David Miquel
www.davidmiquel.com

À Christelle, mon amour.

« Le roman fournit à celui qui l'invente
un mensonge par lequel il exprime
son indicible vérité. »

Philip Roth

1

— Doris ! À table ! s'écria sa mère depuis la terrasse de la cuisine, un torchon sur l'épaule et les mains sur les hanches.

Son regard scrutait minutieusement l'horizon à la recherche du moindre mouvement entre les herbes hautes, d'un morceau d'étoffe du rouge délavé de son t-shirt préféré qu'il avait enfilé en vitesse le matin même, d'une envolée de moucherons ou d'un nuage de poussière, des indices de son passage furtif dans le potager de sa grand-mère. Rien. Les minutes s'écoulaient sans que le petit garçon ne donne le moindre signe de vie. L'impatience de sa mère allait très vite laisser la place à ses inquiétudes coutumières.

— Doris ! Viens vite manger, avant que je me fâche ! s'écria-t-elle sans rien laisser paraître.

Assis au pied d'un grand noyer à l'écorce rugueuse, Doris entendait les avertissements de sa mère comme une douce mélodie qui résonnait au loin. Perdu dans les vagabondages incessants de ses pensées, il restait immobile, les jambes croisées et le regard dans le vide.

D'un claquement de main saccadé, sa mère le ramena soudain à la réalité, sans pour autant le faire réagir. Il leva les yeux au ciel et ses joues se gonflèrent d'un soupir interminable. Au grand désarroi de Jade, sa mère, tant qu'il faisait jour, le petit garçon ne voulait jamais rentrer à la maison. Pourquoi ne pas profiter encore un peu de ces journées que le printemps s'amusait à rallonger et de cette nature dans laquelle il se sentait si bien ?

Au son de sa voix de plus en plus aiguë, il pouvait allègrement mesurer le degré d'impatience de sa mère qu'il jugeait parfois trop autoritaire. Mais lorsque sa colère, marquée d'une exaspération sans borne, hurlait le compte à rebours de la dernière chance, il savait que la fessée n'allait pas tarder à tomber et qu'il serait malheureusement indispensable de rentrer.

Pfff... en plus, je n'ai même pas faim...

Manger, encore manger. « Les Grands », comme il les appelait, n'avaient visiblement rien d'autre à faire de leurs journées, et d'autant plus les week-ends quand leurs familles se réunissaient pour des anniversaires ou autres fêtes sans intérêt. En observateur aguerri, Doris en avait conclu qu'ils passaient l'essentiel de leur temps assis autour d'une table débordant de victuailles en tout genre, enchaînant d'interminables repas, beaucoup trop copieux et surtout bien trop alcoolisés.

Quand il ne pouvait pas se soustraire malicieusement à ces obligations de réunion familiale, le jeune garçon s'amusait de ces fins d'après-midi toujours très animés.

Des conversations pittoresques, très théâtrales, perdant progressivement toute crédibilité, pour sombrer définitivement dans le grotesque. Les hommes s'agitaient autour de débats houleux sur leurs divergences politiques aussi flous que contradictoires. Des joutes verbales sans fin qui s'accompagnaient très souvent, en fonction du degré d'alcoolémie de chacun, de provocations sans nuances et parfois d'insultes musclées, mais sans réelles conséquences.

Certains préféraient se mettre à l'écart et profiter des plaisirs d'une partie de cartes au calme relatif. Ne comprenait toujours pas les règles et surtout l'intérêt que ce passe-temps pouvait susciter, Doris observait en silence, tournant lentement autour de la table, scrutant chaque protagoniste de ces duels, manipulant discrètement les jetons colorés tant convoités. La tension autour de cette arène de velours vert était palpable. Tout se jouait dans le regard : l'attente, le désaccord, l'incompréhension, la surprise. Mais le clou du spectacle qui méritait toute sa patience était ces explosions de colère. Des scènes aux ralentis dignes des plus beaux films hollywoodiens. Un geste provocateur, une carte jetée nonchalamment au centre du tapis et toute la mécanique s'emballait : des cartes virevoltant de toute part, des regards beaucoup trop sombres pour un simple jeu, des poings serrés s'abattant lourdement sur la table, des jetons éparpillés, des verres renversés, des protestations sans nuances déversées sous une pluie de postillons... une vraie scène de western, un divertissement à ne pas manquer, mais malheureusement la seule consolation à ces journées interminables.

Même si toute cette agitation l'amusait parfois, il ne se sentait pas à sa place. Et avant que ses parents n'insistent pour qu'il aille jouer avec les autres enfants de son âge, Doris préférait rester discret, voire invisible, caché sous une table à l'abri de tout ce brouhaha.

Attendant le moment opportun, sa main s'échappait de la nappe pour chiper discrètement un bout de pain agrémenté d'un morceau de fromage avant de s'éclipser en vitesse. Un crochet rapide par le potager de sa grand-mère, quelques tomates cueillies à la volée, deux ou trois feuilles de basilic frais et le meilleur sandwich au monde serait bientôt dégusté à l'ombre d'un arbre, en pleine nature, au calme et en compagnie de tous ses amis.

Du haut de ses huit ans, ce petit garçon au visage angélique et au sourire rayonnant était inéluctablement différent des autres enfants de son âge. Hormis des qualités évidentes comme la gentillesse et la bienveillance, son principal défaut, que la majorité de son entourage lui reprochait sans cesse, était indéniablement son côté rêveur. Il était toujours ailleurs, dans son monde, perdu dans ses pensées, plongé en permanence dans un univers imaginaire dont lui seul avait les clés. Certains disaient avec clémence qu'il avait toujours un peu la tête dans les nuages, tandis que d'autres l'avaient irrémédiablement classé à la rubrique « vrai débile ».

Il est certain qu'il n'avait pas souvent les pieds sur terre. Il aimait tellement passer du temps à s'inviter des histoires fantastiques, imaginer des aventures invraisemblables. Il aimait vagabonder en pleine nature, se fabriquer des palais avec seulement quelques branches perdues, enjamber des rigodons comme s'il traversait des torrents en furie au péril de sa vie. Il agrémentait chacune de ses rencontres fortuites d'une dimension extraordinaire. De ravissantes coccinelles qui, d'un simple souffle, réalisaient ses vœux les plus invraisemblables, des moineaux aux chants mélodieux qui lui confiaient les histoires les plus secrètes de la forêt mystérieuse ou encore des lézards en tenue de camouflage qui lui racontaient tout ce qui s'était passé pendant son absence.

— Doris ! Je vais me fâcher ! hurla sa mère au loin.

Toujours en sursis, il profita de ces derniers instants, glissant le long du tronc, allongé dans l'herbe moelleuse, le ciel s'offrait à lui. Loin de tout, loin de cette réalité insipide, loin du jugement des autres. Ces nuages, en perpétuel mouvement, qui lui racontaient de si belles histoires, cette magnifique étendue de ciel bleu d'où jaillissaient des personnages, tous plus extravagants les uns que les autres. Dans ces moments, il pouvait parfois se sentir coupable de contrarier sa mère qui se souciait constamment du bien-être et de la sécurité de ses deux enfants, mais il aimait tellement profiter de ces instants idylliques où ses rêves régnaient en maître absolu. Comment pouvait-il se résoudre à partir sans connaître le dénouement de cette histoire sans fin que ces nuages en mouvement lui donnaient le privilège d'observer.

Doris était né ici et n'avait jamais rien connu d'autre. Loin de tout, loin des villes, du béton et de toute cette modernité pourtant accompagnée de tant de promesses. Cette nature était son unique univers. Ces paysages emblématiques faisaient partie de son quotidien. Ces champs de blé qu'il aimait regarder danser dans le vent. Ces rangées de pieds de maïs qui s'étiraient à perte de vue et qu'il aimait croquer à pleines dents avant la récolte. Ces étendues de tournesol en perpétuel mouvement dont la fleur était enchaînée aux trajectoires envoûtantes d'un soleil radieux. Ces immenses forêts aux profondeurs insondables dans lesquelles, en théorie, il n'avait pas l'autorisation de s'aventurer. Ces vignobles escarpés dans lesquels il aimait s'y cacher et se délecter de ses raisins tièdes aux saveurs si sucrées.

Il avait grandi ici, entouré de sa famille, dans ce vieux corps de ferme encerclé d'un côté de champs en jachère où venaient parfois paître quelques vaches et de l'autre une immense forêt qui laissait échapper tout au long de la journée et de la nuit, de magnifiques mélodies d'oiseaux.

Après des années passées au cœur d'une grande ville, dans un modeste petit appartement, usés par le bruit et la pollution, Karl et Jade, ses parents, étaient venus s'installer peu de temps avant sa naissance dans ce petit village perdu en pleine campagne. Au plus grand plaisir de Doris, ses grands-parents étaient venus emménager quelque temps après, pour leur prêter main-forte dans la rénovation de cette grande et vieille bâtisse dont une grande partie n'était encore que des ruines. Le choix de ses parents avait été mûrement réfléchi. Ils souhaitaient donner le meilleur pour leur enfant Rudolf et le petit dernier qui allait naître dans quelques mois. Persuadés d'avoir une fille, ils avaient choisi de l'appeler Doris, en référence à la chanteuse américaine Doris Day dont ils aimaient tant écouter en boucle la chanson « Que sera sera ». Mais, à la naissance du petit garçon, ils s'étaient laissé convaincre, dans l'urgence, que ce prénom fonctionnerait très bien au masculin.

Contrairement à son frère aîné, Doris raffolait de cet immense terrain de jeu. La maison de ses parents d'un côté, celle des grands-parents de l'autre, séparées d'une immense cour en pavés, au centre de laquelle trônait un magnifique magnolia. Tous les étés, il embaumait délicatement les deux maisons de son envoûtant parfum vanillé. C'était l'arbre préféré de Doris. C'était surtout le seul adapté à sa petite taille. Sans peine, il pouvait se hisser rapidement jusqu'au premier nœud qui lui conférait une vue suffisante et le soustrayant par la même occasion aux moqueries incessantes de son frère qui par sa taille et sa force physique pouvait grimper des spécimens bien plus imposants.

– Nom d'une pipe, Doris ! s'écria Jade dont la patience atteignait ses limites. Où est-il encore passé ? Bon sang de bon sang !

Sa mère et ses sempiternelles expressions loufoques. Comment était-il possible d'y résister ? Doris riait de bon cœur en répétant ces mots insensés : nom d'une pipe ! Nom d'une pipe ! en mimant le visage colérique de sa mère. Elle employait toujours des chemins détournés pour exprimer sa colère en présence de ses enfants, s'évertuant à chercher tous les subterfuges possibles et inimaginables afin d'éviter la moindre grossièreté. Une pratique régulière et une bonne dose de persévérance avaient fait d'elle une véritable experte en la matière.

Mais ce soir, Doris était comme ce soleil de printemps, il n'avait pas envie d'aller se coucher. Une brindille entre les dents, allongé sur le dos, il caressait de ses petites mains la mousse végétale si moelleuse qui tapissait le sol de son noyer fétiche aux dimensions vertigineuses. Il se replongeait dans les aventures de ses super héros préférés. Il s'imaginait, lui aussi, doté de super pouvoirs qui mettraient enfin un terme à toutes les moqueries sur sa petite taille et son apparence chétive. D'un claquement de doigts, il se voyait courir à la vitesse du guépard, tordre des barres en acier avec la puissance d'un ours, voir dans la nuit avec la précision de la chouette qui rythmait ses nuits de son sifflement si particulier. Il se voyait combattre des méchants en les immobilisant d'un simple geste de la main. Il s'imaginait dans la peau de « Thor l'indestructible », son personnage favori de bandes dessinées, ce géant de muscles drapé de sa cape d'un rouge flamboyant, muni de son énorme marteau aux puissants pouvoirs magiques, capable de défier, avec bravoure et témérité, les plus ténébreuses puissances du mal.

Mais, son personnage préféré était sans commune mesure le héros du premier film que ses parents l'avaient emmené voir au cinéma. Il se remémorait sans cesse l'histoire de ce petit Indien, à peine plus âgé que lui, et dont les ressemblances physiques étaient propices à son identification. Cette première expérience captivante d'un film projeté sur grand écran avait rapidement été occultée par la formidable histoire qui lui avait été contée.

Au cœur de paysages de westerns, entre canyon et désert aride, entre cet océan de ciel bleu et cette terre de poussière rousse, vivait une grande tribu indienne, respectueuse de cette nature et de ses traditions ancestrales. Un jeune garçon qui n'était pas encore en âge de chasser comme ses aînés, occupait ses journées à vagabonder en pleine nature. Perché en haut des gorges d'un grand canyon, il aimait passer des heures à observer ces grands rapaces qui planaient en rond avec tant de grâce et de légèreté, comme portés par le vent dans une danse ensorcelante et sans fin. L'aigle royal était un animal sacré, l'emblème de son peuple depuis la nuit des temps. Une légende prétendait qu'ils étaient parfois la réincarnation de certains de leurs ancêtres. Au fil du temps, habitué à cette présence humaine sur son territoire, un jeune rapace, dont la curiosité n'avait d'égal que sa témérité, finit par approcher le petit indien. Une complicité et un apprivoisement réciproque qui soudèrent les liens d'une véritable amitié, jusqu'au jour où l'inimaginable arriva : son esprit créa un lien surnaturel. Une connexion immuable. Ils pouvaient enfin se parler, échanger comme deux amis, comme deux frères.

Assis au fond de son siège, les mains cramponnées aux accoudoirs, dans l'obscurité totale de cette salle de cinéma, Doris restait médusé, absorbé par le déroulement de cette scène. Une réalité somme toute relative, mais qui faisait tellement écho à cet univers qu'il s'était construit, cet imaginaire dans lequel il baignait au quotidien, ce rempart qu'il s'était forgé pour se protéger de cette réalité qui l'ennuyait. Il s'émerveillait de cette relation entre l'aigle et le petit indien, se galvanisait de ses éclats de rire entre ces deux êtres si différents, de ses défis entre deux frères complices partageant leurs connaissances. Un parallèle troublant avec ses propres amis : Henry le grand noyer si protecteur, Capucine la petite merle à la plume revêche, Anina la petite coccinelle au sens de l'orientation très approximatif, Buzzie la punaise des bois qui lui rendait systématiquement visite sur son bureau, sans oublier Youky, la chienne de sa grand-mère, sa confidente et complice de tous les instants.

Mais le dénouement de cette fabuleuse histoire eut une résonance toute particulière pour le jeune Doris. Une fin qui scella définitivement ses convictions et ses croyances en l'existence réelle d'un univers différent, en cette dimension imaginaire en laquelle il avait toujours cru, en ses rêves qui avait si différemment façonné son esprit, en cette personnalité à part qui lui attirait si souvent les foudres de son entourage.

Ainsi, le petit indien, persuadé qu'il devait aller au bout de son aventure, se montrer digne de l'amitié et de cette complicité qu'il avait forgée au fil du temps. Ce frère avec qui il voulait s'envoler, connaître le goût de cette expérience inouïe, de cette liberté sans borne. Ressentir l'air chaud, caresser son plumage, sentir la puissance entre ses ailes, goûter au privilège de flirter avec les cieux. Mais le prix à payer était sans compromis. Il devait accomplir un acte insensé : se jeter dans le vide aux côtés de l'aigle. Un acte contre nature qui était au-delà d'un simple dépassement de soi. Il devait affronter ses doutes et ses peurs les plus profondes, avoir la foi en la seule force de ses rêves. Se jeter des hauteurs du canyon, avec comme seule ressource la conviction chevillée au corps qu'il se transformera en aigle royal, en ce véritable Dieu du ciel, l'emblème de son peuple.

Il devait pour cela s'affranchir d'un terrible dilemme : faire preuve de raison en rejoignant sa famille qu'il aimait tant et ainsi abandonner son nouvel ami avec qui il avait vécu tant de grandes choses, ou faire taire ses doutes, écouter son cœur, ouvrir son âme au monde irréel et accomplir cette folie, ce terrible rêve qu'il ressentait, en fin de compte, comme étant sa seule et véritable destinée.

Un beau matin, perché au sommet de la plus haute des falaises, aux premières lueurs du soleil, accompagné de son frère d'aventure, il se décida à commettre l'irréparable et dans un élan ne laissant aucune place à la moindre hésitation, le regard lourd et déterminé, comme dans une danse synchronisée, sans un mot et d'un même élan, le tandem se laissa majestueusement absorbé par le vide.

Masquant la peur de la mort derrière sa foi inébranlable, le visage du petit Indien rayonnait de bonheur, le regard plongé dans celui de son compagnon. Associés dans cette provocation au bon sens, ce défi à la vie et à la mort, emprisonnés dans le tourbillon de cette chute vertigineuse, les deux êtres ne faisaient plus qu'un.

Au beau milieu de la salle de cinéma, Doris s'était brusquement relevé de son siège, incapable de maîtriser ses émotions, les doigts entortillés, la peur au ventre d'un dénouement tragique, d'une déception qui ébranlerait les fondations de son esprit encore fragile. Accroché à ses convictions, torturé par les sévices d'un suspense insurmontable, il aurait voulu hurler.

Ce vide étourdissant, cette paroi rocheuse rongée par l'érosion qui défilait sous ses yeux à une vitesse vertigineuse, le murmure de cette chute interminable, le crash inexorable... un instant suspendu aux limites du réel.

Dans un silence insoutenable, sous une étendue de ciel d'un bleu immaculé, dans les profondeurs du canyon, ce monstre de terre aussi rouge que les flammes de l'enfer les avait dévorés sans un souffle... quand soudain, deux aigles majestueux jaillirent du néant, fendant l'air avec la précision du scalpel. Toujours debout, les mains plaquées contre ses joues rougies par cette fulgurante montée d'adrénaline, Doris ne chercha même pas à essuyer les larmes de joie qui ruisselaient délicatement entre ses doigts. Il était submergé par ce flot d'émotions jubilatoires. Il venait de vivre la scène en direct. Il était heureux pour le petit Indien et fier de voir qu'il avait été au bout de ses certitudes. Tellement soulagé de constater que la féérie avait sa place dans ce monde, que cette vision de la vie n'était pas qu'une illusion grotesque, que les rêves avaient un sens et enfin qu'il n'était plus le seul à y croire.

— Doris ! Dernier avertissement ! Hou ! hurla sa mère.

Il se repassait en boucle les souvenirs de cette soirée inoubliable, cette révélation qui avait marqué un tournant dans la vie du petit garçon. Même si Jade et Karl travaillaient beaucoup et passaient le plus clair de leur temps libre à rénover leur maison, deux fois par an, ils ponctuaient cette routine consciencieuse d'une sortie en famille, au restaurant ou au cinéma et parfois les deux si les moyens financiers le leur permettaient. Paradoxalement, Doris adorait ses moments très éloignés de son quotidien au plus proche de la nature, ou savait-il tout simplement les glorifier pour les rendre inoubliables à ses yeux. La seule ombre au tableau, le grain de sable qui pouvait faire grincer les rouages de ces purs moments de plaisirs, était Rudolf, son frère aîné. Grincheux, mal réveillé, jamais satisfait, s'évertuant sans cesse à imposer son point de vue, il trouvait toujours à redire. Chaque sortie devenait une source de conflits inimaginables. Un bon repas en famille dans un restaurant ? Une absurdité qui se résumait à dépenser de l'argent inutilement, faire des choix cornéliens parmi des plats compliqués, manger dans un lieu inconnu et entouré d'étrangers qui ne manqueraient pas d'espionner leurs conversations... bref, un soupçon de paranoïa à dix ans déjà. Voir un film sur grand écran dans une immense salle de cinéma ? Un calvaire puisqu'il passait le plus clair de son temps à commenter des scènes irréalistes, à dénigrer les personnages, à se plaindre de l'inconfort de l'assise et de la présence de gens louches autour d'eux... bref, un vrai cauchemar.

Le soir de cette fameuse sortie au cinéma, Rudolf avait déballé le grand jeu, déployé ses plus belles armes de persuasion. Mais Jade avait tenu bon et après quelques éclats de colère et un soupçon d'amertume, elle s'était convaincue, à contrecœur, qu'il était préférable de partir sans lui.

Au bout du compte, une triple peine.

Un caprice pour refuser d'aller au cinéma, le monde à l'envers pour un enfant de son âge. Au retour, une déferlante de reproches pour l'avoir lâchement abandonné, un comble quand on y repense. Et enfin, une véritable campagne de dénigrement visant à saboter jusqu'à la dernière once de plaisir qu'aurait pu susciter chez les autres un tel divertissement.

Il en fallait du courage et de la patience face à ce caractère obsessionnel, incontrôlable et surtout tellement insupportable. À tel point que Doris lui avait donné le surnom de « Rudy le Tyran ». Ce soir-là, sans le moindre pouvoir extraordinaire, simplement armé de leur amour infini et de leur bienveillance, Jade et Karl, avaient revêtu, aux yeux de Doris, la panoplie complète de super héros.

Impuissant devant cette situation, et sachant qu'il pouvait à tout moment devenir la cible des reproches de son grand frère, Doris préféra s'esquiver dans sa chambre, loin de cette tempête de cris et de reproches acerbes. Enfin seul, allongé sur son lit, les bras croisés derrière la tête et le sourire aux lèvres, il revivait chaque instant de la formidable histoire du petit indien. Le rideau de sa fenêtre, légèrement entrouvert, laissait s'immiscer dans l'obscurité de cette pièce, de minces rayons lune. Au gré des mouvements de ses mains, des figurines en ombres chinoises s'invitèrent sur les murs de sa chambre. Accompagnées d'une musique entraînante qui résonnait aux quatre coins de son esprit, les portes de son royaume imaginaire libéraient un flot incessant de personnages qui s'agitaient sans relâche sur les reliefs de son papier peint.

– Me revoilà les amis et ce soir, je vous présente un nouvel invité ! chuchota Doris d'un ton théâtral. Mais, enfin ! Un peu de patience ! Je vais vous raconter, depuis le début, la formidable histoire d'un petit indien qui un jour se transforma en aigle royal...

— Whaou ! !

Les jours qui suivirent marquèrent le pas d'une nouvelle vie, de nouvelles perspectives pour le jeune rêveur. Cette histoire avait fait voler en éclat la frontière fragile entre le réel et l'imaginaire. Ce fut sans doute la plus belle révélation de toute son existence, aussi courte soit-elle. Ces rêves les plus fous, par la seule force de ses convictions profondes, pourraient enfin se réaliser. Il n'était plus un rêveur tête en l'air, mais un courageux visionnaire qui avait le pouvoir d'accomplir de grandes choses.

Depuis le temps que son frère Rudolf le traitait de « dégénéré de la caboche » parce qu'il était incapable de vivre normalement. Parce qu'il pouvait jouer des heures entières avec un simple bâton auquel il avait attribué de puissants pouvoirs magiques. Ou encore, s'imaginer être l'ultime survivant d'une lignée de valeureux chevaliers des temps anciens, protecteur d'un joyau céleste. Depuis le temps que ses parents s'inquiétaient de son manque de concentration lâchement relaté par ses professeurs d'école, Doris s'était laissé convaincre qu'il était différent. Moins évolué que les garçons de son âge. Comme si toutes les cases de son esprit n'avaient pas été convenablement remplies. Il venait enfin de réaliser, à l'instar du petit Indien, qu'il était doté du fabuleux pouvoir de transformer le rêve en réalité et de vivre des aventures extraordinaires. Cet esprit léger et vagabond n'était finalement plus un poids, et encore moins un fardeau.

Au cœur de cette nature protectrice, toujours allongé au pied d'Henry, le grand noyer, ami et confident, ce flot de souvenirs l'irradiait de bonheur, le rendait plus fort, plus conscient de ce qu'il était en train de devenir, enfin fier d'être ce légendaire « dégénéré de la caboche », avec cette folie qui le caractérisait si bien et qui allait lui ouvrir les portes d'un univers aux indicibles dimensions.

L'inquiétude grandissait au loin dans les appels répétés de sa mère. Mais Doris affichait une surprenante sérénité, comme si plus rien ne pouvait l'atteindre.

— Quelle histoire magnifique ! Je n'ai jamais aperçu d'aigle royal par ici, mais si un jour tu te transformes en... tourterelle, alors, sache que tu seras toujours le bienvenu dans mes feuillages, s'exprima le grand noyer de sa grosse voix gutturale.

— Merci, Henry, s'amusa Doris.

— Ça fait un moment que ta maman t'appelle, tu ferais peut-être mieux de l'écouter... sinon tu vas encore te faire gronder.

— Zut ! J'avais complètement oublié ! Pff... il est bien trop tôt, je n'ai vraiment pas envie de rentrer. Regarde, il ne fait même pas encore nuit. Ah ! T'es bien le plus heureux toi... enfin, si tu n'étais pas toujours tout seul, souvent dans le froid et sous la pluie... répondit Doris d'un air désolé.

— Cette pensée t'honore, mon garçon ! Mais, depuis le temps que je suis là, je ne me verrais pas vivre ailleurs. Et puis tu sais, contrairement à ce que tu crois, je ne suis jamais seul. Nous sommes une grande famille. Les autres arbres, les insectes, les oiseaux et tous les animaux communiquent en permanence les uns avec les autres. Mes racines me relient à la terre et mes branches récoltent le vent. Aujourd'hui, tu ne vois que de la boue et de l'air, mais un jour je t'apprendrai à lire en eux. La nature qui t'entoure est beaucoup plus bavarde qu'elle n'y paraît.

— Bavarde ?

— Aussi bavarde que toi mon ami. Allez, rentre vite, et à bientôt !

— Salut, Henry, s'écria Doris en tapotant l'écorce de l'arbre.

Le petit garçon s'éloigna à reculons. Une petite brise fit frissonner les feuilles du géant, encore un signe qu'il ne manqua pas d'interpréter comme un au revoir.

— À bientôt, mon ami, murmura Doris, accompagné d'un signe de la main.

Dos à l'immense forêt, vêtu de son habituelle salopette en jean et de son t-shirt rouge, le petit garçon arpentait sans enthousiasme le chemin qui le ramenait à la maison. Jade allait enfin être rassurée de le revoir, sans omettre de le gronder pour avoir une nouvelle fois dépassé les limites de la zone autorisée.

— Alors ma petite puce, où étais-tu encore passé ? Ça fait une heure que je t'appelle, dit sa mère avec autorité, mais toujours enrobée de tellement de tendresse.

— Je ne t'avais pas entendu, maman. Je rangeais les piquets dans le potager, comme mamie me l'avait demandé. Mais j'ai mis un temps fou, tu la connais, toujours à me faire des blagues...y'en avait de partout, mentit Doris avec un air d'enfant de chœur.

— Mouais... répondit sa mère sans grande conviction. Le potager n'est pas plutôt de l'autre côté ? Allez, va te laver les mains, on t'attendait pour le souper. Ce n'est pas avec ce que tu as mangé à midi que tu vas grandir. Hein ? Après, brossage de dents et au-lit-on-dort ! Il faut te reposer. Parce que demain... qu'est-ce qu'il y a ?

— ... pas école, ça, c'est sûr !

— Oui, mais demain, c'est Pâques, ha-ha... et si tu es sage, avec mamie, fin de matinée, vous irez à la chasse aux œufs dans le jardin ! T'es content ?

— Whaou ! C'est génial ! Maman...

Doris s'imaginait déjà en soldat d'élite, à fouiller, ramper, fureter dans tous les recoins du jardin, vêtu d'une magnifique tenue de camouflage, un bandeau fermement serré autour de la tête et investi d'une mission de la plus haute importance : débusquer et ramener le plus grand nombre d'œufs que les cloches de Pâques avaient dispersés un peu partout pendant la nuit. Quel programme !

Vivement demain !

2

À peine réveillé, assis sur le bord de son lit, les cheveux en bataille et vêtu de son confortable pyjama en coton rouge, Doris n'avait pas oublié la promesse de sa mère et bouillonnait d'impatience à l'idée de faire cette fameuse chasse aux œufs dans le jardin de sa grand-mère. Il se dirigea sans faire de bruit jusqu'à la fenêtre de sa chambre puis entrouvrit légèrement les rideaux. Le soleil avait largement dépassé la cime des grands frênes. Il était donc plus de huit heures du matin. En signe de victoire, il étouffa un cri de joie et leva le poing serré, avec l'espoir que les cloches de Pâques ne l'avaient pas oublié. Il s'approcha sur la pointe des pieds de la porte de sa chambre, tendit l'oreille pour sonder le moindre bruit aux autres étages. Visiblement, le marchand de sable avait eu la main lourde. Tout le reste de la maison dormait encore profondément. Comment pouvait-on rester des heures à traîner dans son lit alors qu'il y avait tant de choses à faire à l'extérieur ? Rudolf avait fait le deuil depuis longtemps de ce stupide rituel de Pâques et ses parents profitaient certainement de la seule grasse matinée de la semaine qu'ils voulaient bien s'accorder. Impatient de rejoindre sa grand-mère, Doris se précipita jusqu'à son armoire sans passer par l'incontournable brossage de dents matinal. À toute hâte, il enfila son t-shirt de la veille après un bref contrôle olfactif, rajouta son sweat à capuche étant donné la fraîcheur matinale et se glissa en silence dans son incontournable salopette en jean.

Sa main abaissa en douceur la poignée de la porte

donnant dans le couloir qui desservait les autres chambres. Après un rapide coup d'œil de chaque côté, il se dirigea à pas de loup jusqu'aux escaliers qu'il descendit à toute hâte en faisant glisser ses chaussettes sur le bord arrondi des marches en bois. Il prit soin d'enjamber avec la plus grande précaution la capricieuse troisième marche qui ne se serait pas privée de réveiller toute la maison de son grincement diabolique. Il chaussa précipitamment sa vieille paire de baskets qui l'attendait sagement sur le perron puis traversa la cour à toute allure, en faisant de petits sauts de cabris. Certain de trouver sa grand-mère derrière les fourneaux à préparer, en chantonnant, le petit déjeuner pour ses petits-enfants, sans faire de bruit, il glissa sa main entre les mailles du rideau de perle qui donnait sur la cuisine. Une merveilleuse odeur de pain grillé et de chocolat chaud mijotant à feu doux embaumait toute la pièce, au plus grand bonheur de Doris qui trépignait d'impatience à l'idée de se délecter de ses mets favoris. Il fallait reconnaître que sa grand-mère était une véritable virtuose des « petits dej' ».

— Bouh ! s'écria Madeleine les mains en éventail.

— Même pas peur, sourit Doris, c'est Youky qui t'a trahi cette fois-ci, je l'ai vu remuer la queue sous la table.

— Je t'ai un peu fait peur quand même...

— Ah pas du tout, mais qu'est-ce que tu me fais rire, mamie. De toute façon, habillé en peignoir, je ne vois pas bien à qui tu pourrais faire peur, se moqua tendrement Doris.

— Méfie-toi que je ne me déguise pas en monstre ou en fantôme...

— C'est pas comme si tu ne l'avais jamais fait ! sourit Doris.

— Ha, mon petit cœur ! Allez ! Dépêche-toi de venir embrasser ta mamie...

— On va chercher les œufs en chocolat ? Heu, bonjour

mamie ! se reprit-il, enlaçant les jambes de sa grand-mère de ses si petits bras trop courts, les joues enfouies dans son vieux peignoir douillet.

— Bien sûr qu'on va y aller, enfin... si les cloches sont passées... Mais je crois que Youky a entendu du bruit dans le jardin ce matin, dit-elle en regardant par la fenêtre, masquant maladroitement un sourire malicieux, les yeux encore embrumés, un bol de café à la main et ses fines lunettes perchées sur le sommet du crâne.

Madeleine, sa grand-mère maternelle, qu'il considérait comme sa seconde mère, n'était pas vraiment du matin. Mais, quand il s'agissait de faire perdurer la mystérieuse légende des cloches volantes de Pâques et leurs œufs tombés du ciel, tous les sacrifices étaient bons pour y parvenir. Certains œufs étaient en chocolat, mais d'autres, bien plus magnifiques, étaient de véritables œufs de poules que sa grand-mère avait cuits durs, enfin presque toujours, et qu'elle avait soigneusement maquillés. Enduits de peinture, ses œufs étaient de véritables œuvres d'art. Ils pouvaient représenter de petits bonshommes extravagants, des visages cocasses ou des animaux mystérieux. Parfois, elle y inscrivait des charades ou d'étranges énigmes dont personne ne parvenait à trouver les réponses. Mais le plus souvent, elle s'amusait juste à leur donner de la couleur qu'on retrouvait d'ailleurs sur le blanc de l'œuf lorsqu'ils finissaient les jours suivants dans notre assiette. La veille au soir, confortablement assise dans son fauteuil, devant le rendez-vous télévisuel incontournable, sa grosse loupe à la main, elle les avait minutieusement essuyés et coloriés avec une attention toute particulière. Même les ronflements assourdissants de Lucien, son mari, n'auraient pu la perturber. Épuisé de ses longues et laborieuses journées, il avait enfin terminé la rénovation des pièces principales. Allongé dans le canapé, la bouche entrouverte, il sombrait dès les premières minutes du film. De son côté, Madeleine était concentrée et œuvrait avec beaucoup de minutie. Elle s'amusait à rajouter des moustaches à un personnage, des boucles d'oreille à un autre, imaginant déjà les sourires et l'émerveillement dans les yeux de ses petits-enfants.

Ce matin-là, Madeleine avait dû faire le deuil de sa grasse matinée habituelle. Dès l'aube, elle s'était aventurée loin de la chaleur réconfortante de son lit douillet, accompagnée de Youky, sa chienne, une jeune malinoise aussi fidèle que perturbée par ce réveil brutal. Emmitouflée dans son vieux peignoir turquoise, chaussée de ses bottes en caoutchouc, un panier en osier à la main et chargée de ses boules de bonheur, elle avait déambulé dans les herbes hautes, éclairée d'une lampe torche un peu capricieuse. Dans un pot en terre cuite abandonné, au creux d'une souche, au cœur d'un coussin de lavande, chaque cachette devait rester à portée de main d'un enfant de huit ans et un minimum à l'abri de la rosée du matin qui aurait effacé sans scrupule les dessins qu'elle s'était donné tant de mal à réaliser.

— J'espère que la chasse sera bonne, enfin... meilleur que l'année dernière, en tout cas. Et souviens-toi, surtout... tu ne prends que les œufs... pas les crottes séchées de ta copine Youky, hein ? dit-elle avec espièglerie.

— Pouah ! Mais c'est que ça ressemblait vachement à des œufs quand même, répondit Doris en rigolant de bon cœur.

— Beurk...

Madeleine le faisait tellement rire qu'il ne parvenait à peine à mimer une grimace de dégoût en échange.

— Sur ce... à table ! Grand fou ! Viens prendre des forces si tu veux gambader toute la matinée. Et, au fait... où est ton frère ? Il dort encore ou quoi ?

— Je ne sais pas, en tout cas je ne l'ai pas vu ce matin.

En fait, je crois qu'il ne veut pas venir. Hier soir, il m'a dit de ne surtout pas le réveiller pour... des trucs aussi débiles. Alors, quand c'est comme ça, je n'essaie même pas d'entrer dans sa chambre.

— T'as raison, souffla Madeleine.

— En plus, il m'a répété cent fois que des cloches, ça n'a jamais eu d'ailes, donc qu'elles ne peuvent pas voler et donc, qu'elles n'ont jamais existé... que c'est juste pour les gamins de mon âge, que c'est juste des histoires inventées pour faire marcher les imbéciles comme moi, répondit Doris en tordant la bouche sur le côté d'un air désolé.

— Quelle tête de mule celui-là quand il s'y met, bougonna-t-elle en retour.

Voyant la contrariété dans le regard de sa grand-mère, Doris ramena l'attention sur lui en faisant volontairement grincer un des tabourets dépareillés de la cuisine. Il s'assit face à la table en formica rouge bourgeois, les pieds dans le vide, et sourit à sa grand-mère en haussant les épaules.

— Moi, je te crois, mamie... et je suis sûr que les cloches existent. Et puis, tu sais, Youky a l'oreille fine, alors si elle les a entendues c'est bien qu'elles sont passées, affirma le jeune garçon en se frottant les mains devant cet étal de confitures.

— Tu as tout à fait raison, c'est ton frère qui dit des sottises. Les cloches de Pâques ont toujours existé. Ma propre grand-mère m'en parlait déjà quand j'avais ton âge. Il paraîtrait même, quand tu as la chance de les apercevoir, que le spectacle est grandiose... que ça te marque à jamais.

Madeleine marqua une pause puis s'approcha de son petit-fils et reprit d'une voix douce et poétique :

— Un instant inoubliable, suspendu dans le temps, de la magie à l'état pur. Dotées de ravissantes petites ailes, blanches et douces comme du coton, elles se déplacent par centaines dans un ballet incessant qui flotte au gré du vent, comme ces nuages d'étourneaux qui te fascinent à chacun de leurs passages. Elles illuminent le ciel de leurs reflets cuivrés, délaissant, comme une pluie d'étoiles scintillantes, leurs fabuleux trésors… les œufs de Pâques.

— Ouah… ça doit être magnifique, s'émerveilla Doris.

— De toute beauté, mon petit cœur et, avec un peu de chance, notre maison se trouvait sur leur passage, dit-elle avec enthousiasme. Il ne nous reste plus qu'à explorer un peu partout dans le jardin pour chercher les œufs. Mais, on ne va pas y aller le ventre vide. Allez, donne-moi ton bol.

— Mais pourquoi font-elles tomber des œufs ? Elles ne le font pas exprès ?

— Bien sûr que si. C'est un présent qu'elles te font pour te remercier de la foi que tu portes en elle. La seule condition de leur survie dans ce monde, car le jour où nous arrêterons de croire en leur existence, elles disparaitront. À jamais…

— Je ne comprends rien, mamie.

— Excuse-moi, sourit Madeleine. Si tu préfères, c'est un cadeau que les cloches te font pour te remercier de croire qu'elles existent vraiment. C'est pour ça que je ne doute pas un seul instant de trouver des œufs dans notre jardin ce matin. Contrairement à ton frère, toi, tu n'as jamais cessé de croire en la magie des cloches.

— Elles sont réellement magiques, alors ?

— Bien sûr qu'elles sont magiques. Rudolf n'a pas tout à fait tort en disant que les cloches n'ont pas d'ailes, mais ce ne sont pas des cloches comme les autres et cette légende ancestrale nous le prouve chaque année. C'est la magie qui leur donne le pouvoir de voler dans le ciel.

— Mais si c'est une légende, c'est pas vraiment réel alors ?

— Bien au contraire, c'est le jour où nous arrêterons d'y croire qu'elles disparaîtront. Quand tu as la foi en quelque chose et si tu ouvres ton cœur, alors tout devient possible, mon enfant. La magie n'est réelle que si tu y crois sincèrement. Tu es encore un peu jeune, mais un jour tu comprendras… enfin, s'il n'est pas trop tard…

— Pas trop tard ? Mais… de quoi ?

Perdue dans les méandres de souvenirs lointains, Madeleine papillonna des yeux, renifla d'un coup sec et reprit ardemment sans répondre à cette dernière question :

— Allez, mange tes tartines grillées, j'ai sorti le beurre du frigo pour qu'il ne soit pas trop dur. Sers-toi de la confiture. Tu as de la groseille, de la framboise ou… tiens, de la gelée de coing qu'on s'est donné tant de mal à préparer ensemble l'année dernière. Attention que je ne te brûle pas, prévint-elle en lui versant du chocolat chaud dans son bol ébréché. Bon appétit, mon petit cœur !

— Bon appétit, chantonna Doris en se tortillant sur son tabouret.

— Regarde Youky qui nous attend sagement, couchée devant le panier en osier. Celle-là, je te jure, elle comprend vraiment tout ce qu'on dit.

— Bah oui, acquiesça spontanément Doris en plongeant sa tartine dans son bol.

— Ou alors… elle veut nous faire comprendre que ce n'est pas la peine de partir à la chasse aux œufs parce qu'elle a fait son petit tour matinal dans le jardin et qu'elle les a déjà tous dévorés, dit-elle en regardant par-dessus ses fines lunettes, un sourire en coin.

— Quoi ? s'écria Doris, se retournant brusquement, sa tartine dans une main et une moustache de lait au bord des lèvres.

— Mais non, je plaisante, elle nous attend sagement. Tu parles, si elle les avait mangés, elle aurait la langue de toutes les couleurs, la coquine !

Laissant machinalement pendre son autre bras, Doris attira immédiatement la jeune chienne qui vint se blottir contre lui, adossé au tabouret et la gueule radieuse.

Madeleine s'assit en face du petit garçon, porta sa tasse de café à sa bouche, en but une gorgée puis reprit d'un air revanchard :

– Quand on va revenir avec les paniers remplis de chocolats et d'œufs multicolores, on verra si ton frère n'y croit toujours pas à cette fameuse légende de Pâques.

Le doigt posé sur les lèvres, elle fit un clin d'œil complice au petit garçon qui s'empressa de lui rendre accompagné de son plus beau sourire.

Le museau de la jeune chienne tendrement posé sur sa cuisse, Doris finit d'engloutir son petit déjeuner en silence, laissant libre cours à son imagination débordante. Ses pieds qui balançaient en continu sous son tabouret trahissaient son impatience indomptable.

Une légende ancestrale, de la magie, des cloches qui volent, une pluie d'étoiles, des œufs multicolores, des chocolats déversés partout dans le jardin, finalement, le petit indien avait raison, il ne faut jamais cesser de croire en ses rêves... Encore une fois, mamie, toi aussi, tu avais raison. Si tu savais comme je t'aime.

Madeleine se tenait sur le palier de la porte de sa cuisine, fière du travail accompli et enfin prête à partager ce moment de grâce avec son petit fils. Elle se pencha en avant pour chausser ses vieilles bottes de jardin en caoutchouc vert. Engoncée sous des couches de vêtements qui laissaient deviner son goût trop prononcé pour les sucreries, elle lutta avec acharnement pour y enfoncer les pieds. Puis, comme un ressort sous tension, elle se redressa d'un coup, les lunettes de travers, et emmêlées dans ses cheveux en bataille, les joues rougies par l'effort, le souffle coupé par cette apnée bien trop longue et le visage englué par les manifestations de soutien de sa jeune chienne euphorique. D'un geste réflexe de la main, elle rattrapa ses lunettes et étouffa quelques jurons en tentant de reprendre ses esprits. Elle se tourna vers Doris. Assis sur un marchepied en bois, ses bottes correctement chaussées, il rigolait de bon cœur en voyant sa grand-mère rouspéter après ce combat de titans. Raide comme un soldat au garde-à-vous, les yeux écarquillés, elle s'essuya discrètement le front avec son mouchoir en tissu avant de l'enfouir au fond de sa poche déchirée. Elle récupéra les paniers en osier, souffla doucement avec la bouche en cœur et les paupières fermées, puis s'exclama :

— Houlala j'ai bien cru que je ne m'en sortirais jamais avec ces satanées bottes en caoutchouc... Saleté d'ingénieurs ! Ah ça, pour aller marcher sur la lune ils sont forts, mais quand il s'agit d'inventer des bottes de jardin facile à enfiler, là, y'a plus personne !

En se relevant, Doris s'essuyait d'un revers de manche les larmes de joie qui coulaient sur ses joues en caressant tendrement les oreilles de Youky qui sautillait des pattes avant.

— Allez oust ! Mon p'tit cœur ! Le devoir nous appelle ! Et surtout, soyons mé-tho-di-queeuuu !

Et ils s'engagèrent sur un étroit chemin, main dans la main, au rythme de leurs effusions de joie et de rire partagés. La chienne les suivait de près, faisant quelques apparitions aussi drôles que furtives en sautant allègrement au-dessus des herbes hautes. L'immense jardin, ce futur terrain de jeu s'offrait à eux et leur tendait les bras. L'aventure pouvait enfin commencer.

Doris raffolait de ses moments de complicité avec sa grand-mère. Il aimait tellement ses plaisanteries incessantes, sa tendresse, cette patience relative, cette façon de lui parler avec passion de son potager, du rôle des abeilles, des papillons et de toutes sortes d'insectes. Sa manière délicate de sauver du bout du doigt un simple scarabée échoué sur le dos et condamné à une mort certaine. Elle se plaignait sans cesse des limaces et des chenilles qui faisaient des dégâts considérables sur ses récoltes, mais qu'elle estimait paradoxalement nécessaires à l'équilibre de cette nature si fragile. Elle lui apprenait à reconnaître les oiseaux, leurs chants et leurs habitudes. Elle lui enseignait les nombreuses espèces d'arbres, de plantes et les particularités de certaines fleurs. Elle lui inculquait la force de cette patience indispensable à l'observation de certaines espèces animales que le moindre bruit pouvait faire fuir. Le tout, agrémenté d'une pointe de folie lorsqu'elle attribuait des noms à ceux qu'elle côtoyait régulièrement, et que visiblement elle était capable de reconnaître très distinctement. Comme « Noisette », la petite écureuil, gourmande et craintive, ou « Copin », le jeune merle si peu farouche avec Youky et bien sûr « Grincheux », le magnifique rouge-gorge qui avait élu domicile sur le rocher en face de sa fenêtre. Il faut avouer que les ravitaillements en graines se faisaient toujours à l'endroit de prédilection pour que Madeleine puisse facilement l'observer de sa cuisine. Pourquoi « Grincheux » ? Cette petite boule de plume au poitrail orange vif, perchée sur de si fines pattes, était dotée d'un extraordinaire sixième sens. Se sentant observé, il fixait instantanément Madeleine lorsqu'elle se permettait l'audace de l'épier aux jumelles. Il la défiait d'un regard bourru et colérique. Un vrai mâle territorial au caractère bien trempé, qu'elle disait en souriant, s'excusant toutefois d'avoir empiété sur son intimité.

Mais, ce qu'il appréciait par-dessus tout chez sa grand-mère, c'était cette folie douce, cette légèreté en laquelle il se reconnaissait. Elle était la seule personne en qui il avait une confiance infinie. Il échangeait et se confiait sans retenue, passait des matinées entières à bavarder accroupi dans le potager, des après-midi à se promener gaiement loin de la maison. De son côté, elle était friande de ses histoires loufoques, de cet imaginaire sans limite, de ses rêves insensés, de ses aventures rocambolesques que le petit garçon aimait tant lui conter. Elle était sans doute la seule personne à le comprendre réellement. À tel point qu'au détour d'une conversation elle pouvait naturellement lui demander des nouvelles d'Henry le grand noyer, quand Doris enchaînait avec un naturel qui parvenait mollement à masquer son réel sentiment de fierté. Madeleine n'était pourtant pas dupe, mais elle donnait toujours l'impression d'y croire sincèrement, par amour pour son petit-fils, ou simplement émerveillée par cette intarissable source d'imagination.

La truffe au sol, la queue frétillante, la jeune malinoise s'était métamorphosée en véritable chien policier à la recherche du moindre indice.

La chasse aux œufs de Pâques venait de débuter.

Après une bonne demi-heure de recherches minutieuses aux pieds des arbres, dans les moindres recoins, à fouiner dans les bosquets, les manches imbibées jusqu'aux coudes par la rosée du matin, les paniers s'étaient progressivement garnis de ces boules multicolores. Cependant, Doris ne parvenait pas à contenir son excitation, courant frénétiquement d'un endroit à un autre, sans aucune rigueur ni quadrillage méthodique des lieux. Lorsque Youky aboyait en sautillant des pattes avant, il poussait des cris de joie, et accourait pour la féliciter. Madeleine s'amusait au loin de cette complicité qui avait soudé ce duo de choc. La légende de cloches de Pâques revenait sans cesse à l'esprit du jeune garçon qui murmurait à chaque nouvelle prise : bien joué ! Et bah, avec moi, vous n'êtes pas près de disparaître.

— T'es un champion, mon p'tit cœur ! Y'en a encore de

ton côté ? interrogea de loin sa grand-mère.

– Je viens juste d'en trouver un ! Il faut continuer de chercher, mamie ! Je suis sûr qu'il y en a encore plein ! s'écria Doris en levant son panier.

– Bravo ! Et derrière la cabane ? Tu devrais peut-être aller jeter un œil, on ne sait jamais, suggéra Madeleine qui, comme chaque année, n'était plus aussi certaine du parcours réalisé à l'aube, et des nombreuses cachettes qu'elle s'était efforcée de mémoriser. Je retourne près du petit cerisier, appelle-moi si tu as besoin d'aide.

Au son de sa voix, la jeune chienne avait rejoint sa maîtresse en quelques foulées, le souffle chaud et la langue pendante.

– Ne me regarde pas comme ça, Youky, chuchota Madeleine sur un ton faussement précieux. Tu pourrais faire preuve d'un minimum de compassion à mon égard, tout de même, tu sais aussi bien que moi qu'on n'y voyait rien ce matin.

Faisant le tour du vieil abri en bois, qui servait de rangement aux outils de jardinage de sa grand-mère, le dos rond, Doris persévérait dans ses recherches en scrutant chaque recoin. Il avançait avec une sensation étrange, comme si une main invisible le poussait à avancer dans cette direction. Les lourdes branches de conifère semblaient s'écarter sur son passage. Un chemin naturel se dessinait étrangement devant lui. Comme si la nature lui envoyait des signes, lui montrait la marche à suivre. Une intuition étrange qui ne pouvait être que le fruit de son imagination. La végétation très dense à cet endroit assombrissait progressivement l'atmosphère. Au cours de sa progression, les branches s'ouvraient successivement comme les portes d'un temple. Le grand charme, au pied du cabanon, semblait lui indiquer de sa main feuillue la direction à suivre. Quand il marquait un arrêt, écoutant ses doutes, prêt à rebrousser chemin, deux ou trois mésanges charbonnières virevoltaient en chantant quelques mètres plus loin.

— Merci de votre aide, les amis, chuchota-t-il un peu perplexe, en caressant naturellement l'écorce d'un arbre.

Il se saisit d'un bâton abandonné au sol pour inspecter entre les herbes hautes et écarter les ronces envahissantes sans se blesser. C'est alors qu'une chose étrange attira son attention. Un rayon de soleil se fraya un chemin à travers les feuillages comme pour lui signifier l'endroit exact jusqu'où il devait avancer. Il déposa son panier au sol et s'approcha lentement. Isolé au milieu de cette verdure qu'il avait presque du mal à reconnaître, il remarqua que les aboiements de Youky avaient stoppé. Les interpellations de sa grand-mère avaient également cessé depuis un certain temps. Mais sa curiosité était trop forte. Il s'approcha lentement. Sous cette lumière divine, niché au creux d'un coussin de paille, protégé derrière un mur de ronces, Doris découvrit avec émerveillement et stupéfaction un véritable trésor : trois petits œufs. D'un vert turquoise éclatant, mouchetés de petites taches brunes, ces spécimens lui paraissaient étranges. À l'aide de son bâton, il tenta d'écarter les ronces qui lui opposèrent une farouche résistance. Cependant, la beauté énigmatique de ses trois petites boules le fascinait. Il ne pouvait se résigner à repartir bredouille. Ses petites mains agiles devaient parvenir à s'introduire sans trop d'égratignures à l'intérieur de cette barrière épineuse. Agenouillé, le regard perçant, un bout de langue pincé entre ses lèvres, il introduisit lentement son bras entre les ronces. Le trésor tant convoité était presque à sa portée. Il s'étirera encore avec la plus grande précaution. Mais l'effort était difficile à maintenir, sa main tremblante ne tarda pas à en faire les frais. Une première piqure, presque indolore, crispa les traits de son visage. Une petite goutte de sang dégoulina le long de son poignet pour s'échouer sur l'un des tentacules du gardien des lieux. Contre toute attente, la barrière de ronces se mit à changer d'apparence. Elle semblait faner progressivement. Quand tout à coup, un tapis de poussière s'abattit autour du nid contenant les trois œufs. Doris resta un moment, le bras tendu et le regard médusé. Que s'était-il passé ?

Il se redressa et vérifia frénétiquement autour de lui que personne ne l'avait remarqué, ou s'était inquiété de son absence. Même s'il était parti seul avec sa grand-mère, Rudolf aurait très bien pu jouer de sa fourberie habituelle et le suivre pour lui dérober le fruit de sa récolte. Bien que réfractaire à ces légendes et ces histoires de cloches volantes, il n'était pas contre une bonne indigestion autour de ces friandises en chocolat.

Mais Doris avait surtout du mal à mettre de l'ordre dans ses idées. Il était certain d'avoir vu la barrière de ronces s'effondrer sous ses yeux. Il n'avait rien inventé. Sa blessure au poignet lui prouvait qu'il n'était pas en train de rêver. Il devait rapidement se ressaisir.

Mais ces œufs n'étaient pas ordinaires et ne ressemblaient en rien à ceux qu'il avait ramassés jusque-là. Ils étaient bien plus petits, et semblaient être illuminés de l'intérieur. Une luminosité qui variait au rythme d'un cœur qui bat. Il s'approcha pour les inspecter de plus près, et après un second regard aux alentours, il se pencha pour les ramasser avec la plus grande précaution. À sa grande surprise, au contact de ses doigts, il sentit une faible chaleur s'en dégager.

Comment des œufs en chocolat pouvaient-ils être chauds ? Et lumineux en plus ?

Impossible...

Et si c'était de véritables œufs d'oiseaux ? Un nid tombé de l'arbre ? Une portée accidentellement abandonnée ?

Mais quelle espèce d'oiseaux pond des œufs turquoise ? Et lumineux en plus...

Sa grand-mère aurait-elle omis de lui en parler, aussi étrange que cela puisse paraître ? Son esprit fut embarqué dans un tourbillon de pensées incontrôlables. Il serait peut-être préférable de ne pas les toucher. Éviter à tout prix de les déplacer. Ou devait-il sagement prévenir sa grand-mère qui serait à coup sûr quoi en faire ? Et s'il s'agissait de spécimens très particuliers, d'un présent que les cloches de Pâques lui auraient laissé le privilège de découvrir. Des œufs uniques envoyés du ciel...

Des œufs magiques.

Et s'ils lui étaient destinés, singulièrement, pour le remercier de croire en la magie de cloches. Après tout, si quelqu'un était attaché fermement à ces croyances, c'était bien lui. Pour autant, comment pouvait-il savoir s'il ne courait pas un risque de les prendre dans la main ? Ils n'étaient pas chauds au point de se brûler. Le souvenir des ronces réduites en poussière ne le rassurait pas. Pourquoi ne pas les laisser là et ne rien dire à personne ? Il suffirait de venir les rechercher plus tard, s'ils étaient encore là ?

Réfléchis, Doris ! Réfléchis, bon sang !

Soudain, il entendit crier au loin :

– You hou, Doris !

– J'arrive, mamie ! répondit-il en se redressant brusquement.

Alors qu'il s'apprêtait à courir pour rejoindre sa grand-mère, pris de remords, Doris se retourna brusquement, s'accroupit, retira le petit mouchoir en tissu de sa poche, s'empressa d'y déposer ses trois petits œufs comme des patates chaudes. Il referma la boule de tissu puis la glissa délicatement au fond de la poche centrale de sa salopette. Par sécurité, il referma d'un zip la fermeture éclair. Tête baissée, il courut en luttant avec acharnement à travers les branchages qui lui faisaient barrage et récupéra à la volée son panier en osier. Il sentait la douce chaleur se diffuser contre de sa poitrine. Ce réflexe de dernière minute, cette prise de risque le rendait tellement fier. Certes, il n'avait accompli qu'un acte anodin, et sans conséquences, mais il lui avait attribué, comme à son habitude, une dimension héroïque. Il était désormais certain d'avoir fait une découverte extraordinaire : le fruit d'une pluie d'étoiles scintillantes après le passage d'une envolée de cloches magiques. L'excitation était à son comble. Il courrait à perdre haleine. Les feuilles lui giflaient le visage. Mais son esprit était ailleurs, persuadé qu'il ne devait en parler à personne pour le moment. Il était désormais le détenteur d'un trésor, le gardien d'un joyau inestimable. Et son seul et unique but serait de tout mettre en œuvre pour en décrypter les mystères.

La tâche sera sans doute longue et difficile, mais il allait tout faire pour s'en montrer digne.

Durant leur escapade dans le jardin, Jade s'était levée et attendait patiemment leur retour dans sa cuisine, entourée d'une bonne odeur de café chaud. Sous une pluie de félicitations, Doris et Madeleine firent l'inventaire de leur récolte fructueuse. En bon comédien, Doris donnait le change en exagérant avec enthousiasme devant autant de friandises en chocolat. Mais sa joie venait d'ailleurs. Il brûlait d'impatience d'aller s'enfermer dans sa chambre, et d'inspecter au calme la singulière découverte qu'il venait de faire. Laissant le soin à sa grand-mère de faire le tri entre les vrais œufs de poule et les œufs en chocolat, Doris brandit ses manches détrempées par la rosée pour prétexter l'urgence de monter se changer.

Une fois à l'étage, il s'avança jusqu'à la chambre de son frère. L'oreille plaquée contre la porte en bois, Doris épia le moindre bruit pour s'assurer que Rudolf dormait encore, puis rejoignit sa chambre en silence. Il referma lentement sa porte et poussa un soupir de soulagement en pressant ses mains contre sa poitrine. La chaleur était toujours perceptible. Toujours aussi réconfortante. Il s'agenouilla sur sa moquette orange, ouvrit la fermeture éclair de sa poche ventrale. Délicatement, il déposa au sol son mouchoir contenant les œufs.

Whaou ! Quelle merveille !

Il n'avait jamais rien vu d'aussi beau. Cette douce chaleur et ce bleu turquoise éblouissant le laissant sans voix. Allongé sur le ventre, les mains croisées sous le menton, il les admirait en battant nonchalamment des jambes. Après quelques minutes, une idée jaillit subitement de son esprit en ébullition. Il se releva d'un bond, ferma ses épais rideaux de velours et éteignit la lumière de son plafonnier. Plongée dans le noir, sa chambre fut immédiatement inondée d'un voile lumineux turquoise de toute beauté. Quelle idée de génie ! Comment avait-il pu imaginer un seul instant qu'il s'agissait de véritables œufs ? Sa chambre était plongée dans un océan turquoise, inondée de cette lumière, la manifestation irréfutable d'une force magique qui lui était encore inconnue.

Doris était fou de joie. Il n'en revenait pas d'avoir fait une telle découverte.

Il les inspecta minutieusement sous tous les angles. Lourds comme de la pierre, ils ne semblaient cependant pas fragiles. Il en prit un dans la main, puis un deuxième, et enfin le dernier. Ils étaient si petits. Mais ils semblaient avoir été façonnés à sa taille. Il les tenait aisément au creux de sa main.

Son visage se fendit d'un sourire radieux.

Soudain, il sursauta au craquement de la troisième marche des escaliers en bois. Quelqu'un montait à l'étage.

Qui que ce soit, il fallait faire vite, cacher son trésor, rouvrir ses rideaux, rallumer le plafonnier et surtout effacer au plus vite ce sourire qui ne manquerait pas de le trahir.

— Qu'est-ce que tu fous, ça fait une heure que je te cherche ? Et depuis quand tu fermes la porte de ta chambre ? s'écria Rudolf qui venait de faire irruption dans sa chambre avec la délicatesse d'un chien dans un jeu de quilles.

— Moi ? Mais rien, je suis monté me changer, répondit Doris innocemment. J'ai mouillé les manches de mon pull en cherchant les œufs que les cloches ont déposés dans le jardin.

— Parce que tu y crois encore à ces conneries de cloches de Pâques. Et alors ? Tu as trouvé des œufs en chocolat ?

— Ouais, mais c'est les miens. T'avais qu'à venir avec nous si t'en voulais, se défendit fermement Doris.

— Allez ! Fais pas le malin, et donne-m'en un ? dit Rudolf en bombant le torse.

— T'avais qu'à venir avec nous... c'était pas facile... on a dû chercher pendant plus d'une heure pour les trouver, répliqua Doris.

— Allez, donne-moi un chocolat avant que je ne m'énerve ! Ces légendes... c'est des conneries ! Tu sais très bien que c'est la grand-mère qui les a planqués dans le jardin. C'est vraiment un truc pour les gamins. Et toi, tu y crois encore ? Pauvre tache !

— Pfff, souffla Doris en baissant les yeux. Après tout, je ne vais pas tout manger. T'as qu'à aller voir dans la cuisine, c'est maman qui les a mis de côté. Et puis, c'est toi qui as raison, même si tu n'étais pas là pour m'aider à les chercher, il n'y a pas mon nom marqué dessus.

— Bah voilà ! Tu vois quand tu veux... et puis, je suis ton grand frère quand même... tu ne les partages pas avec n'importe quel inconnu.

Doris raffolait du chocolat. Même s'il était écœuré à l'idée de les partager avec Rudolf, il préférait lui donner l'impression d'avoir remporté la bataille, de se laisser intimider une fois de plus. Pour l'heure, c'était le seul moyen de se débarrasser de ce frère envahissant, de l'éloigner de sa chambre avant qu'il ne se doute de quelque chose.

Il devait à tout prix préserver son secret et protéger son trésor.

Il se sentait privilégié et se considérait comme l'unique gardien du joyau magique que les cloches volantes avaient déposé sur son chemin.

3

Les jours passèrent et se ressemblèrent.

Doris s'acharnait à trouver une faille à cette énigme, un indice qui lui permettrait de percer le mystère autour de ces œufs. Trop de questions subsistaient. Cet endroit où il les avait découverts lui avait paru étranger sur le moment, alors qu'il se trouvait toujours dans le jardin de sa grand-mère. La manière dont la végétation semblait s'être refermée sur lui, sous la forme d'une protection plutôt que d'un piège, tout en lui indiquant l'endroit exact où se trouvaient les œufs. Plus le temps passait, plus cette coque protectrice autour du nid, faite de ronces entrelacées, l'intriguait. Et moins ce qui s'était passé ensuite lui paraissait rationnel. Au contact d'une simple goute de son sang, elles avaient été réduites en poussière. Malgré toutes ses incompréhensions et son impatience à partager cette expérience troublante avec sa grand-mère, il ne pouvait se résoudre à lui montrer son joyau et ainsi dévoiler son secret. Il devait attendre d'en apprendre davantage.

Les trois œufs turquoise n'avaient pas changé d'apparence. La chaleur qui s'en dégageait était toujours constante. Aucune évolution. Doris avait simplement remarqué que leur luminosité dans l'obscurité gagnait fortement en intensité lorsqu'il les tenait au creux de sa main. Le plus important dans l'immédiat, c'était de comprendre à quoi pouvaient-ils servir. S'ils étaient réellement magiques, comme le jeune garçon le présumait. S'ils ne représentaient pas un danger pour lui et sa famille. Comment devait-on les manipuler pour que la magie opère ? Et auquel cas, de quelle magie pouvait-il bien s'agir ?

À part quelques dessins animés sur des sorciers d'un autre temps, habillés en robe, reconnaissables à leur longue barbe blanche et de curieux chapeaux pointus, manipulant avec dextérité des baguettes magiques en récitant d'incompréhensibles formules dans une langue inconnue, ses connaissances en matière de magie s'avéraient inexistantes. Et pour couronner le tout, il ne possédait pas de baguette magique. La seule chose qu'il avait retenue était l'existence de deux sortes de magie bien distincte. Une magie au service du bien et une magie noire, au service des forces du mal.

Raison de plus pour en apprendre davantage.

Régulièrement, au cours de la journée, il s'éclipsait dans sa chambre. Il ne manquait pas de faire preuve d'une extrême vigilance, car au moindre soupçon, Rudolf n'hésiterait pas à le suivre. Comme à son habitude, il se ferait un malin plaisir de le démasquer, de lui voler son trésor ou de tout raconter à leurs parents. Doris soulevait le matelas de son lit, récupérait la chaussette de protection dans laquelle il les maintenait au chaud. Une fois déballés, il s'amusait à faire rouler les œufs entre eux sur la moquette. Il observait attentivement la moindre réaction de leurs parts, essayant les caresses, les changements de mains, les discours à rallonge, les formules magiques les plus farfelues, les incantations loufoques. À la lumière du jour. Dans l'obscurité totale. Il avait même emprunté discrètement une petite cloche dans l'atelier de son grand-père. Après tout, les œufs n'avaient certainement connu que ce tintement mélodieux comme seul langage.

Mais rien. Toujours aucune réaction.

Sa conviction restait cependant de marbre. Jour après jour, il persévérait dans ses recherches. Le goût du secret bien gardé le rendait encore plus fort, plus sûr de lui. Mais il devait rester prudent. Un excès de confiance pouvait le pousser à commettre des erreurs qui lui seraient fatales, car Rudolf devenait toujours plus suspicieux, et enchaînait les interrogatoires musclés. Celui-ci avait constaté un changement radical dans le comportement de son petit frère. Depuis cette fameuse chasse aux œufs, il passait beaucoup trop de temps seul dans sa chambre. Pour un vagabond comme lui qui refusait la plupart du temps de rentrer simplement pour manger un morceau, le fait de rester enfermé pendant des heures dans sa chambre était d'autant plus surprenant les jours de beau temps. Rudolf était loin d'imaginer ce qui se tramait, persuadé que Doris lui avait simplement menti en gardant jalousement une partie de ses chocolats dans une de ses nombreuses cachettes.

Une nuit, alors que toute la maison dormait à l'exception de Doris, assis en tailleur sur son lit, dans l'obscurité totale, après avoir obstrué le bas de sa porte d'une serviette de bain, il sortit une nouvelle fois ses œufs de leur cachette. Il déroula délicatement la chaussette en laine et les déposa au creux de sa main. Cette lumière turquoise qui s'illuminait fortement au contact de sa peau lui procurait chaque fois le même émerveillement.

Il répétait le même cérémonial avec obstination, commençant par une inspection minutieuse de chaque œuf. Puis de nouvelles manipulations, suivies de nouvelles incantations. Il avait également essayé de les asperger avec un peu d'eau. Puis il les avait immergés dans un bol sans plus de résultat, si ce n'est une grosse auréole sur la moquette au pied de son lit.

À court d'idées, il se décida à demander de l'aide à une

amie. De son autre main, il fit apparaître en ombre chinoise sur le mur opposé, un de ses personnages imaginaires qu'il affectionnait tout particulièrement : Julietta, la tortue zozoteuse. Il la fit avancer nonchalamment jusqu'à lui. Comme à chacun de ses personnages, il leur avait octroyé un timbre de voix caractéristique. Cette chambre silencieuse, plongée dans le noir et irradiée par cette lumière turquoise, comme une scène de théâtre improvisé, il entama une véritable conversation avec cette petite tortue, aussi cocasse que surréaliste.

— Bonjour, Julietta.

— Bonzour Doris, comment ça va ? répondit la tortue.

— Tu ne sais pas comment on manipule des œufs magiques, par hasard ?

— Des œufs maziques ? s'étonna-t-elle. D'où les sors-tu ?

— Je ne peux pas t'en dire plus pour le moment.

— Ah d'accord, ze vois...

Doris marqua une pause pour contenir un éclat de rire contre son épaule. Il ricanait malgré lui du zozotement qu'il avait lui-même créé chez ce personnage imaginaire.

— Moi, ze pense que tu devrais essayer de fermer les yeux zusqu' à ce que ton vœu se réalise, articula lentement la tortue.

— J'ai essayé déjà plein de fois, mais ça ne marche pas, répondit Doris. Ou alors il est un peu long à se réaliser.

— Ze peux savoir quel est ton vœu ?

— Si je te le dis, il ne va jamais se réaliser !

— Bien sûr ! Que suis-ze bête... et si par exemple, heu... ze sais pas moi, mais... pendant que tu fais ton vœu, si en même temps, tu soufflais sur les œufs comme tu fais avec Anina la petite coccinelle ?

— Pas bête, dis donc !

— Quand tu ne sais pas... tu n'as qu'à demander à Zulletta, répondit fièrement l'ombre chinoise, elle a touzours de bonnes idées !

Doris approcha sa main contenant les œufs, et se concentra sur son vœu en fermant les yeux. N'importe quel enfant de son âge aurait supplié un vélo flambant neuf ou encore un skateboard dernier cri. Mais Doris était tellement loin de toutes ces considérations. Il chuchota entre ses lèvres la seule chose qui lui vint à l'esprit sur le moment :

— Je voudrais tellement partir loin... vivre une aventure extraordinaire... dans un monde merveilleux...

Son souffle, visible comme la buée en hiver, vint effleurer la coquille des œufs. Il rouvrit lentement les yeux et constata avec émerveillement que la lumière qui irradiait toute la pièce se mit à onduler comme la surface de l'eau. Comme ces cercles qu'il s'amusait à dessiner en jetant des cailloux dans l'étang à la sortie du village. Doris n'en croyait pas ses yeux. Enfin, il se passait quelque chose. Les œufs réagissaient ! Était-ce sa voix ou son souffle ? Quelle importance ! Il bouillonnait d'excitation avec la conviction qu'il touchait au but, qu'il allait enfin en savoir plus. Fou de joie, il se retourna et fit réapparaître Julietta, la tortue en ombre chinoise.

— T'avais raison, ma Juju ! Tu as vu ce qu'il vient de se passer, je suis comme un dingue, s'exclama Doris en étouffant au maximum le son de sa voix. Eh ! Julietta ? Tu imagines si mon vœu se réalisait ?

Sans s'en rendre compte, tellement fou de joie après ce qui venait de se passer, il s'amusait à faire tourner frénétiquement les œufs au centre de sa main, comme il pouvait le faire avec son stylo entre ses doigts. Le regard dans le vague, ses pensées se remplirent d'espoirs.

Mais dans la seconde qui suivit, une chaleur se dégagea de sa main, laissant s'évaporer des volutes d'une fine poussière dorée. Il sentit un léger souffle d'air chaud venir lui lécher le visage. Ses yeux papillonnaient, aveuglés par cette poudre lumineuse. La scène semblait se dérouler au ralenti. Une sensation étrange et totalement indolore envahit soudainement son corps. Son armoire ne ressemblait plus au bloc rectangulaire qu'il avait l'habitude de voir. Une sensation de flottement qu'il était incapable de contrôler. Des picotements dans les pieds puis au bout des doigts. Soudain une bouffée de chaleur le submergea. Ses mains étaient moites et sa vision se troubla. Son champ de vision se referma brusquement. Son corps se désarticula comme un vulgaire pantin qu'on abandonne. Julietta disparut du mur. Accroupi sur son lit, la tête nichée dans ses oreillers, les fesses en l'air, le petit garçon ne réagissait plus.

Les minutes passaient.

Le silence devenait de plus en plus pesant.

Une longue accalmie qui ne présageait rien de bon.

Même le tictac régulier de la trotteuse de son réveil s'était définitivement tu.

Après de longues minutes d'absence, immobilisé dans cette position inconfortable, avec l'étrange sensation d'avoir la tête compressée dans un étau de velours, Doris avait repris ses esprits, mais était incapable de réagir, de bouger ou de prononcer le moindre mot.

Aucun appel au secours n'était possible.

Le visage plaqué au sol, le nez écrasé par cette tête beaucoup trop lourde, une fine poussière se mélangeait à l'air qu'il respirait péniblement. Ses paupières étaient immobiles. Malgré des membres hors de contrôle, il essayait de comprendre ce qui se passait. Ankylosé de rester dans cette position plutôt inconfortable et ridicule, il était cependant rassuré de n'avoir mal nulle part. Il percevait vaguement quelques bruits autour de lui. Mille et une questions envahissaient son esprit.

— Eh ho ! Hum hum ! Excusez-moi ? s'écriait une voix inconnue. S'il vous plaît ? Pourriez-vous vous vous relever ?

— ...

— Bouuu ! Mais, c'est pas possible ! Il s'est endormi ou quoi ? grommela de nouveau la voix. Allez ! s'il vous plaît, vous êtes en plein milieu du chemin, je ne peux pas passer et je n'ai pas que ça à faire !

— ...

— Y'en a qui bosse ! Eh oh ! Mais qu'est-ce qu'il fabrique ce... Pfff...c'est une blague ou quoi ?

Doris entendait cette voix au loin, mais elle lui était parfaitement inconnue. Il était toujours incapable de réagir ou simplement d'ouvrir les yeux. La bouche un peu pâteuse, il commençait à réaliser qu'il avait dû faire un malaise et qu'il devait être allongé dans son lit ou sur la moquette de sa chambre.

Il avait déjà vu quelqu'un faire un malaise. Un jour, lors d'une fête de famille bien trop arrosée, son oncle Alan s'était effondré sans prévenir, sur le magnifique banquet de hors-d'œuvre que sa grand-mère avait préparé et disposé avec attention. Il était tombé comme une masse... un peu comme l'arbre sur la remorque métallique, le jour où son grand-père s'était essayé à l'élagage. Dans les deux cas, ça avait été un choc assourdissant, aussi violent que dévastateur, mais tellement drôle à la fois.

Doris ne comprenait pas pourquoi il aurait fait un malaise. Il ne s'était pourtant rien passé de particulier. Les images de cette soirée se bousculaient dans sa tête. Il revoyait les rideaux de sa fenêtre fermés, dans sa chambre illuminée de lumière turquoise. Il se souvenait avoir fait un vœu en soufflant sur les œufs. Son esprit fouillait sa mémoire, comme des centaines de pièces d'un puzzle étalées devant lui. Il suffisait de les trier et de les rassembler dans le bon ordre pour obtenir l'image finale.

Soudain, il sentit quelque chose dans son dos. Quelqu'un le poussait avec un bâton... et si c'était Rudolf qui essayait de le réveiller. Impuissant, Doris réalisa que son frère, certainement alerté par le bruit de sa chute, était entré dans sa chambre. Surpris dans cette position ridicule, il ne manquerait pas de se moquer de lui, une fois de plus. Et s'il mettait la main sur son trésor. Il n'hésiterait à les voler sans même se préoccuper de son état de santé. Et tout serait terminé...

— Eh oh ? ? Réveille-toi ! s'écria de nouveau la voix. Pfff, y'en a vraiment qui sont sans gêne... je ne vais pas y passer la journée et en plus je commence à avoir faim. Eh oh ? ? ?

Allez, Doris ! Réveille-toi ! Réveille-toi, bon sang !

Harcelé par sa petite voix intérieure et angoissé par l'urgence de la situation, il devait puiser au plus profond de lui pour trouver la force de réagir et de récupérer son précieux trésor avant qu'il ne soit trop tard. Dans un premier temps, il parvint à ouvrir les yeux. Le sol n'était plus orange, de la couleur de sa moquette, mais rouge foncé. Comment était-ce possible ? Ses doigts puis ses poignets retrouvaient leur mobilité. Il sortait progressivement de cet état végétatif. Le visage plaqué au sol, il prit appui sur ses mains, releva lentement le buste avec cette fois, la certitude de ne plus être dans sa chambre. En se massant la nuque encore engourdie, il découvrit un environnement totalement inconnu. Un beau ciel bleu qui s'étirait à l'horizon et qui contrastait avec un sol rouge vif, une poussière de sienne qu'un léger vent soulevait frénétiquement par petites bourrasques. L'intérieur de ses mains était coloré de ce pigment naturel. Il s'empressa de les frotter l'une contre l'autre avec un air dégoûté puis s'essuya sur l'arrière de son pyjama. Les réprimandes de sa mère sur l'état désastreux de sa tenue vestimentaire étaient, sur le moment, la dernière de ses préoccupations.

Sa chambre avait disparu.

Mais où était-il ? Comment était-ce possible ?

Il ne reconnaissait rien autour de lui. Ne comprenait rien de ce qui venait de se passer.

Les rayons du soleil lui brûlaient les épaules. Il devait certainement être près de midi. Mais il faisait beaucoup trop chaud. Plutôt inhabituel pour un mois d'avril. Et comment avait-il fait pour dormir tout ce temps ? Lui qui détestait faire la grasse matinée.

Son regard balaya l'horizon. Le visage béat, il découvrait un panorama absolument splendide. Cette terre d'un rouge intense si caractéristique qui s'étendait à perte de vue, le vert percutant d'une végétation paradoxalement riche et dense par endroit, le tout chapeauté d'un éblouissant ciel bleu que même les nuages n'osaient souiller de leurs voiles cotonneux. Une véritable image de carte postale qui n'était sans lui rappeler certaines photos de paysages africains que lui avait fait découvrir sa grand-mère. Ce jeu qui l'amusait tant, ces heures passées à feuilleter des ouvrages sur la découverte du monde, à s'imaginer partir comme des baroudeurs sur des terres inconnues. Ces moments de partage et d'amour, après une longue promenade dans les bois, ses éclats de rire autour de la table en formica rouge de la cuisine, un verre de lait frais à la main et quelques biscuits secs. Mais cette fois-ci, il ne s'agit pas d'un jeu. Tout était visiblement bien réel. Comment était-ce possible ? Que s'était-il passé pendant tout ce temps ? Comment avait-il pu passer de sa chambre au beau milieu de la nuit et se retrouver en pleine savane africaine sous un soleil de plomb ?

Il réalisa très vite que ses œufs n'avaient pas quitté le creux de sa main. Un peu perdu, loin de chez lui, après une longue nuit de sommeil sans avoir la conviction de s'être réellement endormi, il n'avait pas encore les réponses à toutes les questions qui envahissaient son esprit. Son frère n'avait pas fait main basse sur son trésor et c'était la seule chose à laquelle il était capable d'apporter une répondre. Ses poumons ne vidèrent d'un long souffle de soulagement. Certain qu'il ne tarderait pas à trouver une explication à tout ça, il ne se laissait pas succomber à la panique. Après tout, il n'était pas blessé. Avec la plus grande précaution, il glissa les trois petites boules au fond de sa poche de pyjama. Il aimait sentir cette douce chaleur le long de sa cuisse.

— C'est bon ? Monsieur est réveillé ? Je peux passer maintenant ? tenta de nouveau la voix marquée d'ironie.

Doris se retourna en sursaut. Pris dans l'euphorie d'être toujours en possession de ses œufs, il avait oublié qu'il n'était pas seul. Quelle était cette voix ? Et d'où provenait-elle ? Il ne voyait personne autour de lui. Toujours ensuqué, la bouche ouverte, il clignait frénétiquement des yeux pour se débarrasser de cette envahissante poussière rouge, puis se frotta le visage. D'un revers de manche, il s'essuya la bouche que la terre s'était amusée à maquiller impunément. Dans l'obscurité du contre-jour, il distingua vaguement une énorme boule qui se dressait devant lui. Il leva sa main pour se protéger du soleil qui l'aveuglait. Il s'agissait d'une énorme boule, assez uniforme, certainement constituée de terre séchée et qui dégageait une forte odeur. Qu'est-ce que ça pouvait bien être ?

Il resta perplexe un long moment, sans pouvoir réagir, les bras ballants le long du corps, le cou en extension, les sourcils relevés et la bouche ouverte, quand soudain il aperçut quelque chose en mouvement qui bougeait sur le côté de cette étrange boule. Le jeune garçon, habituellement peu craintif, ne put retenir un léger pas de recul. Une silhouette se dessina progressivement sur ce fond de ciel bleu. Une bête énorme à la corpulence d'un ours. Dressé sur ses pattes arrière. Prêt à bondir. Cette image lui glaça le sang.

Le monstre s'approchait lentement dans sa direction. Pétrifié, Doris était incapable de réagir. La luminosité du contre-jour modifiait la bête au fur et à mesure de sa progression. Et à sa grande surprise, Doris réalisa qu'il ne s'agissait pas d'un ours, mais plutôt d'un insecte. Il distinguait deux petites antennes dressées sur sommet du crâne. Doris n'avait pas peur des insectes. Il avait l'habitude de les manipuler, de leur parler, d'en caresser certains, mais celui-ci était vraiment très gros. Il n'avait jamais rien vu de comparable. Quand le monstre fit un pas dans sa direction, Doris ne put retenir un cri d'effroi, les bras repliés sur le torse. Mais, à sa grande surprise, le géant sursauta à son tour et se réfugia derrière la boule dans un nuage de poussière.

— Ça ne va pas de crier comme ça ! Vous m'avez fait peur ! s'écria le géant en ressortant timidement de derrière la boule dont l'odeur avait définitivement envahi l'espace.

Doris reconnut immédiatement de quel insecte il s'agissait. Une carapace noir intense, aux reflets légèrement bleutés, de grosses pattes arrière, de plus petites à l'avant et à sa manière un peu saccadée de se déplacer, le scarabée était fascinant et drôle à la fois. Mais ce spécimen était vraiment impressionnant. Dressé sur ses pattes arrière, il devait être aussi grand que lui.

Doris n'en revenait pas, même s'il avait l'habitude de parler aux arbres, aux animaux et aux insectes, il était conscient de s'être construit un monde imaginaire, un monde factice, un monde rassurant qui lui permettait de se soustraire du réel dans lequel il avait tant de mal à trouver sa place. Une place inexistante au côté de ce frère avec qui il ne partageait rien, qui se moquait constamment, lui collant sans cesse l'étiquette de « gamin complètement débile ». Mais il avait toujours fait la part des choses. Il savait reconnaître le rêve de la réalité, même si la frontière était souvent très mince. Or, cette fois-ci, il se sentait perdu, incapable de discerner la différence, de comprendre ce qu'il avait sous ses yeux. Un scarabée géant qui l'interpelait, au beau milieu de la savane africaine. Comment ne pouvait-il pas s'agir d'un rêve comme il en avait fait tant d'autres, après s'être endormi sur son lit, le dernier endroit dont il se souvenait ? Mais cette fois-ci, tout était différent. Les sensations étaient incontestablement réelles, sans parler des odeurs dont il n'avait jamais remarqué la présence dans ses rêves précédents.

De ses deux poings fermés, il se frotta nerveusement les yeux, comme pour tenter d'effacer les images de cette vision irrationnelle.

Le scarabée géant s'avança jusqu'à lui et reprit :

– Tu m'as l'air un peu perdu, dis-moi ? On peut savoir ce que tu fais ici ? C'est un coup à te faire rouler dessus. Enfin, personne ne s'endort sur un tracé de cheminement. C'est beaucoup trop dangereux !

Les bras ballants, les yeux écarquillés ponctués de clignements compulsifs, le jeune garçon restait immobile, sans savoir quoi répondre.

– Nom d'une crotte de hérisson, mais tu comprends ce que je raconte au moins ! s'écria le scarabée un peu excédé.

– …

– Je... moi... Kaafu, dit-il en prononçant très distinctement chaque syllabe. Tu comprends ?

– Bonjour... heu, bonjour... moi, c'est Doris, répondit le petit garçon en le saluant maladroitement de la main.

– Mais tu me comprends ? remarqua le scarabée avec un air intrigué. On peut savoir d'où tu sors et ce que tu fais ici ? Tu n'as pas vraiment l'air dans ton assiette, dis-moi ?

– Heu...

— Ouais, c'est bien ce qu'il me semblait...

— Bah, en fait...

— Tout monde sait d'où il vient... moi, par exemple, je m'appelle Kaafu et je fais partie de la grande confrérie des Bousiers de la Terre de Sang, territoire sacré de la Contrée de Célen, dit-il la main sur le cœur d'un ton solennel.

— Un bousier ? s'amusa Doris, laissant échapper un rire impulsif qui le sortit instantanément de son mutisme... tu ramasses des crottes ? Tu veux dire que ta boule de terre c'est...

— Parfaitement ! reprit-il fièrement.

— Ça sent pas bien bon, grimaça Doris.

— Allez, petit, écarte-toi de mon chemin, j'ai encore beaucoup de travail, s'agaça le scarabée en repassant derrière sa boule. Il pivota sur lui-même et, tête en bas, se remit à faire avancer sa boule en la poussant de ses pattes arrière.

Doris le suivit.

— Je ne voulais pas te vexer, mais c'est beurk, non ? ... et pourquoi tu marches la tête en bas... ce ne serait pas plus simple de pousser avec les bras... enfin les pattes de devant, je veux dire.

Mais le scarabée géant continuait son chemin sans répondre et dans l'indifférence totale. Il faisait rouler cette énorme boule nauséabonde avec une facilité déconcertante. Refusant de rester seul et impatient d'en savoir plus sur cet endroit insolite, Doris l'accompagna sans lui demander son avis. Le petit garçon marchait spontanément aux côtés du scarabée en comblant tous les silences de ses interminables questions, qui restaient invariablement sans réponse.

— D'un autre côté, c'est peut-être plus pratique pour toi. En fait, t'es plus costaud des bras que des jambes, hein ? Ou l'inverse, je ne sais plus... Ou alors c'est peut-être parce que t'as mal aux pieds que tu préfères marcher sur les mains... mais quand tu manges, tu utilises tes mains ou tes pieds ?

— Bon, ça suffit maintenant ! pesta Kaafu en se redressant brutalement. Tu vas me suivre encore longtemps ? T'as pas autre chose à faire ? Je n'en peux plus de t'entendre...

— Bah, en fait je suis tout seul et je ne sais vraiment pas où aller...

— Tu n'as qu'à retourner d'où tu viens. Tu n'es pas arrivé ici, comme ça, par enchantement, interrogea le scarabée d'une voix remplie d'une soudaine compassion.

— Bah, en fait, je crois bien que si, répondit Doris le dos rond en baissant la tête d'un air triste.

— Et allez ! Fallait que ça tombe sur moi.

Le scarabée géant s'approcha tendrement du jeune garçon et reprit calmement :

— T'as bien une famille, un endroit où dormir. Tu ne t'es pas réveillé subitement ici, sur mon chemin.

— Ben si...

— D'accord, souffla Kaafu. Bon, finalement, le plus simple serait que tu m'en dises un peu plus, se résigna le géant.

— Je ne voudrais pas te retarder dans ton travail...

— Profites-en, avant que je ne change d'avis, sourit Kaafu en inspectant le petit garçon.

— En fait, j'étais dans ma chambre... assis sur mon lit, en train de jouer avec mes œufs magiques... heu, enfin des œufs de Pâques tout ce qu'il y a de plus normal, corrigea-t-il maladroitement.

— Des œufs magiques ! s'exclama le scarabée en se retournant brusquement, les yeux rivés dans ceux de Doris.

— Enfin, magiques... je n'en sais rien, c'est juste pour m'amuser que je me dis qu'ils sont magiques... reprit-il en plongeant sa main dans la poche de son pyjama pour vérifier que ses œufs s'y trouvaient toujours.

Après quelques secondes de silence, n'ayant personne d'autre à qui se confier, Doris se décida à parler, à se livrer et à partager son secret avec Kaafu qui était pourtant la dernière personne avec qui il aurait imaginé le faire. Mais les circonstances avaient radicalement changé. Il devait apprendre à tout prix ce qu'il s'était passé. Il devait découvrir quel était cet endroit dans lequel il avait atterri. Et enfin, il fallait trouver le moyen de rentrer chez lui avant que sa mère ne se fasse trop de soucis.

— Si je te les montre... peux-tu me promettre que ça restera un secret entre nous ? demanda Doris.

— hum... bien sûr, tu as ma parole, répondit Kaafu d'un air solennel. Au nom de la grande confrérie des Bou...

Doris sortit délicatement la main de sa poche, la retourna puis l'ouvrit lentement sur les trois œufs. Admiratif devant son précieux joyau, il était enfin soulagé de partager son secret avec quelqu'un. Mais Kaafu se figea instantanément, le regard vide, immobile, la bouche ouverte, incapable de prononcer la fin de sa phrase. Surpris par l'absence de réaction de son nouvel ami, Doris releva la tête.

— Ça ne va pas ?... You hou ? Ça... Ça n'a pas l'air d'aller, monsieur le scarabée... de la confrérie des bousiers de... je ne sais plus trop la fin.

— ...

— Monsieur Kaafu ?

Mais le scarabée restait immobile, le regard vide et figé.

— Pourquoi tu ne dis plus rien ? Tu me fais marcher ? C'est ça ? s'amusa Doris avec innocence.

— La Prophétie...

— La quoi ?

— C'était donc vrai... reprit Kaafu chancelant.

— Quoi donc ? Qu'est-ce qui était vrai ?

— ...

— Tu connais le moyen de me faire rentrer chez moi ?

T'as déjà vu des œufs comme ceux-là, on dirait.

— La Prophétie était donc vraie, murmura le scarabée géant qui n'écoutait pas ce que Doris lui disait.

— Je ne comprends pas ce que tu me racontes.

Kaafu se rapprocha du petit garçon, jeta un regard suspicieux autour d'eux, puis lui chuchota précipitamment au creux de l'oreille :

— Range-les précieusement dans ta poche et suis-moi ! Il ne faut plus tarder, l'heure tourne et nous devons, au plus tôt, nous mettre en sécurité avant que le soleil ne se couche…

— Déjà ? Mais tu veux aller où ? Il faut absolument que je rentre chez moi, je devrais y être depuis longtemps. Je vais encore me faire gronder, ça, c'est sûr. Et… pourquoi veux-tu qu'on se mette en sécurité ? À part un bon coup de soleil, on ne craint pas grand-chose dans ce désert.

— Écoute mon petit, tu me poses trop de questions. Je ne sais pas qui tu es, ni comment tu as atterri ici. Mais une chose est sûre : tu n'es pas chez toi, et…si tes œufs magiques sont bien ce que je pense qu'ils sont, alors tu cours un grand danger. Écoute-moi…Doris, il faut que tu me fasses confiance. On doit partir d'ici au plus vite.

— Ah bon ? s'inquiéta le petit garçon. Mais pourquoi tu chuchotes ?

— Ne perdons pas de temps, je t'expliquerai tout en chemin.

— Mais tu veux aller où ?

— Rejoindre un ami…quelqu'un qui saura apporter les réponses à toutes tes questions.

Loin de chez lui, sans aucun repère, sans moyen de comprendre ce qui venait de se passer, sans aucun retour possible, Doris avança dans les pas de ce scarabée géant qui progressait à vive allure, se rattachant à ce mince espoir de rencontrer la mystérieuse personne qui lui permettrait enfin de rentrer chez lui.

4

Ils marchaient à vive allure depuis plus d'une heure sous un soleil harassant. Les paysages changeaient d'aspect au fur et à mesure de leur progression sur des chemins de plus en plus escarpés. La terre de Sienne laissa sa place aux immenses étendues de prairies, parfois scindées de petits ruisseaux qu'ils devaient traverser en équilibre sur des ponts de fortune à l'équilibre très approximatif. De longs chemins de terre, puis de sinueux sentiers de roche prirent le relais sur des kilomètres, au péril des chevilles du petit garçon qui n'était pas préparé à une telle expédition.

Éreinté, Doris rejoignit son nouvel ami qui l'attendait à l'orée d'une gigantesque forêt, d'une densité obscure et aux proportions vertigineuses. À première vue, elle ne semblait pas pour autant inhospitalière, malgré l'image désastreuse que la mère du petit Doris avait façonnée sur les bois qui entouraient leur maison. Le scarabée géant connaissait parfaitement les chemins qui menaient jusqu'ici et cette forêt représentait l'ultime rempart à franchir avant d'arriver enfin à destination. Doris avait suivi tant bien que mal la cadence que lui imposait son guide, mais ses pieds lui imploraient de faire une pause bien méritée.

Une phrase que lui répétait sans cesse son père lui revint alors à l'esprit : « ... tu sais mon fils, dans la vie, si tu veux aller de l'avant, à chaque motivation, il faut y accrocher fermement un objectif ». Certainement, un des vendeurs les plus émérites de sa boîte, Karl comblait très souvent ses nombreuses absences pour raisons professionnelles par de petites phrases mystérieuses, dont seul l'écho résonnait parfois des années plus tard.

Ainsi, la seule chose qui le maintenait encore debout était l'envie d'en savoir plus, de connaître enfin la raison de sa venue dans ce lieu, mais également le moyen d'en repartir sain et sauf. Malgré l'avalanche, de questions éludées bien habilement par son guide, Doris ne connaissait toujours pas le but réel de cette excursion harassante.

Seule la détermination sans faille de Kaafu lui donnait le courage de suivre sans broncher. De plus, son intuition lui dictait de ne pas rester seul, d'autant plus que la nuit n'allait pas tarder à tomber. Cette fameuse nuit que redoutait tant Kaafu, qui semblait le terroriser malgré sa taille impressionnante, cette carapace aux allures indestructibles, sa force de caractère sans faille et sa connaissance du terrain. Doris le suivait de près, sans le quitter des yeux.

Mais plus ils pénétraient dans cette forêt, plus le froid et l'humidité ralentissaient les mouvements du jeune garçon, et plus le doute commençait à s'installer dans sa tête. Il se mit à cogiter. S'il ne rentrait pas à temps chez lui, sa mère allait se faire du souci, son frère le chercherait partout et en profiterait pour aller fouiller dans sa chambre. Mais sa plus grande inquiétude était de faire de la peine à sa grand-mère. Subitement, Doris s'arrêta, pétrifié, accablé d'être encore allé trop loin. Il ne pouvait plus avancer et devait rentrer sur le champ.

– En fait, heu… c'est très gentil de ta part Kaafu… même si je ne sais pas vraiment où tu m'emmènes… heu… je crois que je vais plutôt rentrer chez moi, suggéra timidement Doris.

– Comment ? chuchota Kaafu quelques mètres plus loin.

– En plus, j'ai super mal aux pieds ! s'écria Doris.

Kaafu fit précipitamment demi-tour et rejoignit Doris à pas de loup.

— Chut ! Ça ne va pas de crier comme ça ! dit-il en regardant autour de lui avec inquiétude. C'est trop tard pour aujourd'hui, la nuit est proche. Nous sommes beaucoup trop en danger en restant à découvert. Il faut se mettre à l'abri et au plus vite.

— À l'abri de quoi ? Non, mais c'est gentil, mais je ne vais pas pouvoir passer la nuit ici, en fait, s'excusa le petit garçon.

— Chut ! reprit Kaafu qui ne masquait pas son angoisse. On court un réel danger en restant ici. Je ne voulais pas t'en dire davantage pour éviter de t'inquiéter, mais tu dois me faire confiance. Nous devons impérativement nous cacher. Toi, moi et tes... tu te rappelles ? Ce que tu m'as montré tout à l'heure, poursuit-il en chuchotant.

— Mes œufs magiques ? reprit Doris à haute voix.

— Chut ! Ça va pas la tête !

— Pardon... c'est vrai que c'est un secret, mais ça ne craint plus rien maintenant que je t'en ai parlé et puis il n'y a personne d'autre, ici, à part nous.

— Mais bien sûr que si ! Nous sommes tous en danger la nuit... Je t'expliquerai plus tard. Pour le moment, il faut absolument que nous retrouvions un vieil ami, chez qui nous serons en sécurité. Tu pourras lui révéler ton secret en toute confiance. C'est un érudit, un génie qui a toujours réponse à tout. Si tu lui montres tes œufs, je suis persuadé qu'il saura quoi en faire.

— Mais c'est encore loin parce que j'ai vraiment trop mal aux pieds, chuchota Doris d'un air désolé, en lui montrant ses pieds meurtris.

— Un scarabée de la confrérie des scarabées de la Terre de sang ne ferait jamais ça... mais exceptionnellement, et uniquement parce que nous sommes pris par le temps, je t'accorde le privilège exceptionnel de grimper sur mon dos. Et surtout, on ira bien plus vite parce que je commence à avoir sérieusement les crocs.

À bout de force, Doris se hissa avec la plus déroutante facilité sur le dos de Kaafu. Et la marche reprit son cours. Le jeune garçon réalisait à peine ce qu'il était en train de vivre. Le dos droit, le bassin souple, cramponné à cette épaisse carapace, il chevauchait un scarabée géant à travers les chemins sinueux de cette gigantesque forêt. Le soleil passa rapidement derrière la cime des géants de conifère. Malheureusement, ils avaient pris beaucoup trop de retard pour pouvoir attendre leur destination avant la nuit. L'obscurité s'imposait progressivement, laissant planer une atmosphère étrange. Une myriade de cris, de craquements de branches et de mouvements d'ombres suspectes avait définitivement convaincu Kaafu de l'urgence de trouver refuge pour la nuit. Un simple terrier abandonné ferait l'affaire.

La fatigue avait eu raison du jeune garçon qui ne posait plus aucune question depuis un bon moment. Doris n'avait aucune conscience du danger qui les entourait et se sentait en sécurité au point de s'assoupir confortablement installé sur le dos de son compagnon. Quelques mètres plus loin, sous les racines d'une souche abandonnée, se profilait l'entrée d'un terrier. Une ouverture qui n'avait pas été obstruée était forcément celle d'un terrier inhabité. Le géant pénétra prudemment.

Désormais à l'abri du danger et du froid de la nuit, au fond de cet abri de fortune, le scarabée s'inclina minutieusement sur le côté, laissant son cavalier endormi onduler délicatement le long de sa carapace. Doris, assis par terre comme un vieux chiffon abandonné, sorti progressivement de son état de somnolence, pendant que son ami rebouchait au plus vite l'entrée du terrier.

— On est arrivé ? demanda Doris en s'étirant.

— Pas encore, petit. Nous n'aurions jamais eu le temps d'arriver avant la nuit, mais nous sommes en sécurité dans ce trou si nous ne faisons pas trop de bruit.

— Mince... On va voir ton ami que demain, alors ?

— Que demain, on n'a pas vraiment le choix, mais une parole est une parole mon cher, rassura Kaafu en souriant. Tu peux compter sur moi.

— On n'y voit pas grand-chose dans ce terrier, s'inquiéta Doris.

— J'ai une idée... attends une minute.

D'un léger battement d'ailes, Kaafu produisit un léger ronronnement. Expulsés du sol comme des bouchons de champagne, deux vers luisants répondirent à son appel. Ils illuminèrent les voutes de la cavité souterraine d'une vive lumière jaune sous le regard ébahie du petit garçon.

— Et voilà ! Ça va mieux comme ça ? s'amusa Kaafu. On va passer la nuit ici, profites-en pour te reposer... On a perdu du temps cet après-midi et la nuit est beaucoup trop dangereuse pour que l'on s'obstine à traverser cette forêt.

Toujours avide de nouvelles expériences, Doris n'était pas d'un caractère très craintif. Mais la nuit l'effrayait. Son imagination débordante lui permettait de vivre des moments merveilleux, mais dans l'obscurité elle se chargeait de faire naître toute sorte de monstres. Des ombres sournoises et inquiétantes. Une noirceur indicible qu'il était incapable d'appréhender. Une peur impossible à maîtriser. Il se rappelait les mots que lui susurrait sa grand-mère, le soir au creux de l'oreille : « quand la nuit tombe, mon enfant, la nature se transforme. Un monde nouveau s'éveille. Des puissances maléfiques surgissent du néant. On se sent observé, suivi, épié par d'étranges créatures, dont tu ne peux même pas imaginer la cruauté. Ce monde obscur où se côtoient tant de prédateurs insatiables… ». Doris avait pris bonne note de ses conseils. Ainsi il ne sortait jamais seul le soir. Était-ce une description objective de la réalité, une véritable peur que sa grand-mère avait refoulée depuis sa plus tendre enfance, ou simplement un stratagème infaillible pour éviter que son petit-fils n'aille se promener la nuit, avec l'insouciance comme seul compagnon ? Peu importe, la petite graine avait solidement fait son chemin dans la tête du petit garçon.

Dos au mur, assis au sol, jambes tendues, comme un matelas dégonflé, Doris et les deux vers luisants observaient les gesticulations pataudes du géant confiné dans cet espace réduit. Son visage s'illumina d'un sourire pour laisser place à de francs éclats de rire en voyant Kaafu tourner en rond comme une toupie, cherchant la position la plus adéquate et l'emplacement idéal, pour finalement se laisser brutalement tomber d'ivresse dans un épais nuage de poussière. Le même rituel auquel s'adonnait systématiquement Youky, la jeune chienne de sa grand-mère. Ce comportement similaire, aussi absurde qu'hilarant, rassura Doris. Aussi surprenant que cela puisse paraître, l'inquiétude des premiers instants avait rapidement laissé sa place à un réel sentiment d'apaisement et de sérénité.

Kaafu, en bon comédien, exagéra une violente quinte de toux, en chassant maladroitement le nuage de poussière et se laissa emporter par les rires incontrôlables de l'enfant. Les deux vers luisants, qui étaient visiblement muets, extériorisaient leurs fous rires par de petits sauts statiques et ridicules. Doris riait tellement qu'il se tenait la mâchoire de douleur pendant que Kaafu s'essuyait les larmes.

Une fois le calme revenu, fort de cette nouvelle complicité, Kaafu en profita pour entamer la conversation avec ce petit garçon tellement attendrissant et spontané.

Son histoire l'avait touché. Désormais, il ne pouvait plus faire marche arrière. Un lien d'amitié s'était naturellement construit au fils des heures. Kaafu avait pris soin de lui tout au long de la journée. Il l'avait protégé, comme un petit frère. En toute confiance, Doris se livra sans retenue. Il raconta où il habitait, l'école où il s'ennuyait à mourir, ses parents qu'il aimait d'un amour inconditionnel, son grand-père qu'il admirait, son frère aîné qui le malmenait inlassablement, sa chienne qui l'accompagnait partout et enfin sa grand-mère qu'il adulait par-dessus tout.

Kaafu l'écoutait attentivement, sans l'interrompre et sans comprendre rigoureusement tout ce qu'il expliquait, mais il était fasciné par tant d'enthousiasme, tant de sincérité dans la description des êtres qui l'entouraient. Même quand il parlait de son frère, il ne pouvait se résoudre à en dire du mal. Il le décrivait comme un grand frère costaud, robuste, intelligent et avec beaucoup de caractère. Enfin, beaucoup trop de mauvais caractère à son goût. En fait, il se sentait surtout à part. Tellement différent de lui. Toujours dans cette bulle de bonheur contemplatif, cet univers imaginaire dans lequel il passait le plus clair de son temps. Cette relation privilégiée avec la nature. Il avait conscience de générer de l'incompréhension chez Rudolf. Une incompréhension et une différence qui se changeait très souvent en exaspération.

Le scarabée géant se frotta le dessus de la carapace, essuya délicatement ses antennes l'une après l'autre et reprit :

— Donc, si je résume bien... tu habites avec ta famille, tout ça... et un jour, tu te retrouves sur mon chemin... comme ça, par hasard. Enfin, après avoir manipulé tes œufs... hum-hum. Des œufs, que tu as également découverts... par hasard.

— Bah ! Voilà ! ... c'est exactement ça, dit-il en haussant

les épaules.

— Ce n'est pas simple ton histoire, souffla Kaafu en se frottant le dessus de la carapace.

— C'est la galère, tu veux dire ! Il faut impérativement que je rentre chez moi avant que ma maman s'aperçoive de mon absence, reprit Doris.

— Ne t'inquiète pas pour ta maman mon petit, on va trouver une solution. Ce n'est pas pour ce soir, mais, si ce que tu racontes est vrai, je connais quelqu'un qui pourra certainement nous en dire davantage. C'est chez lui que l'on devait se rendre. Mais c'est encore un peu loin. Il vit dans une montagne au fin fond d'une immense grotte. Tu verras, c'est un drôle de personnage, un vieux sac à puces, très grincheux, qui passe son temps à dénicher, engranger de vieux bibelots. Il possède également tout un tas de vieux grimoires qu'il a étudié dans les moindres détails. Il en connaît un rayon sur tout un tas de choses. Je suis le seul à lui rendre encore visite. Tout le monde le prend pour un fou depuis des années, mais moi, je l'aime bien. Je ne crois pas bêtement tout ce qu'il me raconte, surtout quand il se lance dans des théories complètement absurdes sur tout un tas de trucs que je ne comprends pas. Mais, régulièrement, je passe le voir. On refait le monde autour d'une bonne gamelle. C'est qu'il cuisine plutôt bien ce vieux bougre, mais il ne faut pas trop lui dire. Et cette petite liqueur qu'il nous sert au coin du feu c'est un véritable enchantement. Ce que je préfère, c'est quand il ramène ses vieux grimoires et qu'il me fait la lecture. J'adore ces vieilles histoires, ces légendes d'un autre temps. Même si je les ai entendus des centaines de fois, c'est toujours un plaisir de l'écouter parler.

— Comme moi avec mamie, on peux rester des heures à se raconter des histoires. Elle adore quand je lui parle de mes rêves. Mais là, elle ne va jamais me croire.

— Tu parles ! Et le vieux... il ne va pas en croire ses yeux, lui non plus.

— Je ne saurais même pas par quoi commencer...

— Allez, tu devrais te reposer maintenant. Demain, une longue journée nous attend. Nous partirons dès les premières lueurs du soleil.

Doris acquiesça de la tête. Il imaginait mal comment pouvait-on reconnaître le jour de la nuit enfermé dans ce trou, mais il était trop épuisé pour poser la question. Il s'en remettait à son compagnon d'aventure. Les yeux mi-clos, il se remémorait les grands moments de cette folle journée. Il avait cependant pris conscience que son retour ne serait pas facile. Comment allait-il pouvoir justifier une telle absence ? Ses parents devaient être fous de colère et d'inquiétude. Ils avaient dû le chercher de partout. À son retour, il savait qu'il allait essuyer une tornade de réprimandes, et sans aucun doute une correction bien méritée.

Voyant que le jeune garçon peinait à s'endormir, Kaafu se redressa et tenta de le rassurer de nouveau :

— Mais si tes œufs sont magiques comme tu le prétends, c'est donc grâce à la magie que tu t'es retrouvé sur mon chemin. Il te suffit peut-être de reproduire le même geste pour revenir en arrière ou repartir d'où tu viens. Tu vois ce que je veux dire ? Avec les œufs dans la main, suggéra le scarabée en mimant le mouvement de rotation des œufs.

— Bah oui, mais je ne me souviens plus très bien comment j'ai fait. Mais, pourquoi pas ?

Doris sortit les œufs de sa poche sans grande conviction. Un flot de lumière inonda tout l'espace de sa couleur turquoise. Même les deux vers luisants, dont les reflets avaient changé de couleur, restaient ébahis devant une telle splendeur.

— Wouha, s'étonna Kaafu, ils sont magnifiques dans le

noir.

Doris restait immobile et Kaafu lui adressa un signe de la tête. Le jeune garçon reproduit le même mouvement qu'il avait fait machinalement dans sa chambre ce fameux soir. Il les fit tourner délicatement les uns entre les autres au centre de sa main. Une volute de fine poussière dorée ondula au-dessus des œufs sous le regard intrigué du scarabée géant.

Le nuage de poussière s'étira comme le voile d'une danseuse, enveloppant délicatement le jeune garçon, quand, soudain, sa silhouette fragile disparut sous le regard médusé de Kaafu et ses deux acolytes. Restant immobiles, la bouche ouverte, les yeux ronds cadencés de clignements compulsifs, ils n'avaient jamais rien vu de semblable.

— On... on va jamais me croire... chuchota Kaafu.

Les deux vers luisants s'étaient figés, le regard toujours fixé sur le nuage qui finissait de s'évaporer progressivement. Leurs têtes se dévissaient dans des va-et-vient répétés entre eux et le nuage de poussière. Comme un disque rayé, qui jouerait inlassablement la même mélodie. Stoppés dans leur boucle infernale par les gesticulations effrayantes du scarabée géant cédant à la panique pour retrouver le petit garçon dans cet espace exigu, les deux vers disparurent sous terre, plongeant instantanément le terrier dans l'obscurité totale.

Toujours assis par terre, Doris était recroquevillé sur lui-même les trois œufs serrés au creux de sa main, la tête dans les épaules, les yeux fermés, le visage crispé comme si quelque chose allait lui tomber sur la tête. L'odeur d'humus et l'humidité du sol avaient disparu. Son autre main tâta le sol avec attention. Il reconnaissait cette matière. Ses yeux s'ouvrirent. Un univers familier se dessina progressivement devant lui : il était de retour dans sa chambre.

Le sourcil gauche relevé, le visage ébahi, il murmura, dans un souffle de soulagement :

— Ça a marché… T'es un génie, Kaafu…

Pour en avoir le cœur net, il se pinça le bras, caressa son visage, passa sa main dans ses cheveux, sur la moquette qu'il n'avait jamais trouvée aussi douce. Comme par magie, il était revenu chez lui, dans sa chambre. Comme s'il ne s'était rien passé. Comme s'il avait simplement fait un rêve fou. Avec la certitude d'avoir véritablement vécu ce qui venait de se passer. Il était de retour sain et sauf, après avoir franchi la porte entre ces deux mondes. Cette porte dont il était le seul à en posséder la clé.

Son rêve inaccessible était désormais à porter de main.

Son vœu le plus cher.

Son secret.

Tout ce qu'il avait toujours ressenti se vérifiait enfin. Il était certainement le premier et le seul à être allé dans ce monde si différent. Sa vision du réel en était pour toujours bouleversée. Il n'était plus le garçon rêveur et tête en l'air, comme tout le monde prétendait. Il était désormais un conquérant, un pionnier, l'aventurier qu'il avait toujours rêvé d'être.

Il avait fait des rencontres extraordinaires. Un peu courte, mais parfaitement réelle. Qu'est-ce qui l'empêchait d'y retourner, de voyager dans ce monde si merveilleux où désormais Kaafu l'attendait ? Déambuler de nouveau sur le dos de l'unique scarabée géant que le monde n'ait jamais connu. Retrouver ce nouvel ami qui avait tout fait pour le protéger, continuer à chercher les réponses à toutes ses questions, rencontrer le vieux fou au fond de sa grotte, et surtout vivre des moments inoubliables.

Tout à coup, il réalisa que la lumière du jour ne perçait pas à travers ses rideaux. Il faisait encore nuit. Son regard se tourna vers son réveil qui indiquait : une heure trente-deux du matin. Quasiment l'heure à laquelle il s'était évanoui, ou plutôt qu'il était passé dans l'autre monde. Le temps aurait-il été suspendu pendant son absence ? Comment était-ce possible ? Lui qui avait eu le loisir de vivre tant de choses. Son escapade nocturne était passée inaperçue. Personne ne s'était inquiété de son absence.

Doris avait du mal à le croire, mais il ne pouvait contenir sa joie d'être de retour.

Il se précipita à son bureau, alluma sa petite lampe et chercha de quoi prendre des notes. Un petit carnet dédié à l'apprentissage de l'anglais ferait très bien l'affaire. Il arracha les premières pages remplies de traduction sans intérêt, et commença à rédiger tout ce qu'il avait fait pendant son voyage merveilleux. Il fit rapidement un croquis du scarabée géant et de ses deux allumés d'acolytes qu'il baptisa avec espièglerie : Chapi-Chapo. Il consacra une page entière à cette énigme du temps qui restait suspendu pendant son absence dans l'autre monde. L'espace vide serait comblé par ses prochaines observations.

Une fois ses souvenirs fraichement rapportés, il referma la couverture sur laquelle il y apporta l'inscription en gros caractère : Le Carnet des Secrets. Il cacheta ce précieux mémoire à l'aide d'un élastique, récupéra une chaussette, qui à l'odeur paraissait propre, dans laquelle il plongea ses œufs magiques. Il devait trouver rapidement un autre emplacement que le dessous de son matelas. Une cachette à la hauteur de ce précieux trésor. Il se glissa sous son lit. Après avoir méthodiquement décollé la moquette au sol, sous une lamelle de son plancher mal emboitée, il déposa son carnet des secrets et la chaussette contenant les œufs magiques au creux de ce coffre-fort qu'il referma minutieusement.

Il s'allongea sur son lit encore défait, les yeux grand

ouverts, la tête submergée d'images, de paysages éblouissants, de sensations extraordinaires, de rires réconfortants...

Avant de se coucher, il ouvrit en grand ses rideaux de velours. La nuit constellée d'étoiles était grandiose. Il repensait à Kaafu qu'il avait abandonné, seul dans ce terrier.

Le sommeil ne viendrait pas ce soir.

Il le savait.

Il attendrait patiemment que le jour se lève.

Marqué au fer rouge.

Les yeux au ciel et le sourire aux lèvres.

Le cœur comblé d'espoir.

5

Le soleil s'était enfin levé.

Un jour nouveau s'annonçait et avec lui le début d'une nouvelle aire. Les prémices d'un monde aux dimensions infinies s'offraient à lui. L'espoir d'une vie dans laquelle le jeune Doris avait tant de fois rêvé de s'épanouir. Un monde extraordinaire, recouvert de tant de mystères. Un voyage hors du temps à la hauteur de ses insatiables désirs d'aventure.

— Youky ! T'es où ma belle ? s'écria Doris accompagné d'un sifflement approximatif.

De la terrasse de sa grand-mère, la main sur le front pour se protéger du soleil naissant, il dominait tout le jardin.

La jeune chienne qui déambulait nonchalamment autour du potager, près de sa maîtresse, releva brusquement la tête au-dessus des hautes herbes. Les oreilles dressées, le museau en alerte, le regard de la malinoise scrutaient méthodiquement l'horizon pour déterminer d'où venait l'appel. Une fois la cible verrouillée, son visage se métamorphosa instantanément. La gueule ouverte, la langue déroulée sur le côté, les oreilles en arrière laissaient apparaître son plus beau sourire.

Même si Youky était la chienne inconditionnellement dévouée à sa maîtresse, sa relation avec Doris n'avait pas d'égale dans la famille. Un lien unique les rattachait depuis toujours. Ils avaient grandi ensemble et partagé leur quotidien depuis leur plus jeune âge. Il aimait tant lui parler de la manière la plus naturelle qui soit. Aussi surprenant que cela puisse paraître, elle le comprenait. Sa grand-mère les avait surnommés « les inséparables ».

Cette jeune malinoise pleine de fougue avait deux passions dans la vie : le jeu et le jeu. Dès que l'occasion se présentait, assise au garde-à-vous, la balle entre les dents, le regard en alerte, la queue en mouvement, elle attendait obstinément que quelqu'un veuille bien lui lancer son jouet de prédilection. Mais au grand dam de toute sa famille, elle ne la ramenait jamais au pied, excepté avec Doris. Un privilège parmi tant d'autres. Elle partageait des moments uniques avec le petit garçon. Elle l'accompagnait partout, le suivait sur le chantier quand il allait discuter avec son grand-père. Elle s'inquiétait quand il grimpait en haut du magnolia, l'accompagnait dans le potager pour goûter les dernières framboises arrivées à maturité, partageait de longues siestes à l'ombre d'un arbre. Ils aimaient tant se prélasser dans l'herbe, s'abandonnant tendrement l'un contre l'autre pendant des heures, à contempler la nature, sous le regard tendre et admiratif de Madeleine.

Le champ d'herbes hautes qui les séparaient laissait entrevoir une trajectoire sinueuse et jalonnée d'obstacles. Comme un train fou lancé à peine vitesse et que rien ne pouvait arrêter. Un cyclone invisible qui bouleversait la quiétude matinale de cette nature si paisible. Un nuage de poussière se soulevait sur son passage, emportant avec lui une nuée de moucherons et de papillons. Une envolée de moineaux, des cris d'alerte poussés par des merles en colère, l'envol assourdissant d'une vingtaine de tourterelles qui s'étaient rassemblées autour de la petite fontaine. La jeune chienne se propulsa hors de ce tapis de verdure à la vitesse d'un boulet de canon. Mais cette course folle et incontrôlée laissait présager un arrêt plus qu'approximatif. Les quatre freins déployés sur l'avant, la tête en arrière, les oreilles en suspension et le regard arrondi, elle stoppa brutalement sa course entre les bras du jeune garçon qui perdit l'équilibre et bascula en arrière. Il s'en suivit une roulade dans l'herbe, accompagnée de vives effusions de joie. Assailli sous une pluie de bisous baveux, de petits coups de museau et de cris de joie, Doris ne parvenait pas à se relever. Youky était incapable de contenir son enthousiasme, se tortillant dans tous les sens. Des retrouvailles qui, au bout d'une heure ou d'une semaine, se manifestaient systématiquement avec autant d'engouement.

— Ho, ma Youky... comme je suis content de te voir ! s'extasia Doris, assis dans l'herbe, les bras enlacés autour du cou de la jeune chienne. Je suis debout depuis cinq minutes et j'ai déjà les fesses toutes mouillées et mes baskets pleines de terre. Je vais encore me faire gronder. Tant pis ! Qu'est-ce que tu veux ? Comme dit Papy : « on ne fait pas d'omelette sans casser des œufs ! ». Tiens, en parlant d'œufs, j'ai fait des rêves de fou cette nuit... j'ai plein de trucs à te raconter... mais d'abord, si on allait rejoindre mamie ? Allez ! Viens vite, ma belle, on va lui faire la surprise !

Sourire aux lèvres et langue pendante, Youky ouvrit la marche en sautillant gaiement jusqu'au potager. À quelques mètres de sa grand-mère, Doris ralentit sa progression et avança sur la pointe des pieds. Un doigt sur les lèvres, il indiqua à la jeune malinoise de ne plus faire de bruit. Les deux complices avançaient lentement avec la posture du prédateur en chasse, avançant discrètement, prêts à bondir sur sa proie.

Mais l'effet de surprise était pour le moins convaincant, étant donné leurs bruyantes effusions de joie quelques minutes plus tôt. Sa grand-mère s'amusa de cette situation. Faisant comme si elle ne s'était pas aperçue de leur présence, elle continuait de brasser la terre à l'aide de sa binette à main. Lorsque Doris lui plaqua les deux mains dans le dos en poussant un cri, elle fit semblant de sursauter.

— Ho ! Le p'tit voyou ! Tu m'as fait peur ! s'écria Madeleine en se redressant la main sur la poitrine.

Ils partagèrent un éclat de rire, puis elle répliqua :

— Comment ça va mon p'tit cœur ? As-tu bien dormi cette nuit ?

— Ouais !... Même que j'ai fait plein de rêves et je me rappelle de tout...

— Whaou ! ... si tu veux bien me raconter, je ne demande qu'à t'écouter autour d'un bon petit déjeuner. Ça te va ? Allez, c'est parti mon kiki ! Tiens, prends le panier à salades. Et marche bien sur les planches pour sortir du potager. Faudrait pas écraser les oignons que j'ai plantés ce matin.

— Tu fais des rêves toi, mamie ?

— Parfois, ça m'arrive... mais c'est plutôt rare que je m'en souvienne.

— Bah moi, c'est comme si j'y étais et je me souviens de tout par cœur !

— Tout par cœur ? sourit sa grand-mère.

De retour, dans la cuisine de sa grand-mère, assis les jambes dans le vide devant un bol fumant aux effluves envoûtants de chocolat et de lait chaud, Doris soufflait dessus et remuait délicatement cette mousse épaisse en replongeant dans ses souvenirs de la nuit dernière. Il avait tellement envie de tout raconter à sa grand-mère. Lui faire partager ce qu'il avait vécu. Lui expliquer pour les œufs qu'il avait trouvés dans le jardin. Ces œufs aux pouvoirs magiques si extraordinaires qui lui avaient permis de passer dans un autre monde. Un monde fantastique au sens propre. Même si sa grand-mère avait l'habitude de l'écouter, de se montrer complice de ses révélations toujours aussi invraisemblables les unes que les autres, il n'était pas encore prêt à lui révéler son secret, même si elle était bien la seule personne avec qui il voulait le partager.

Après réflexion, il réalisa, qu'elle non plus, n'était pas prête à l'entendre. Comment était-il possible de croire une histoire aussi folle sans l'avoir vécue ? Si Doris levait le voile sur ce voyage insensé, il devrait en apporter la preuve. Lui montrer les œufs. Lui prouver leur fonctionnement. Et pourquoi pas disparaître sous les yeux de Madeleine. Rien que d'imaginer la scène, d'envisager un tel choc pour sa grand-mère, il se refusait d'en dire davantage. À quoi bon, puisqu'il avait trouvé la parade idéale ? Déguisé en rêve d'une nuit, il pouvait tout dire et partager sans crainte le récit de son voyage dans l'autre monde.

Impatiente de l'entendre, Madeleine s'assit à la petite table rouge de la cuisine. Elle glissa discrètement quatre ou cinq morceaux de sucre dans un grand bol de café au lait, puis écrasa grossièrement entre ses mains quelques biscottes jusqu'à donner la bonne consistance à sa boisson chaude. Elle remua cette bouillie peu ragoutante sous le regard écoeuré du petit garçon.

— Qu'est-ce que tu veux que je te dise, ça n'a pas l'air aussi appétissant qu'une bonne tartine de beurre avec de la confiture du jardin, mais le toubib a dit que c'était meilleur pour moi... ou plutôt pour mon cholestérol, bougonna Madeleine d'un air sceptique. Bon, alors... tu me le racontes ce rêve ou il faut que je te supplie ?

Le top départ était donné.

Doris se lança dans un monologue sans fin. Il raffolait de ces moments, d'autant plus en l'absence de son frère et de ses incessantes moqueries. Son discours était riche de descriptions détaillées. Tous ces paysages splendides et gorgés de couleurs qu'il avait eu le plaisir d'admirer au cours de son périple. Des panoramas inoubliables qui s'étendaient à perte de vue. Des odeurs enivrantes. Une chaleur étouffante. La couleur si particulière de ce désert de sienne. L'immensité de la forêt de conifères. Le noir intense aux reflets bleutés de la carapace de Kaafu, le scarabée géant qui le prit rapidement sous son aile. Ce personnage grincheux et susceptible au premier abord, mais tellement drôle et gentil à la fois. Madeleine se mit à rire de bon cœur devant une imitation très caricaturale du scarabée. Sa démarche un peu pataude, sa manière très théâtrale de se présenter, « Moi ! Kaafu ! Membre de la grande confrérie des bousiers... », sa manière de faire rouler sa monstrueuse boule nauséabonde, tout était exagéré et foncièrement drôle. Doris rebondissait au rythme des questions incessantes de sa grand-mère qui suivait le déroulement de son histoire, le sourire aux lèvres, le regard admiratif devant tant d'imagination. Il chuchotait, criait, sautait dans un océan de mimes loufoques qui la faisait sourire. Bien entendu, il omit sciemment de parler des œufs et de leur pouvoir magique. L'important était de partager son aventure, se libérer d'un poids bien trop lourd à porter, mais sans pour autant révéler son secret.

— Quelle histoire ! s'écria-t-elle. Ça aurait été bien dommage de ne pas s'en souvenir. Mais où vas-tu chercher tout ça ? Il n'y a bien que toi pour faire des rêves aussi fous. Même quand tu ne dors pas, tu vis déjà dans un univers à part. Tu t'es construit ton petit monde à toi, et moi, je trouve ça génial, mon petit cœur. Après tout, si tu ne vis pas maintenant ces moments merveilleux, ce n'est pas à mon âge que ça va t'arriver.

— Pourquoi tu dis ça, mamie ?

— Je n'ai malheureusement pas toutes les réponses, mais... moi aussi, à ton âge, je faisais beaucoup de rêves, pas aussi fous que les tiens, mais...

Qu'est-ce qu'elle essaie de me dire ? se demanda Doris. Aurait-elle connu dans son enfance un monde merveilleux comme le mien ? Bien sûr que non, c'est impossible. Elle me parle de ses rêves, sans savoir que moi, je l'ai vécu cette aventure. Tout était bien réel.

— ... mais un jour, pour une raison que j'ignore, et sans que tu t'en rendes compte, ces rêves-là disparaissent, reprit sa grand-mère, le regard dans le vague, plongé dans les lointains souvenirs de son enfance. Aujourd'hui, quand j'ai la chance de m'en rappeler, les images de mes nuits de sommeil n'ont rien de très intéressant. Je peux te le garantir. Ce ne sont que des images déformées de la vie réelle, tout au plus.

Madeleine marqua un temps, puis reprit en souriant :

— À part que je n'arrive jamais à courir dans mes rêves. J'ai toujours la sensation de me débattre comme une folle, mais... je n'avance pas d'un pouce ! Que dalle ! Ça ne te le fait jamais, toi ?

— J'sais pas. De toute façon, je ne t'ai jamais vu courir, mamie. Alors à quoi bon ?

— Ouais, c'est vrai. Enfin bref... ce que tu viens de rêver, mon petit cœur, ça vaut de l'or ! Alors, profites-en... et surtout n'oublie pas de tout me raconter. J'adore tes histoires.

— Moi aussi, mamie, j'adore te les raconter...

— Comment s'appelle le scarabée géant, déjà ?

— Kaafu ! s'émerveilla Doris.

— Excellent ! approuva Madeleine.

Doris raffolait de ces moments de complicité passés avec sa grand-mère, ses échanges passionnés sans jugement ni dérision. De véritables parenthèses enchantées. Même Youky restait assise à écouter leurs conversations remuant la queue à chaque éclat de rire.

Au fil du temps, les « têtes en l'air » et autres qualificatifs peu glorieux qu'on lui collait sans cesse sur le dos devenaient de plus en plus insupportables. Une partie de son identité s'était pourtant façonnée autour de ce trait de caractère indélébile. Comme une mauvaise mélodie qui vous résonne dans la tête et qu'un beau matin, inconsciemment, vous chantonnez gaiement. Tandis que Madeleine savait trouver les mots justes. Cet amour inconditionnel qui lui permettait de déceler la beauté et la force de caractère chez son petit-fils. Elle l'encourageait à suivre son propre chemin. Quoiqu'en pensent les autres. Elle lui répétait sans cesse que sa vie lui appartenait. Et qu'elle était unique.

Ces mots forts avaient une résonance particulière.

Doris était ému, comme à chaque fois que sa grand-mère le complimentait. Une bouchée dans sa tartine croquante, accompagnée d'une gorgée de chocolat chaud pour forcer le passage, la diversion semblait fragile pour faire passer cette boule d'émotion bloquée au fond de sa gorge.

Ce garçon était profondément sensible.

Madeleine en était consciente. Elle se reconnaissait tellement en lui. Elle se revoyait enfant, plongé dans son propre imaginaire pour s'extraire d'un quotidien marqué par l'histoire, sa bouée de sauvetage sans quoi elle aurait sombré comme tant d'autres. Elle voulait lui faire prendre conscience de la puissance de ses rêves. Qu'il s'agissait d'une force. Réellement. Et non d'une faiblesse d'esprit comme s'acharnait à lui répéter son frère aîné.

— Tu penses que ça existe un monde différent du nôtre ? Où les insectes peuvent parler, comme dans mon rêve ?

— Pourquoi pas ? reprit-elle avec un grand sourire. Les insectes, je ne sais pas, mais regarde les oiseaux, ils communiquent bien entre eux, alors qu'ils n'ont pas tous le même langage... leurs cris, leurs comportements, leurs attitudes ne sont pas tous les mêmes et pourtant ils ont l'air de se comprendre entre eux... et leurs chants... surtout le matin, à l'aube, qu'est-ce que c'est beau !

— C'est vrai... pourtant l'autre jour, quand on s'est

approché de la cabane du jardin, où tu ranges tes outils, on a fait super peur à un merle. Et il est parti en poussant plein de cris aigus...

— Des cris d'alerte... c'est bien que tu te souviennes de ça, dit-elle d'un air admiratif.

— Et comment tu reconnais le mâle de la femelle, chez les merles ?

— Bah, je crois que le mâle a un joli bec orange et un plumage bien noir, répond Doris sans trop d'hésitation.

— Bravo ! C'est bien ! Mais quelle mémoire ! félicita sa grand-mère en le serrant dans ses bras.

Le museau de la chienne se blottit instantanément entre eux pour se glisser sur la cuisse du petit garçon. Les yeux au ciel, rempli de tendresse. Un câlin à trois comme elle aimait tant.

Le petit déjeuner terminé, Doris se sentait repu. Comblé d'amour et de tendresse. Soulagé d'avoir partagé son histoire avec sa grand-mère, rassuré de ne plus avoir à lui cacher quelque chose d'aussi important. Son secret était pour autant bien gardé. Certes, il n'avait pas dit toute la vérité. Mais il était encore trop tôt pour le faire. Karl lui avait dit un jour : « Parfois, mon fils, il vaut mieux un petit mensonge qu'une grande vérité ». Les mots ont un sens que seul le temps permet de déchiffrer. Doris venait seulement de comprendre cette phrase.

Merci papa.

Le reste de la journée se déroula normalement. Mais plus le temps passait et plus Doris se posait tout un tas de questions sur ce qu'il avait vécu dans l'autre monde. Le doute s'immisçait sournoisement dans son esprit. Il n'était plus tout à fait certain de ce qu'il avait vécu. Quelle différence y avait-il entre ses rêves et ce qu'il avait vu au cours de ce voyage ? Comment savoir s'il ne s'agissait pas d'un simple rêve, en apparence plus réel que les autres ?

Beaucoup d'indices l'avaient persuadé du contraire sans pour autant lui apporter de certitudes.

Tout était tellement différent. Les odeurs d'humus si caractéristiques qu'il avait senties en pénétrant dans la grande forêt obscure. La terre de Sienne qui avait coloré ses mains et ses lèvres dans le désert rouge. Kaafu, le scarabée géant avec qui il avait longuement échangé. La randonnée éreintante à travers les paysages tous aussi incroyables les uns que les autres. Il n'avait pas pu inventer tout ça. Même une imagination des plus fertiles n'aurait pu imaginer une telle démesure, une expérience aussi folle par tant de réalisme.

Le seul moyen d'en avoir le cœur net, et de se débarrasser de ses doutes qui lui torturait l'esprit, était de repartir. Il devait à tout prix retourner dans l'autre monde. Il fallait absolument rejoindre Kaafu. Le pauvre, lâchement abandonné dans le noir, au fond de ce terrier, il ne devait pas en croire ses yeux. Rien que d'imaginer sa tête ahurie après sa disparition, sans parler des deux vers luisants, Doris retenu un sourire gêné en plaquant sa main contre sa bouche.

D'un tour de passe-passe, il savait désormais comment s'aventurer d'un monde à l'autre. Il détenait la clé qui ouvrait la porte sur ce passage mystérieux. Il avait enfin compris le fonctionnement des œufs magiques. En les maintenant au creux de sa main, il suffisait de les faire tourner sur eux-mêmes, dans un léger frottement, jusqu'à ce que la poussière lumineuse apparaisse.

Un jeu d'enfant.

Mais il n'avait aucune garantie de pouvoir le refaire. Si le charme était rompu. Si la magie n'était réalisable qu'une seule fois. Pire encore, si la magie des œufs se réalisait comme dans Aladin, un de ses dessins animés préférés. Le génie qui réalise les trois vœux... et pas un de plus. Dans son cas, ça signifierait : Un aller... un retour... ça, c'était déjà fait... un autre aller pour rejoindre Kaafu et jamais plus de retours possibles.

Tant pis pour toi, mon garçon, tes trois vœux ont été exaucés ! Tu es condamné à passer le restant de tes jours dans ce monde !

Quelle désolation ! Comment pouvait-il imaginer infliger autant de peine à toute sa famille ? Sa maman serait folle de colère. Sa grand-mère ne s'en remettrait certainement pas. La pauvre Youky se sentirait abandonnée. Il n'y a bien que Rudolf qui se satisferait d'une telle situation.

Et si mamie avait raison. Si les rêves étaient des bijoux si précieux et si fragiles à la fois. La plus belle des fleurs ne vit malheureusement qu'un temps.

Cette aventure n'était pas qu'un rêve. C'était son rêve, son désir le plus profond, c'était devenu sa raison de vivre. Comme le petit indien. Il devait se jeter dans le vide, affronter l'inconnu. S'il ne vit pas cette folle aventure maintenant, alors, il sera sans doute trop tard. Sa rencontre avec Kaafu lui apportait suffisamment de réconfort. Même s'il restait bloqué dans l'autre monde, il était désormais persuadé que son nouvel ami ferait tout son possible pour lui trouver une solution. C'est d'ailleurs ce qu'il voulait faire avant que Doris ne disparaisse. Le scarabée géant devait lui présenter quelqu'un de très important. Suffisamment important pour qu'il marche une telle distance, avec sur son dos, un petit garçon qu'il connaissait à peine. Même si ce grand râleur avait surtout bon cœur, il avait changé de comportement en découvrant les œufs. Sans en dire davantage, il donnait l'impression d'en savoir beaucoup plus à ce sujet. Il s'était montré insistant sur la nécessité de rester discret. Comme s'il s'agissait d'un joyau rare et inestimable.

Beaucoup de zones d'ombres planaient autour de ses

œufs. Il devait absolument retourner auprès de Kaafu et poursuivre son voyage jusqu'à la grotte du vieil ermite. L'étendue de son savoir lui en apprendrait certainement davantage sur l'origine de ses œufs, et sur leurs pouvoirs magiques incontestables.

Perdu dans ses pensées, assis sur un rocher, près du potager de sa grand-mère, il retira machinalement sa chaussure pour en extraire un petit caillou qui le gênait. La basket renversée ne voulait rien recracher. Alors il ôta sa chaussette, croyant y dénicher l'élément perturbateur sans plus de résultat. Sa main palpa le dessous de son pied avec délicatesse. Son index tâta délicatement une protubérance, et son visage s'illumina. Sans rien laisser paraître, son cerveau était en ébullition. Il venait de faire une découverte qui allait tout changer. Ses pieds lui apportaient enfin la preuve irréfutable de son passage dans l'autre monde, les sévices d'une longue et laborieuse randonnée : une ampoule. Une cloque à peine douloureuse, mais tellement rassurante et réconfortante à la fois...

Kaafu ! Attends moi, j'arrive !

6

Sans un bruit, voguant délicatement au gré d'une faible brise, il vint se percher sur l'extrémité d'un pétale de fleur. Le bleu intense de cette orchidée d'une très grande rareté contrastait avec le velours de ses ailes tachetées aux nuances d'orange, de vert et de bleu. Du haut de ce perchoir, il pouvait admirer les splendeurs de cette végétation qui s'étendait à perte de vue. Un regard aux alentours, les antennes dressées sur le sommet de la tête, ce jeune spécimen s'octroyait une petite collation matinale. Ses fines ailes vibraient de satisfaction au fur et à mesure qu'il ingurgitait le savoureux pollen. Une belle journée ensoleillée s'annonçait.

Une fois le festin terminé, il prit son envol pour rejoindre ses congénères avec la grâce qui caractérise le vol des papillons multicolores de son espèce. Léger comme le vent, il tourbillonnait au gré des courants d'air chauds et des effluves de pollens. Soudain, son regard fut attiré au sol par une masse sombre et imposante, aux caractéristiques inhabituelles. Un corps inerte, immobile.

La curiosité inhérente à son jeune âge l'incita à quitter le groupe pour s'approcher de plus près. Il engagea une descente en tourbillon et se stabilisa du mieux possible au-dessus de cette masse sombre. Il n'avait jamais rien vu de pareil. L'odeur, la taille imposante et la morphologie lui étaient totalement inconnues. Inquiet du danger, il se rapprocha avec la plus grande prudence.

La curiosité était bien trop forte. Il finit par se poser en douceur sur cette peau moelleuse et chaude. Aucune réaction. Pas un bruit. Il reprit son souffle dans le calme.

Soudain, une libellule en plein vol trancha l'air au-dessus de lui dans un vrombissement assourdissant tel un moteur à réaction. Le jeune papillon replia ses ailes à la verticale en protection pour étouffer la déflagration, puis les abaissa pour stopper la prise au vent, lui évitant ainsi de se faire emporter comme une feuille morte. Les Annonceurs, comme on les appelait, étaient les messagers express de la contrée. Ces libellules étaient chargées du transport des informations de la plus haute importance. Souvent secrètes. De véritables virtuoses de la voltige et incroyablement rapides, elles garantissaient la circulation des informations indispensables à la survie des espèces. Car ce monde aussi merveilleux qu'il puisse paraître se métamorphosait dès la fin de journée. À la tombée de la nuit, tous ses habitants se confinaient pour se protéger de ce qu'il était devenu courant d'appeler et depuis bien trop longtemps : la grande terreur nocturne. Tout déplacement ou sortie se faisaient au péril de sa vie. Certains insectes, comme les scarabées, les oiseaux et autres espèces vivant en communauté et en harmonie le jour, devaient impérativement se cacher dans des grottes et autres abris de fortune aux sécurités des plus improbables. Les oiseaux trouvaient refuge dans les arbres, dans des nichoirs sécurisés qui nécessitaient une surveillance accrue. Tout ce petit monde s'était plus ou moins habitué à cette façon de vivre. Une nouvelle organisation s'était mise en place avec le temps, aux grands désarrois de tous. Avec l'espoir permanent qu'un jour les choses changent et reprennent leur cours normal. Comme c'était le cas, il y a très longtemps.

La caresse des ailes du papillon sur son nez fit sortir Doris de son état léthargique. Étendu sur le sol, il ouvrit lentement les yeux sur un ciel magnifique. Sa vue encore troublée par les rayons du soleil distinguait faiblement des voiles aux couleurs vives qui s'agitaient devant ses yeux. Il releva le buste, assis en tailleur, en attendant de reprendre progressivement ses esprits. Son regard s'ajusta sur un magnifique papillon multicolore qui était en équilibre instable au bout de son nez. Il cligna des yeux successivement pour cesser de loucher. Délicatement, son index se glissa sous les pattes du magnifique spécimen qui se laissa faire à son plus grand étonnement.

— Bonjour mon beau, articula Doris d'une voix douce. Comme tu es petit ?

— …

— Je pensais que j'étais revenu dans le monde merveilleux, mais apparemment ça n'a pas marché cette fois-ci. J'ai dû encore m'endormir dans les herbes hautes, au fond du jardin. Je ne sais même pas quelle heure il est… ni depuis quand je suis là. Pfff, je vais encore me faire gronder, dit tout bas le jeune garçon sans réellement s'inquiéter.

Doris parlait au papillon comme il avait souvent l'habitude de le faire avec tous les insectes qu'il croisait sur son chemin.

Il se rappelait qu'il était discrètement parti en direction de la forêt afin d'exécuter le rituel magique, pour rejoindre Kaafu dans le monde merveilleux. Ça n'avait visiblement pas fonctionné. Pourtant il était certain d'avoir fait tourner les œufs dans sa main, comme la dernière fois. Il avait pourtant tout prévu, en s'éloignant de la maison, sans attirer les soupçons. Vêtu de sa salopette en jean préférée, d'un vieux t-shirt qui pouvait abîmer sans risquer de remontrances et d'une bonne paire de basket, il s'était préparé pour l'aventure. C'était toujours mieux que son pyjama rouge de la dernière fois.

Les œufs qu'il tenait toujours fermement dans son autre

main rejoignirent leur place au fond de la poche ventrale de sa salopette. La déception avait anéanti tous les espoirs du jeune garçon. Lui qui voulait tant retrouver son ami Kaafu. Vivre de nouveau des moments inoubliables, dans un univers extraordinaire qu'il était le seul à pouvoir approcher. Mais la magie n'avait pas fonctionné cette fois-ci. Qu'avait-il encore fait de travers ? Il se demanda si son professeur n'avait pas en fin de compte raison. Par manque de concentration et de rigueur, il n'arrivera à rien dans la vie.

Ce regard qui brûlait. Cette déception qui lui serrait sournoisement la gorge. Des larmes inondèrent ses paupières. Le contour de ses yeux, d'un magnifique bleu gris, luttait fièrement pour les contenir. Il ne voulait pas les sentir couler le long des joues. Il ne voulait pas craquer. Sa fierté lui dictait de résister, de garder espoir, de continuer d'y croire, de se montrer digne de la chance qu'il avait eue de connaître l'autre monde.

Il devait absolument se reprendre.

Il ferma les yeux.

Une bouffée d'oxygène gonfla exagérément sa poitrine, suivie d'une expiration lente et continue qui laissa de nouveau apparaître sur son visage ce sourire plein de malice.

Il se rapprocha de son index et après un examen minutieux, il en conclut que le papillon était bel et bien normal, ses mensurations ne correspondaient en rien avec ce qu'il avait pu connaître dans le monde merveilleux. Et en plus, il ne parlait pas.

Cependant, un léger grésillement attira son attention. Les yeux plissés pour mieux discerner les détails minuscules de cet insecte, il approcha encore son visage de celui-ci. Toujours cramponné à son doigt comme si sa vie en dépendait, il gesticulait des pattes avant, remuait frénétiquement ses antennes et battait des ailes par saccade. Le papillon le fixait droit dans les yeux. Et aussi surprenant que cela puisse paraître, il semblait vouloir lui faire comprendre quelque chose.

— Je ne suis pas petit ! hurla le papillon. Je suis très jeune, c'est di-ffé-rent !

— Mais, tu parles ? s'étonna Doris dans un mouvement de recul.

Son visage se métamorphosa. La blancheur de ses dents illuminait son visage.

— Bah oui ! Bien sûr que je parle, et si tu n'étais pas si loin de moi, tu m'entendrais hurler depuis tout à l'heure. Je suis encore petit parce que je viens à peine de sortir de mon cocon. Mais avant la fin de journée, je serai un papillon adulte, presque aussi grand que toi. Alors pour le moment, il faut que je crie comme un sourd pour qu'on m'entende. Et dans quelques lunes, j'aurai disparu.

— Ah bon ? Mais pourquoi ?

— C'est comme ça, c'est mon destin, enfin je crois... mais là, j'ai plein de choses à faire, et j'ai pris beaucoup trop de retard, alors...

— Mais, attends ! Comment sais-tu tout ça ? s'empressa Doris.

— Je le sais... c'est tout.

— Ah, d'accord, mais... heu... on est bien au pays merveilleux, n'est-ce pas ? s'inquiéta Doris.

— Si tu le dis... En tout cas, je suis sûr d'une chose, c'est qu'il ne faut pas traîner trop longtemps dans les parages. Je suis peut-être très jeune, mais de génération en génération, on a toujours su qu'à la tombée de la nuit, on courait un grand danger. Et... pas que les papillons, tout le monde. Alors, si tu veux garder la vie sauve, tu ferais bien de te trouver un abri solide. Tu n'as plus que quelques heures avant que la nuit tombe. À bientôt, peut-être...

— Non, attends ! Je m'appelle Doris et je cherche un ami… heu… il s'appelle Kaafu… tu ne le connaîtrais pas par hasard ? Je suis venu de loin pour le retrouver.

— Non, connais pas…

— C'est un scarabée gé…

Le papillon s'envola avant même que Doris ait eu le temps de finir sa phrase. Quelle rencontre étrange, songea-t-il ? Il n'en avait pas appris davantage sur l'endroit où il se trouvait ni où chercher son ami Kaafu, mais il avait acquis une certitude : la magie des œufs avait de nouveau fonctionné, il était revenu dans le monde merveilleux. Un sentiment de fierté lui redonna la force et l'enthousiasme qui l'avaient lâchement abandonné. La poussière dorée lui avait ouvert le passage. Il ne lui restait plus qu'à retrouver la trace du scarabée géant, et de préférence, avant la tombée du jour.

Il ne savait vraiment pas dans quelle direction aller. Le sens de l'orientation n'était pas son fort. Mais comment se repérer dans un lieu qui vous est totalement inconnu ? Il n'était revenu ni dans le terrier d'où il était parti ni sur le chemin de terre rouge où il était apparu la première fois. Il allait devoir avancer à l'aveugle, se fier uniquement à son instinct, mais l'essentiel était de partir à la découverte de monde fantastique et de vivre à fond son aventure.

Doris se mit en marche, les mains dans les poches, en sifflotant gaiement.

Après une heure de marche, il s'engagea sur un chemin sinueux à travers des herbes hautes. Cette fois, habillé en conséquence, il se sentait d'attaque pour une longue randonnée en pleine nature.

Après avoir traversé des paysages splendides, ébloui par une telle diversité de couleurs, enivré par les odeurs d'une telle variété de pollens, il s'émerveillait de la beauté sauvage de cette nature foisonnante, de ces fleurs toutes aussi magnifiques les unes que les autres. Il parcourait des chemins escarpés, escaladait de petits rochers recouverts d'une mousse qui semblait curieusement se déplacer à son passage. Il y avait de la vie autour de lui. Son regard croisait furtivement un bout de museau, une petite queue qui dépassait d'un buisson sans jamais voir la moindre bête ou un quelconque insecte. Il inspirait autant la curiosité que la crainte. Il acceptait cette méfiance sans gêne puisqu'il était certainement le premier petit garçon en salopette bleue à se promener sur ces chemins.

Sous un soleil éclatant et une chaleur aussi harassante que la dernière fois, il traversa des champs aux reflets dorés qui s'étendaient à perte de vue. Une espèce de blé très sec dont les épis se refermaient frénétiquement au contact de sa main. Dans un bruit assourdissant de pièces d'or qui s'entrechoquent, les herbes aussi hautes que le jeune homme s'écartaient sur son passage. Sous le regard émerveillé de Doris, le chemin qu'il devait prendre se dessinait naturellement devant lui, suivait chacun de ses mouvements. À tel point qu'il ne put s'empêcher de jouer de cette interaction. Il écartait les bras tantôt sur les côtés, tantôt sur le devant et les herbes se couchaient instantanément. Comme s'il possédait véritablement un super pouvoir. Lui qui avait tant de fois joué ce rôle.

À la sortie de ce champ, les épis de blé s'ouvrirent sur une immense et verdoyante prairie. La chaleur du soleil éblouissant céda sa place à un ciel couvert et une fine pluie accompagnée d'une épaisse brume. L'écart de température était saisissant. Son sweat à capuche aurait été le bienvenu, mais il avait eu si chaud la dernière fois en pyjama qu'un simple t-shirt avait été un choix plus judicieux. Après réflexion, il en conclut qu'il n'avait pas emprunté le même chemin. Il ne reconnaissait aucun paysage. Mais il fallait continuer la route et retrouver impérativement son ami

Kaafu.

Tout allait si vite. Comme des tableaux qui se succèdent sans transition. Sans cohérence. Comme s'il passait d'un désert aride d'Australie, aux profondeurs de la forêt amazonienne, aux vallées verdoyantes d'Écosse, aux champs de blé de ses campagnes, pour finir devant un décor de fjord digne des plus beaux paysages scandinaves.

Son chemin se terminait au pied d'un lac magnifique.

Comme illuminé par le fond, il avait l'impression que l'eau changeait imperceptiblement de couleur. Passant de l'orange au vert, du rouge au jaune, avec des reflets blanc nacré étincelants sur la surface, ce lac étrange était bordé d'impressionnantes montagnes dont l'ascension lui semblait impraticable. Il était évidemment trop dangereux de le contourner sur ces rochers vertigineux et au vu de ses piètres qualités de nageur, une traversée dans ces eaux glacées était hors de question.

Il avait tellement froid. Rien qu'à l'idée de pénétrer dans cette eau en apparence gelée, un frisson lui parcourut le dos jusqu'à la nuque.

Ne sachant plus quoi faire et avant de se résigner à rebrousser chemin, il voulut se désaltérer en espérant que ce soit de l'eau douce. Au fur et à mesure qu'il s'approchait du bord, l'eau se retirait. Un pas de recul puis un pas en avant. L'eau suivait chacun de ses mouvements. Ce jeu l'amusa autant que dans le champ de blé. Il n'avait jamais rien vu de pareil. S'agissait-il réellement d'un lac ? Pour s'en assurer, il prit un caillou et le jeta dans l'eau. Il reconnut les cercles qui se dessinèrent autour de l'impact. Alors, prudemment, il s'avança de quelques mètres, la peur au ventre, motivé par cette curiosité instinctive qui le poussait à en savoir davantage. Si l'eau s'ouvrait à son passage, elle pouvait aussi se refermer brutalement autour de lui. Estomaqué devant un tel phénomène, il continua sa progression. Le sol encore humide collait à ses baskets. Une forte odeur de vase le fit tordre le nez. La surface de l'eau disparaissait progressivement de son champ de vision au fur et à mesure de son avancée dans le lac. Au moment où l'eau allait passer au-dessus de sa tête, d'un réflexe instinctif, comme s'il pouvait empêcher l'eau de le submerger, il tendit les bras au-dessus de sa tête. C'est alors que la bulle qui maintenait l'eau à distance se referma tout naturellement au-dessus de lui. Il n'en revenait pas. Il était au sec, sous la surface de l'eau. Il marchait au fond d'un lac aux couleurs exceptionnelles, entouré de cette bulle protectrice, seul et perdu dans ce monde inconnu.

Il hallucinait à chaque passage d'un banc de poissons dont les couleurs fluorescentes étaient révélées par son cocon lumineux. D'autres spécimens au physique plus disgracieux tentaient une approche furtive. Il était le spectateur privilégié de ces fonds aquatiques époustouflants. Décidément, ce monde était réellement magnifique. La magie l'avait fait venir jusqu'ici et semblait l'accompagner tout au long de son périple. Mais, jusqu'à quand ?

À mi-chemin, la fatigue commença à se faire sentir. Ses épaules le faisaient terriblement souffrir. Il avait continué sa progression les bras tendus au-dessus de sa tête. Que se passerait-il s'il les baissait ? La bulle allait-elle s'effondrer ? Ses mains étaient sans doute ce qui permettait de maintenir les parois. Comment avait-il pu être aussi inconscient ? Aux vues du chemin parcouru et de la profondeur atteinte, il se laissa submerger par un sentiment de panique. Il était terrifié à l'idée d'être écrasé par une masse d'eau aussi importante, suspendue au-dessus de sa tête. La peur se répandait comme un courant électrique dans ses veines parcourant chaque parcelle de son corps. Ses enjambées devenaient lourdes.

Cette traversée interminable lui semblait de plus en plus insurmontable. Mais de toute évidence, il était trop tard pour faire demi-tour.

Il devait à tout prix se détendre, faire face, chasser ces idées noires, reprendre le contrôle de son esprit. Mais ses pieds l'abandonnèrent. Bloqué au beau milieu du lac, dans les profondeurs les plus obscures, il était incapable d'avancer. Sa respiration s'accélérait pour devenir incontrôlable. Ses poumons sifflaient dans une dernière agonie. Il avait tellement chaud tout à coup. Comme une pyramide de dominos, il s'effondra sur le sol. Épuisé, mais toujours conscient. Les genoux et les mains empêtrés dans cette vase gluante, il luttait les yeux fermés pour reprendre son souffle.

Et ce t-shirt qui lui serrait le cou.

Cet incendie indomptable qui lui brûlait les poumons sans répit.

Mais, il ne pouvait compter que sur lui-même. Tout était tellement en désordre dans sa tête quand, d'un coup, il réalisa qu'il n'était pas sous l'eau. Ses yeux se réouvrirent sur un constat implacable : la bulle avait résisté. Ce souffle en détresse se transforma progressivement en une toux saccadée puis en éclat de joie, en rire de soulagement. Il prit soudain conscience, au creux de sa poitrine, de cette douce chaleur qui ne l'avait pas quitté depuis le début de son immersion. Et peut-être même avant, depuis son arrivée dans le monde merveilleux.

Les œufs…

Dans la poche centrale de sa salopette. C'est de là que venait cette chaleur. Il ne pouvait en être autrement. Tout se dénoua instantanément dans sa tête. Ce n'était pas lui qui était soudainement doté d'un pouvoir extraordinaire, mais bien les œufs qui lui accordaient une protection magique. Il se sentait un peu ridicule d'avoir paniqué à ce point, mais il était tellement rassuré qu'il se releva comme s'il ne s'était rien passé et se remit en chemin très rapidement, l'esprit léger et la démarche entraînante, jusqu'au retour de la clarté du jour.

Enfin arrivée sur la berge opposée, la bulle se rouvrit au contact de l'air. Cheveux aux vents, les mains blotties contre sa poche centrale, il se retourna pour admirer fièrement le chemin parcouru.

Mais le soleil avait changé de place dans le ciel, alors il se remit immédiatement en route.

Plus loin, il se présenta devant une falaise surplombant un torrent en furie qui hurlait de colère. Même avec beaucoup d'élan, il ne pouvait atteindre l'autre versant en un saut. Et ne sachant pas voler comme le petit indien, son héros préféré, il se résigna de nouveau à rebrousser chemin lorsqu'il fut surpris par un craquement terrible puis une secousse qui fit trembler le sol. Quelques mètres plus loin, un arbre immense venait de s'abattre, créant un pont artificiel, comme par enchantement. Doris se précipita, sourire aux lèvres pour franchir cette falaise sur ce tronc en équilibre au-dessus du vide. Désormais, plus rien ne l'étonnait. Avec la naïveté et l'insouciance d'un enfant qui jouerait à la marelle, il bondit en quelques enjambées sur l'autre versant tout en sifflotant.

Il vivait des moments qui resteraient gravés à jamais dans sa mémoire, à tel point qu'il avait la sensation étrange d'avoir toujours vécu ici. Dans ce monde. Hors du temps. Dans cet univers qui lui correspondait tellement.

Enfin, son chemin se termina au pied d'une immense forêt. Il n'en avait pas la certitude, mais elle ressemblait en tout point à celle que lui avait fait traverser son ami Kaafu. Il se rapprochait enfin de son objectif. Mais les mises en garde répétées du scarabée géant lui revinrent en mémoire.

Un haussement d'épaules accompagné d'un sourire en

coin, il s'engagea très confiant dans les profondeurs de cette magnifique forêt. Après tout ce qu'il avait vécu aujourd'hui, que pouvait-il bien lui arriver de pire ? Il se sentait confiant, armé de cette douce chaleur qui lui irradiait la poitrine.

Plus Doris progressait dans les profondeurs de ce bois aux dimensions vertigineuses, plus il était convaincu que sa présence ne passait pas inaperçue. Il entendait de toute part de petits bruits, des brindilles qui craquent, de petits cris étouffés, des craquements le long des écorces. De fines branches feuillues dont le ressort trahissait une fuite précipitée. Une présence invisible, silencieuse, discrète, apeurée, mais visiblement très curieuse.

Doris qui ne montrait aucun signe d'inquiétude se sentait malgré tout suivi, épié dans ses moindres faits et gestes. Mais les heures passaient et toujours aucune trace de son ami. Dans cette immensité, aucun moyen de retrouver le fameux terrier qui leur avait servi de refuge pendant la nuit.

— Kaafu ! Kaa-fuuu ! s'écriait régulièrement Doris en joignant ses mains autour de sa bouche.

Aucun écho, aucune réponse, comme si ses cris étaient capturés par la forêt qui semblait se refermer sournoisement autour de lui, comme un piège. Plus le jour diminuait, plus la luminosité déclinait et plus le calme s'imposait. « Dans la nature, le silence n'est pas toujours bon signe. Quand les oiseaux se taisent et que le silence s'impose brutalement autour de toi, lève les yeux au ciel ! lui répétait sa grand-mère. Tu y verras un de ces grands prédateurs : une buse en vol circulaire ou un faucon, statique au-dessus de leur proie, de redoutables chasseurs ! »

C'est alors que Doris se souvint de la mise en garde du petit papillon, sur les dangers qui n'apparaissaient qu'à la tombée de la nuit. Même s'il n'avait pas été très précis, il se souvint que Kaafu aussi lui avait fait part de ses inquiétudes. Il devait rapidement se trouver un refuge. Un autre terrier. À moins que le plus simple ne soit peut-être de retourner dans le monde réel. Comme un lâche, un trouillard, une « lopette » comme lui répétait son frère.

Tout était dit.

Il ne pouvait abandonner ses rêves les plus fous dès la première difficulté. Il allait trouver une solution. Même si l'idée de se retrouver seul pour passer la nuit dans cette immense forêt ne le réjouissait pas, il décida de persévérer et de se trouver un abri. Le temps s'était certainement figé dans le monde réel, comme la première fois. Il avait donc tout le loisir de poursuivre son chemin.

Soudain, alors que le silence s'était imposé depuis trop longtemps, et que la lumière frayait ses derniers rayons à travers les feuillages, une masse énorme au-dessus du jeune garçon, le plongea dans le noir total.

À peine eut-il le temps de se retourner que Doris fut happé, agrippé, soulevé de terre sans la moindre possibilité de se défendre. Son sang ne fit qu'un tour. Il se sentit pris au piège. Perdu. Il allait être dévoré comme un simple asticot par un oiseau géant. Il ne parvenait même pas à se retourner pour distinguer son prédateur. Il s'en voulait d'avoir été si imprudent. Pourquoi n'avait-il pas écouté plus tôt les mises en garde de son ami ?

Il volait entre les arbres à une vitesse folle, bousculé de toute part comme un pantin désarticulé, quand soudain il fut lâché dans le vide, de nouveau aspiré au sol, gesticulant les bras comme s'il pouvait se raccrocher au vide.

Une chute vertigineuse.

Il ne pouvait pas mourir ce soir. Aussi bêtement. Bien réelle, cette descente aux enfers durait une éternité. Ses mains se crispèrent autour de son seul espoir. Sa poche de sa salopette qui renfermait les œufs magiques.

Son cœur battait tellement fort dans sa poitrine. La peur l'étranglait, le forçait à fermer les yeux. Mais le choc fut moins violent qu'il ne l'avait imaginé. Stoppé subitement dans sa chute et en douceur. Il n'était pas mort et ne ressentait aucune douleur. La tête dans les épaules, il rouvrit lentement les yeux. À sa plus grande stupeur, il réalisait qu'il avait atterri sur le dos d'un papillon multicolore. À califourchon, il se pencha sur l'insecte géant et s'accrocha aux poils rêches de son dos aux reflets argentés qui contrastait avec ses ailes de couleurs si vives.

— Tu n'as rien ? ... Doris, c'est bien ça ? le questionna le papillon géant.

— Tout va bien... merci... mais comment connais-tu mon nom ?

— Bah ? On s'est vu ce matin. Tu ne te souviens pas de moi. Même si j'étais jeune et pas très grand, je n'ai pas tant changé que ça, tout de même.

— C'était toi ce matin ? s'étonna Doris sans lâcher prise.

— Bien sûr que c'était moi, répondit le papillon, un peu vexé.

Comment reconnaître un papillon parmi des milliers de papillons ? Une parodie de la différence dans l'univers de la parfaite ressemblance.

— Tu avais l'air un peu perdu alors je suis revenu te chercher.

— Mais comment as-tu su où je me trouvais ?

— Je l'ai su, c'est tout. Quand je t'ai vu tout seul, pénétrer dans cette forêt obscure, en plein territoire ennemi. Je me suis précipité à ton secours. Tu n'es pas d'ici, à ce que je vois. Tu n'as visiblement aucune conscience des dangers qui t'entourent.

— C'est toi qui m'as arraché du sol ?

— Bien sûr ! Sans moi, tu serais déjà dans le ventre d'une

de ses créatures monstrueuses qui t'avait pris en chasse depuis un bon moment.

— Ah bon ? Il m'avait semblé entendre du bruit, mais je n'ai rien vu ! s'inquiéta Doris. Mais pourquoi après tu m'as lâché dans le vide ?

Il maintenait son vol à vive allure entre les arbres.

— Je suis plus grand que ce matin, mais je n'ai pas encore beaucoup de force dans les pattes et tu n'es pas tout léger. Mais je t'ai récupéré sur mon dos en plein vol.

— Hou ! C'est génial ! s'enthousiasma Doris.

— Tu peux le dire, je suis arrivé juste à temps, avant que tu te fasses capturer par un de ces immondes serviteurs du royaume des ténèbres. Une sorte de mille-pattes gigantesque, aux mâchoires acérées et à la carapace indestructible.

— Ah oui ? J'en ai déjà vu avec ma grand-mère. Beurk... je n'aime pas trop ça les mille-pattes, mais ça ne me fait pas peur. Ça chatouille un peu dans le creux de la main.

— Dans le creux de la main ? reprit le papillon géant. On ne doit pas parler de la même chose. Celui-là devait faire trois fois ta taille.

— Ho, purée ! s'exclama Doris.

— Au fait, je m'appelle Phylatrodis. Et maintenant, accroche-toi bien, ça va secouer. On doit sortir de cette forêt au plus vite et atteindre la colline des éphémères.

— La colline des éphémères ?...

Doris se pencha en avant et se plaqua au dos du papillon qui virevoltait dans tous les sens. Ils semblaient échapper à de terribles ombres. Une menace bien présente, une sensation d'oppression, le souffle d'une fumée noire, épaisse, omniprésente. Cette odeur de pourriture qui s'était fermement invitée au creux de ses narines. Ils avaient pénétré le royaume des ténèbres. Aucun doute possible. Et toujours ce silence nocturne, la peur et le froid, Doris sentait l'humidité pénétrer ses vêtements pour s'introduire au plus profond de son être.

Un cri de rage assourdissant lui déchira les tympans. Sans repères dans cette obscurité profonde, il distingua vaguement une énorme masse volante qui semblait surgir de nulle part. Aussi vive que brutale, elle leur barrait la route, se précipitait sur eux par de furtives attaques.

– Ho non ! Des chauves-souris ! Accroche-toi…

Surpris en plein vol, Phylatrodis fut touché à l'aile et perdit brutalement de l'altitude. Doris se retenait du mieux qu'il pouvait. Dans un dernier élan, accroché à cet instinct de survie, le papillon fit tout son possible pour rétablir son vol et sauver le jeune garçon. Deuxième attaque. Esquive. Le cœur du jeune garçon tapait si fort qu'il résonnait jusque dans ses tempes. Ses mains étaient gelées, mais elles restaient fermement accrochées au papillon. Aucun cri ne pouvait sortir de sa bouche.

Une déferlante de chauves-souris arrivait de tous les côtés. Ils étaient bousculés, griffés. Un morceau d'ailes du papillon fut de nouveau arraché dans un cri de douleur insoutenable. Mais Phylatrodis ne pouvait se résoudre à abandonner le jeune garçon à cette nuit de terreur. Ils devraient survivre à deux, ou mourir ensemble.

Doris n'avait jamais imaginé mettre sa vie réellement en danger en venant dans ce monde.

Mamie ! S'il te plaît ! Aide-moi à trouver une solution !

… Réfléchis mon petit cœur… réfléchis…

Soudain, Doris eut un sursaut de lucidité.

– Il faut que tu te poses ! Vite ! cria Doris en se penchant en avant pour être certain que Phylatrodis l'entende.

– Quoi ? Tu es fou ! C'est trop dangereux ! Si je m'arrête, on va se faire dévorer.

– Au contraire, les chauves-souris ne nous voient pas réellement, elles captent uniquement nos mouvements ! Si tu t'accroches à l'écorce d'un arbre, et qu'on reste bien immobile, pour elles, on deviendra invisible.

Épuisée, blessée, sa fidèle monture se laissa convaincre qu'il s'agissait de leur ultime chance d'échapper à leurs prédateurs enragés. Doris semblait tellement sûr de lui. À bout de force, le papillon se plaqua contre l'écorce de l'arbre le plus proche. Immobiles, collés à l'arbre, ils tentaient le plus discrètement possible de reprendre leur souffle, les yeux au ciel guettant la sentence finale.

Le nuage ténébreux grouillant de chauves-souris ondulait autour d'eux dans une frénésie assourdissante. Les minutes semblaient durer une éternité. Dans une douleur insoutenable, chacun d'eux maintenait courageusement sa prise. L'écorce glissait sous les griffes du papillon et ses poils glissaient entre les mains du jeune garçon à bout de force. Ils ne tiendraient pas longtemps dans cette position sans se faire repérer. Finalement, le nuage de chauves-souris enragées disparut aussi rapidement qu'il était apparu.

Après un long silence, blessé et à bout de force, le papillon reprit timidement son vol. Très peiné de voir son nouvel ami mal en point, Doris tentait de le rassurer en le caressant maladroitement de ses mains endolories.

Instinctivement, une de ses mains vint se plaquer contre sa poche centrale.

Puisque vous êtes magiques... aidez-moi à sauver mon ami... s'il vous plaît...

C'est alors qu'ils furent stoppés net. Le choc fut brutal. Le papillon multicolore, figé en plein vol, épuisait ses dernières forces à se débattre de cette emprise invisible. Doris fut éjecté de sa monture. Accroché tête en bas, il était suspendu dans le vide.

Inondée par la douce lumière d'un timide rayon de lune, l'immense toile d'araignée brillait de mille feux dans le noir. Prisonniers, statiques et impuissants, ils étaient devenus des proies. À quoi pouvait ressembler une araignée dans ce monde où tout était disproportionné ? Des papillons qui servaient de monture à un enfant de huit ans. Des scarabées presque aussi grands que ce dernier.

Mais à sa grande surprise, il vit apparaître un petit spécimen comme il avait l'habitude d'en voir dans les rideaux de sa chambre. Rassuré, il l'observait progresser timidement dans sa direction. Il n'aimait pas leur faire de mal. Pour Doris, chaque être vivant était en droit de vivre. Il ne comprenait pas le besoin que certains éprouvaient de les tuer par crainte, alors qu'il suffisait de le mettre dehors.

Mais le répit ne fut que de courte durée. Une deuxième apparut, puis des dizaines, voir rapidement des centaines. Rien ne pouvait être normal dans ce monde. Phylatrodis se débattait désespérément avec le peu de force qui lui restait. Conscient du sort que lui réservait cette armée de petites araignées à l'apparence de monstres insatiables.

Elles se mirent à avancer lentement, comme un fauve s'approche de sa proie avant de la dévorer.

– Allez-vous-en ! hurla Doris en s'agitant nerveusement. On ne vous veut aucun mal, alors laissez-nous partir...

La masse d'insectes eut un mouvement collectif de recule. Doris était de moins en moins rassuré. La colonie d'araignées semblait se regrouper. Elles se montaient les unes sur les autres dans un brouhaha de carapaces qui s'entrechoquent. Elles ne semblaient pourtant pas effrayées. Était-ce un système de défense, de fuite ou alors le simple repli annonçant une attaque foudroyante ?

– Ne t'inquiète pas Phylatrodis... je n'ai pas peur des araignées ! on va trouver le moyen de se sortir de là ! tenta de rassurer Doris.

Mais la stupéfaction s'empara du jeune garçon qui venait de comprendre ce qu'il était en train de se passer sous ses yeux. Au bout de la toile, commençait à se mouvoir très lentement une monstrueuse araignée de plusieurs mètres de haut. Son ombre terrifiante se dessinait sur sa toile luisante. Les centaines de petites araignées s'étaient regroupées pour n'en former qu'une. Énorme. Terrifiante. Angoissante.

Tout mouvement semblait inutile, pourtant, dans un élan de balancier, Doris parvint à se redresser de cette position inconfortable. Les yeux injectés de sang, il restait pétrifier devant la progression de ce monstre. Sans faire de mouvement brusque, il ouvrit calmement la poche centrale de sa salopette afin d'en extraire ses œufs magiques.

Son dernier espoir.

Il pouvait aisément les faire tourner dans sa main et rentrer chez lui sain et sauf. Mais cela signifiait également abandonner son nouvel ami qui était venu le secourir au péril de sa vie.

Impensable pour Doris.

Il avait des principes, un sens de l'honneur inspiré des plus grands chevaliers, des plus courageux super héros. Une ligne de conduite que lui avaient inculquée ses parents au fil du temps, au travers des longs et trépidants récits de son grand-père sur la seconde guerre mondiale, sur ses années passées dans la résistance, dissimulé dans le maquis, pendant lesquelles il avait fait preuve de bravoure et de témérité.

Il devait se montrer digne et trouver au plus vite une solution.

— Kaafu ! Au secours ! hurla en désespoir de cause le jeune garçon.

L'araignée s'approchait lentement, progressivement, de plus en plus dangereusement. Les reflets bleutés de son corps luisant laissaient apparaître ses énormes crochets recouverts d'une bave épaisse qui ne feraient qu'une bouchée de ses deux prisonniers.

En désespoir de cause, Doris sortit un œuf de sa poche. Au contact de sa main, la douce chaleur qui irradiait son torse se transforma en puissante chaleur. Sans réfléchir, il tendit le bras et pointa l'œuf en direction du monstre. Un puissant rayon de lumière vert-turquoise s'étira de sa main jusqu'à l'araignée géante qui se braqua instantanément sur ses pattes arrière dans un hurlement strident. Doris maintenait le bras tendu comme une arme malgré la souffrance que subissait le monstre. Se tordant de douleur devant la puissance de cette lumière, l'araignée géante se désarticula brutalement dans un brouhaha de coquilles vides. Elle fut en quelques secondes désintégrée comme un géant de poussière au contact d'un vent violent.

Doris venait une nouvelle fois de prendre conscience de l'étendue des pouvoirs magiques que recelaient ses œufs. Encore ébahis par ce qu'il venait de se passer, ils n'étaient pas pour autant sortis d'affaire. Le danger était toujours présent. Le monstre n'avait fait que reprendre sa forme initiale. Doris tenait en joue des centaines, peut-être même des milliers d'araignées qui semblaient totalement effrayées par ce rayon de lumière. Pendant que certaines se tordaient de douleur, l'une d'entre elles s'approcha timidement, tremblant de tout son corps.

— Par pitié… arrêtez, supplia la petite araignée d'une voix écorchée.

Elle semblait sincère, mais il ne pouvait prendre le risque de la laisser s'approcher. Il pouvait aussi s'agir d'une ruse.

— Alors, libérez-nous, ordonna Doris, le bras tendu. Tout de suite !

— Par pitié ! Mon seigneur…

Mon seigneur ?

— Libérez mon ami et je vous promets de ranger cette

lumière ! enchaîna Doris.

La petite araignée se retourna vers ses congénères et se mit à taper des pattes sur la toile à une cadence très précise. Comme un langage codé, quelque chose qui ressemblerait à du morse. Toutes les araignées changèrent immédiatement de comportements. La lumière qui se diffusait de l'œuf magique faisait l'effet d'un enchantement. Par centaines, elles s'agglutinèrent autour du papillon pour le libérer avec la plus grande précaution. À bout de force et encore sous le choc, il parvint à se réfugier d'un vol approximatif sur une branche voisine. Toujours méfiant, Doris abaissa alors lentement son bras, referma sa main autour de l'œuf. Occultant presque entièrement la lumière magique.

— Votre Majesté, nous vous présentons toutes nos excuses, reprit la petite araignée qui lui faisait face de nouveau, pendant que toutes les autres œuvraient à libérer le jeune garçon.

— Pourquoi m'appelez-vous... Votre Majesté ?

— Parce qu'il en est ainsi. Vous êtes notre seigneur. Notre Guide. N'est-ce pas ?

— Heu... oui, bien sûr, reprit Doris en reculant sur cette toile qui ne lui collait plus aux pieds.

Il fallait tenir son rôle et ruser jusqu'au bout, fuir avant que l'envoûtement ne cesse.

Du regard, Doris en appelait à l'aide Phylatrodis qui suivait la scène avec la plus grande attention.

— Saute ! Doris, saute ! Fais-moi confiance, lui souffla Phylatrodis.

Et Doris sauta.

7

Des cris de joie assourdissants, des rires grotesques, des bousculades brutales et sans intérêt. Certains se couraient après sans but précis, d'autres sautaient au-dessus d'un élastique tendu en comptabilisant leurs performances absurdes, pendant que d'autres jouaient les vedettes du football en s'insultant de tous les noms. À l'autre bout de la cour, un groupe de filles se rassemblaient entre copines pour se chuchoter les plus superficielles des confidences. Le tout dans un capharnaüm assourdissant. Voilà l'image que Doris se faisait de la récréation, de ses camarades, de l'école en général. Seul, recroquevillé au chaud dans son blouson trop large hérité de son grand frère, assis sur la marche en béton glacé du local technique. Personne ne prêtait réellement attention à lui.

La compassion à cet âge est une donnée bien floue.

Mr Urbanus, son professeur, venait parfois se planter devant lui, les mains sur les hanches, le crâne luisant avec son faux air de chef autoritaire dans une simple cour d'école primaire.

— Mais qu'est-ce qu'on va faire de toi? Allez! Ne reste pas planté là! Va jouer avec tes petits camarades, postillonna-t-il.

Dans son coin, Doris avait l'impression d'être invisible, mais jamais seul. Tous ces personnages imaginaires venaient lui rendre visite et faire une véritable fête sous le chapiteau de ses pensées. Le bruit de fond rythmait les souvenirs de ses rêves, de ses aventures chevaleresques sans le moindre complexe.

Cependant, comment aurait-il pu imaginer vivre, un jour, une telle aventure, cette expérience hors du commun et tellement extraordinaire ? Même s'il en avait la possibilité, ou simplement le désir, comment arriverait-il à faire comprendre ce qu'il allait vivre, à tous ses camarades qui ne s'étaient jamais intéressé à lui ? Et réciproquement d'ailleurs.

La porte de sa chambre s'ouvrit brusquement.

— Bon, Doris... tu ne sors pas de ta chambre tant que tu n'as pas terminé ton devoir, ordonna sa mère sans lâcher la poignée de la porte. Il ne te reste plus que trois jours pour faire ton exposé sur les vacances de Pâques. Ce n'est quand même pas compliqué. Tu as juste à raconter une histoire qui t'est arrivée. Allez, vingt-cinq lignes, ça ne devrait pas te prendre la journée. Et arrête de rêvasser au-dessus de ton bureau ! Concentre-toi un peu, nom d'une pipe !

— Oui maman, répondit Doris, relevant la tête, en mordillant l'extrémité de son crayon à papier qu'il maintenait du bout des doigts.

La porte se referma, sans bruit cette fois-ci.

« Nom d'une pipe ». C'est bien la seule chose que Doris avait retenue de l'intervention de sa mère. Il relâcha son rire qu'il avait eu tant mal à retenir par précaution. L'expression de sa mère qu'il préférait, ou l'une des plus rocambolesques, le premier prix des expressions périmées pour un éclat de rire garanti, était sans comparaison, la fameuse : saperlipopette !

Avec le recule, ça ressemblait plutôt à une formule magique.

— Saperlipopette ! Sa-per-li-po-pette ! répétait-il en ricanant bêtement, agitant son crayon comme une baguette magique au-dessus de sa page vierge.

Que pouvait-il bien raconter de ses vacances de Pâques ? Certainement pas ses aventures dans l'autre monde. Bien que riches de rebondissements palpitants et de rencontres bouleversantes, il ne pouvait évidemment pas les partager avec qui que ce soit. Il serait à coup sûr sujet aux moqueries de ses camarades de classe. Peut-être même de son professeur, Mr Urbanus, dont seules les rimes avec les dernières lettres de son nom le faisaient sourire.

Non, le récit de son aventure, et les péripéties de la veille, Doris les réservait pour son cahier qu'il avait baptisé solennellement : le « carnet des secrets ». Libéré de sa cachette, sous son lit, ce cahier était devenu avec ses œufs magiques, un de ses biens les plus précieux.

Avec une aisance inhabituelle, Doris se mit à écrire sans retenue, raturer, souligner des passages, changer de couleur, de stylo, faire des croquis de ses personnages, de Phylatrodis le papillon multicolore, de Kaafu le bousier sur son chemin de terre rouge, du lac qu'il avait traversé dans le creux de son cocon lumineux, coller des images de paysages similaires, soigneusement découpées dans des magazines, relier des pages entre elles par un fil de laine. Aucune contrainte ne lui était imposée. Avec une facilité presque artistique, il pouvait tout simplement s'exprimer à sa manière.

Sans règles.

Le récit de ses souvenirs du monde magique inondait les pages de son carnet…

… Saute ! Saute, mon garçon ! Fais-moi confiance, lui cria Phylatrodis.

En équilibre sur cette toile d'araignée instable, Doris était mort de trouille. Il n'avait pourtant pas d'autre choix pour s'en sortir vivant. Et il le savait. Mais, se jeter dans le vide n'est pour personne quelque chose de naturel ou d'inné. C'est alors que l'histoire du petit indien lui revint à l'esprit comme un flash aveuglant. Comme une révélation. Agir sur l'instant, encouragé par une montée d'adrénaline, ne pas se laisser ensevelir par cette avalanche de doutes.

Acculé au bord de cette immense toile qui était progressivement envahie par un régiment entier d'araignées temporairement dociles, les yeux crispés, les poings fermement serrés, il avait sauté. Sans doute de la manière la moins glorieuse qui soit, mais il avait franchi le pas. Chassant l'air de ses mains, les yeux plissés, les jambes qui se débattaient et le vide qui l'aspirait inexorablement, il ne put retenir un cri. Secouru pour la deuxième fois dans sa chute vertigineuse, Doris se cramponna aux poils argentés du jeune papillon dont les blessures avaient lourdement affaibli ses capacités physiques.

À bout de force, Phylatrodis ne parvenait plus à maintenir son vol. Il se laissait planer, battant fébrilement des ailes par saccades, comme un moteur qui tousserait en fin de jauge. Ses grands voiles multicolores déployés amortissaient sa descente, telles les feuilles mortes qui se laissent tomber à l'automne. Comme un tourbillon aux trajectoires gracieuses et élégantes, solidement harnachées l'un à l'autre, ils se laissèrent lentement descendre dans l'inconnu obscur et ténébreux de cette forêt.

Serrant les flancs de sa monture, Doris retenait son envie de hurler. Luttant contre sa peur. S'accrochant à son désir de vivre.

Une branche les fit bifurquer sur la droite, puis une autre vers la gauche. Dans un ballet incessant, la forêt semblait leur apporter une aide silencieuse, les accompagner, les maintenir en vol, leur porter secours. Une contribution providentielle au beau milieu de cette nuit sombre et terrifiante.

Les deux rescapés finirent leur course au centre d'une immense fougère, délicatement déposés par une main invisible et complice. Comme des milliers de fermetures éclair, les feuilles crantées de la plante s'assemblèrent les unes aux autres pour se refermer avec précaution autour des deux rescapés à bout de force. Au cœur de ce cocon protecteur, à l'abri du danger, et rassurés, ils s'endormirent d'épuisement l'un contre l'autre.

8

Un cri puissant résonna au cœur de la forêt.

Doris, qui s'était réveillé en sursaut, le reconnut immédiatement. Une caricature de rire. Un éclat de joie moqueur et tonitruant qui résonnait entre les arbres. Le cri du geai. Ce bel oiseau tant apprécié de sa grand-mère, au plumage si particulier. Cette robe pêche et grise, agrémentée de quelques touches de bleu électrique, sa taille imposante lui conférait, avec la pie, le haut du podium des plus gros oiseaux du jardin. À l'exception des grands rapaces bien entendu.

Ce réveil bruyant et surtout brutal fut paradoxalement tellement rassurant au cœur de ce dôme de feuilles qui avait visiblement assuré leur protection au cours de cette nuit si terrifiante. Les rayons du soleil avaient chassé tous ces monstres nocturnes au profit de cette douce chaleur matinale qui tentait de se frayer un chemin au cœur de ce dôme d'un vert si profond. Du bout de sa langue, Doris essayait de capturer les gouttes de condensation qui perlaient délicatement le long des parois de cette géante de chlorophylle. Une extraordinaire sensation de fraîcheur et de bien-être se diffusa immédiatement dans tout son corps.

Il se sentait vivant comme jamais.

Ils étaient sains et saufs.

Doris se retourna vers son nouvel ami, son sauveur, son héros, sans qui il ne serait plus là. Il l'observait tendrement, se débattant pour faire disparaître avec dégoût et minutie les traces de leur capture. Des résidus gluants de toiles d'araignée accrochés à ses ailes endolories.

Comme pour oublier cet effrayant cauchemar.

— Mais où sommes-nous ? interrogea Doris.

— Tu as bien dormi, mon petit ? dit le papillon géant en se secouant. Ne t'inquiète pas, nous sommes en sécurité. Au cœur de cette fougère géante qui a bien voulu nous porter secours... je n'ai jamais vu ça, d'ailleurs... C'était chaud cette nuit. On est passé à ça de la catastrophe.

— Sans toi, je ne m'en serais pas sorti vivant.

— Sans toi non plus, tu sais. Tu as fait preuve de beaucoup de courage, mon ami.

— Elle était énorme cette araignée ! reprit Doris en mimant la taille avec ses petits bras.

— Tu comprends maintenant pourquoi il ne faut pas traîner dehors la nuit. Ces monstres terrifiants ne sortent que dans l'obscurité. La lumière les effraie. Mais ce que tu as fait avec ton... enfin, je ne sais pas comment tu as fait, mais c'était dément. Tu as défié le monstre et tu l'as décomposé en un clin d'œil...

Ils échangèrent un long moment sur cette nuit pleine de rebondissements. Toutes ces épreuves avaient soudé à jamais un sentiment d'amitié et de confiance entre les deux êtres. Doris tenta d'expliquer à Phylatrodis d'où il venait, lui révéla le pouvoir magique de ses œufs, comment il les avait trouvés, et comment ils lui permettaient de passer d'un monde à l'autre. Il lui détailla sa rencontre avec Kaafu, le scarabée géant, l'apparition dans le terrier de « Chapi-Chapo », les deux vers luisants.

Le papillon lui expliqua que la magie avait malheureusement disparu de ce monde depuis bien longtemps. Il le tenait de ses ancêtres. La vie d'un papillon de son espèce était très courte, lui-même disparaîtra dans seulement quelques lunes. Mais leur histoire depuis la nuit des temps était rigoureusement transmise de génération en génération. Comme une mémoire vive, où chaque maillon de la chaîne avait son importance.

— Mes descendants connaîtront notre aventure, les détails de cette nuit et ma rencontre avec « Doris le Vaillant », ce jeune garçon au grand cœur, ou plutôt devrais-je dire… « Sa Majesté » !

Ils rirent tendrement.

Une fois le jour levé, sous l'effet de la chaleur du soleil, la fougère ouvrit lentement ses palmes géantes sur un univers en ébullition, libérant les deux rescapés de la nuit dernière. Le vie reprenait son cours avec encore plus de frénésie que la veille. Comme si c'était le dernier jour avant une fin tragique et inévitable. Il fallait profiter de ce répit, peut-être de cette ultime journée qui s'offrait à eux et au monde merveilleux que Doris aimait tant. L'intensité des couleurs avait effacé la noirceur de la nuit. Les odeurs de pollens, balayées par une petite brise et magnifiées par la rosée du matin, avaient chassé l'odeur de moisi et de mort. La nuit était terminée.

Un spectacle panoramique, grandiose et féerique s'étirait à perte de vue. Doris qui aimait tant passer des heures à observer les beautés de la nature se délectait de tant de splendeurs démesurées. Des oiseaux chantaient de toute part des mélodies somptueuses, à croire que chaque matin annonçait de nouveau le printemps. Des papillons se faisaient la cour dans une danse de haute voltige, des sortes de coccinelles jaunes à pois verts s'amusaient à sauter de fleur en fleur comme sur des trampolines. Des sauterelles d'un côté, un petit mulot de l'autre, une ribambelle de petits moineaux qui volaient de toute part, des libellules qui tranchaient l'air à des vitesses impressionnantes, transportant les courriers urgents dès la première heure, Doris ne savait plus où donner de la tête. Les rayons du soleil qui parvenaient à se frayer un chemin à travers les feuillages s'illuminaient au travers d'une fine brume naissante sous l'effet de la remontée des températures. Par intermittence, sous le feu des projecteurs, des nuées de moucherons s'agitaient frénétiquement dans une sorte de transe insaisissable, une danse contemporaine lâchement abandonnée par son chorégraphe.

Un vertige de splendeurs, immenses et luxuriantes.

Soudain, un nuage de papillons multicolores s'approcha, slalomant entre les troncs.

– Je dois partir Votre Majesté, ironisa Phylatrodis en mimant une révérence. Je dois les rejoindre… désolé si je ne fais pas les présentations, mais tu ne connais pas ma famille… c'est un coup à y passer la journée. Déjà qu'ils vont me harceler de questions, vu que j'ai disparu toute la nuit. Je te souhaite bon courage pour la suite et surtout prend bien soin de toi, mon ami. Ce qui s'est passé cette nuit restera gravé à jamais dans ma mémoire, et bientôt, celle de tout mon peuple. Profite de chaque instant, petit garçon au grand cœur !

Sans que Doris eût le temps de répondre, le papillon s'envola pour se confondre dans la nuée de ses congénères toujours en ébullition. Rapidement, il le perdit de vue, absorbé à jamais, sans aucune distinction possible. Le jeune garçon resta immobile à regarder cette masse multicolore s'éloigner, avec le sentiment de n'avoir pas encore tout dit quand il le fallait. De n'avoir pas été assez reconnaissant envers son compagnon d'aventure pour lui avoir sauvé la vie.

– Merci, Phylatrodis, tu vas me manquer, mon ami… à bientôt, peut-être… chuchota Doris.

9

La main sur la poche centrale de sa salopette, rassuré de ne pas continuer l'aventure sans cette aide précieuse, il se laissa glisser sur la surface d'une palme géante de la fougère, ce toboggan de verdure à sensations fortes. Comme à son habitude, d'une simple caresse, Doris remercia la plante qui s'ébroua maladroitement en réponse, projetant une véritable douche de rosée sur le jeune garçon.

— Pouha ! La journée commence bien... me voilà trempé dès le matin, s'amusa-t-il en se regardant dégouliner de la tête aux pieds sans en tenir rigueur à sa grande protectrice qui lui avait permis de passer une nuit en toute sécurité.

Résigné à sécher naturellement au gré du vent et à la chaleur du soleil qui annonçait son retour, il se remit en chemin à la recherche de son ami Kaafu. Sans penser un moment à rentrer chez lui, il comptait bien profiter de cette belle journée. Il avançait toujours plus loin dans les profondeurs de cette forêt mystérieuse. Il se demanda s'il arriverait enfin à en sortir. Tout se ressemblait tellement. Chaque arbre, chaque buisson. Arrivait-il seulement à tenir son cap sans tourner en rond ? Même si la notion de temps lui échappait, la faim et la soif qui lui serraient l'estomac lui rappelèrent qu'il marchait depuis trop longtemps. Les rencontres fortuites se faisaient de plus en plus rares, jusqu'à réaliser qu'il était réellement seul depuis un certain temps. Avait-il franchi une limite où plus aucune vie n'était possible ? Ne devrait-il pas rebrousser chemin ?

Épuisé et affamé, il décida de faire une pause bien méritée, assis au pied d'un arbre dont l'écorce modifia son apparence à son contact, épousant la forme de son dos sans qu'il s'en aperçoive.

Ses connaissances en matière de survie en pleine nature étaient bien maigres. La journée, quand il avait faim, il lui suffisait de cueillir dans le potager de sa grand-mère, une tomate cerise, une framboise ou des groseilles qu'il partageait allègrement avec Youky. L'image de la jeune malinoise, remuant la queue devant son complice de tous les instants, mâchouillant avec dégoût certains fruits beaucoup trop acides pour elle, ramena la joie sur le visage du petit garçon. Rassasié de ce souvenir furtif, mais tellement épuisé, qu'il finit par s'endormir au pied de l'arbre, les mains en appuis sur sa poche centrale, cette douce chaleur si réconfortante.

Ses rêves le plongèrent dans un univers extraordinaire. Sans doute à l'image de ce qu'il avait pu vivre jusqu'à présent…

Ainsi, vêtu d'une somptueuse armure de guerrier comme il avait toujours rêvé d'avoir, il était assis sur une solide selle en cuir, fermement harnachée au dos d'un papillon géant. Rênes en main, il guidait sa fidèle monture qui s'introduisait dans les profondeurs d'un gigantesque temple à l'apparence très ancienne. Le souffle du battement saccadé des ailes noir intense du papillon faisait danser ses cheveux, sa main caressait d'encouragement son soyeux pelage. Leur complicité était évidente. Au fur et à mesure de leur avancée, les parois de pierres noircies par l'érosion du temps et de l'humidité se métamorphosaient. De gigantesques murs en or d'une brillance étincelante s'ouvraient bruyamment sur leur passage. Traversant d'épais nuages de vapeur sans sourciller, il incarnait la force et le respect, l'image du puissant chevalier investi d'une mission de la plus haute importance. Il poursuivait un but bien précis. Sa vision devenait progressivement moins nette. Se retournant sans cesse pour vérifier ses arrières. Était-il suivi ou pourchassé ? Mais par qui ? Par quel monstre sanguinaire ?

Il poursuivait sa descente infernale.

Dans ce vacarme assourdissant du mécanisme d'ouverture des murs en or, il discernait une petite voix. Un souffle léger qui résonnait comme un écho. Une voix féminine lointaine et suave, qui répétait sans cesse ce même refrain incompréhensible :

« Filistrom ati doloris pétrénas »

« Filistrom ati doloris pétrénas »

« Filistrom ati doloris pétrénas »...

S'agissait-il d'un avertissement ? Ou simplement d'un mirage auditif ? D'un guide, d'une âme fantôme pour des sons qui semblaient sortir de nulle part ? Doris solidement cramponné poursuivait sa descente infernale sans en tenir compte, quand soudain, un cri lui déchira les tympans...

Un hurlement de douleur qui provenait de derrière les fourrés le sortit brutalement de ses rêves. Il réalisa avec effroi qu'il s'était endormi. Après quelques secondes de panique à regarder autour de lui pour se reconnecter à la réalité et comprendre dans quelle situation il se trouvait, il se terra le plus discrètement possible derrière un buisson. Rampant péniblement dans cette terre de bruyère humide et à l'odeur puissante, il vérifia par sécurité que ses œufs se trouvaient toujours dans sa poche. Rassuré, il s'immobilisa pour écouter attentivement ce qu'il se passait autour de lui. La nuit dernière lui avait servi de leçon. Il ferait désormais plus attention. À l'aveugle, il distinguait quatre ou cinq voix différentes, mais l'une d'entre elles était grave, caverneuse, virulente et effrayante. Elle se distinguait très nettement des autres. Des cris, des ordres incompréhensibles, des insultes rabaissantes déchiraient le silence de la forêt.

Doris était pétrifié de terreur.

Une petite voix aiguë, mielleuse, imbibée de peur, bégayait un semblant d'excuses, implorait la clémence de la voix grave qui semblait être le chef. Doris l'aurait reconnu entre toutes sans aucune hésitation.

L'araignée.

La petite araignée qui a fini par le libérer la nuit dernière sous la menace de son œuf lumineux. Comment était-ce possible alors qu'il avait marché pendant des heures ? Était-il revenu au point de départ ? Ou l'avait-elle suivi depuis le début ? Toujours est-il qu'il n'était plus en sécurité. Son pouls s'accélérait. Ses mains devenaient moites.

Il devait rapidement retourner dans son monde, avant d'être démasqué.

— Comment ça ! Un petit garçon ? Mais de quelle tribu ? s'écria la voix grave.

Doris sentait les vibrations dans le sol, s'imaginait la voix grave en monstre aux dimensions irréelles dont chaque pas provoquait une véritable secousse sismique. Même le buisson qui lui servait de cachette tremblait au-dessus de sa tête.

— Ho ! Grand maître vénéré, je vous assure que je n'invente rien, répétait la petite araignée. Mais il était beaucoup plus fort que nous. Il possédait un... une arme redoutable... ayez pitié de nous, mon seigneur...

— De quelle tribu ! Réponds ! hurla la voix grave.

— Je... je... ne sais pas... ayez pitié, implorait la voix sifflante de peur.

— Misérable bande d'incapables ! Les tribus ont été chassées depuis bien trop longtemps. Ce n'est pas possible. Si l'un d'eux s'est aventuré sur notre territoire, il doit en payer de sa vie. Je veux qu'on le retrouve, et vite !

Doris gardait les poings serrés, le nez dans la moisissure,

immobile sous son buisson. Il aurait fallu se redresser pour mieux entendre ce qu'il se tramait autour de cette confrontation, mais le risque n'en valait pas la chandelle.

Rester sur ses gardes de jour comme de nuit, tels étaient les conseils qui lui revinrent à l'esprit. Kaafu et Phylatrodis ne lui avaient pas menti sur les dangers qu'il courrait s'il s'aventurait en territoires interdits. Visiblement, son instinct ne l'avait pas emmené au bon endroit. Non seulement il était seul, sans retrouver la trace de son ami Kaafu, mais il s'était presque jeté inconsciemment dans la gueule du loup.

Il se sentait perdu, pris au piège. Il s'en voulait de s'être encore une fois mis en danger sans le savoir.

La seule solution était d'attendre en silence dans cette position de plus en plus inconfortable.

Le monstre à voix grave était furieux.

La petite araignée continuait de se justifier et d'implorer la clémence, jusqu'au moment où elle évoqua la lumière turquoise. Une arme puissante et destructrice entre les mains du jeune garçon. Elles avaient été incapables d'opposer la moindre résistance. Démembrées, hypnotisées, réduit à l'état d'esclave obéissant et docile. Aussi cruelles et puissantes, une fois réunies et transformées en une monstrueuse araignée, elles incarnaient l'horreur, l'incarnation de cette terreur nocturne. Mais elles avaient échoué devant un petit garçon, accompagné d'un simple papillon, une proie habituellement si facile à capturer.

— Ho, Grand maître vénéré... nous avons échoué, mais il était impossible de résister. Le petit garçon... Il a utilisé de la magie...

— Impossible ! coupa sèchement la voix grave.

— Mais... Grand maître...

— Tu mens ! Espèce de vermine ! La magie a quitté ce

monde depuis bien longtemps.

— La... lumière ? murmura la petite araignée.

— Vous vous êtes fait berner comme des incapables. Retrouvez-le et ramenez-le au plus vite... ou je ne donne pas cher de ta peau et de celle de ton espèce, menaça la voix grave. Retenant sa respiration, Doris tremblait de peur à chaque secousse. Il se surprit à éprouver de la compassion pour cette petite araignée. Malgré le fait qu'elle s'en était pris à lui, malgré l'horreur qu'elle lui avait inspirée une fois transformée, il ressentait une telle démesure dans ce déferlement de haine et de violence chez la voix grave qu'il fut touché par la détresse de cette créature aux abois.

Une violente secousse accompagnée d'un bruit sourd de terre labourée laissa place au silence. Lourd, pesant, toujours aussi inquiétant.

Après quelques minutes dans le calme, convaincu qu'ils étaient partis, Doris se résolut à sortir lentement la tête de sa cachette. La voie était libre. Il ne restait de leur passage qu'un curieux monticule de terre fraîchement retournée.

Comment avaient-ils pu disparaître aussi vite ?

Le craquement d'une brindille au loin glaça le sang du petit garçon en une fraction de seconde. Une créature s'approchait. Ils n'étaient donc pas tous partis. Quelle impatience ! Pourquoi n'était-il pas resté caché plus longtemps ? La progression était lente, mais il était repéré, et devait se cacher au plus vite ou partir rapidement. Il devait rentrer chez lui avant qu'il ne soit trop tard. En fin de compte, rester devenait beaucoup trop dangereux. Ce monde n'avait plus rien de merveilleux. Il ne se sentait pas de taille à affronter cette créature en approche, quelque soit sa taille. Il fallait réagir vite ou périr.

Son prédateur avançait tout droit dans sa direction. Les herbes hautes ondulaient au gré de ses mouvements. Il précipita sa main tremblante sur sa poche centrale, son regard fixé au loin. Succombant à la panique, la fermeture éclair opposait une farouche résistance. Ses doigts tétanisés étaient incapables d'ouvrir la poche.

Ses jambes raidies par la peur ne lui permettaient pas de prendre la fuite. Un froid glacial l'envahit. Il allait se faire dévorer. La voix grave si terrifiante résonnait sournoisement dans son esprit.

Tout était fini…

— Psst !

Il rentra la tête dans les épaules et ferma les yeux. Ultime recours avant l'attaque.

— Psst ! Psst ! Mais qu'est-ce que tu fais là ?

Doris reconnut immédiatement la voix.

Il ouvrit un œil puis le second.

— Kaafu ?

— Enfin te voilà !

— Kaafu ! s'écria de joie le petit garçon en courant de soulagement vers le scarabée géant.

— Chut !… Parle moins fort, nous ne sommes pas les bienvenus, ici. Il faut sortir de cet endroit au plus vite. Suis-moi en silence. Je t'expliquerai plus tard, chuchota son ami avec un sourire crispé et un clin d'œil complice.

Aux aguets du moindre bruit suspect, ils marchèrent ainsi une bonne heure. Mais Doris était tellement ravi d'avoir retrouvé son ami et rassuré de s'en être sorti une nouvelle fois sans encombre, qu'il avançait le sourire aux lèvres dans les pas du scarabée géant sans dire un mot.

Les paysages, la luminosité et les couleurs changeaient progressivement. Enfin sorti de la forêt, Doris découvrit un panorama époustouflant. On aurait cru des champs de lavande qui s'étendaient à perte de vue. Une sorte de plante violette, qui scintillait comme de minuscules clochettes sur leur passage. Une douce et gracieuse mélodie sous un magnifique soleil à la chaleur si réconfortante. Plus loin, ils firent une pause bien méritée au pied d'un immense saule pleureur perdu au milieu de vertes étendues. Assis par terre, la tête à l'ombre, la main machinalement posée sur ses œufs, Doris souffla d'épuisement. Sans vent, la chaleur devenait accablante. Il avait tellement soif que ses lèvres commençaient à se fissurer. Sans que Kaafu s'en rende compte, une branche du saule se contorsionna pour recouvrir entièrement de son ombre le jeune garçon. Un filet d'eau ruissela le long de l'écorce comme par enchantement. Récupérant une goutte du bout du doigt, Doris en profita pour délicatement s'humidifier les lèvres endolories. Sa soif disparut instantanément. Comme s'il s'était rempli l'estomac de litres d'eau fraîche. C'était sans lui rappeler la goutte d'eau qui avait également suffi à étancher sa soif au cœur de la fougère géante. Il reprit des couleurs et la fatigue disparut très vite.

— On ne craint plus rien ? chuchota prudemment Doris.

— Tout va bien, on est en sécurité ici. Tu récupères vite, dis-moi !

— Je suis tellement content de te revoir, sourit le jeune garçon.

— Je t'ai cherché toute la nuit quand j'ai su que tu étais revenu, se confia Kaafu. Ce sont des papillons qui ont répandu la rumeur qu'un petit garçon se promenait seul sur un chemin qui menait dans la mauvaise direction. J'ai tout de suite compris que ça ne pouvait être que toi.

— Des Papillons ? Bah oui ! Ça doit être Phylatrodis, reprit Doris comme si c'était évident. On s'est rencontré dès mon arrivée...

— Je vois que tu as fait la rencontre de notre mémoire vive. Les papillons multicolores sont la clé de voûte de notre monde, le fil conducteur de toute notre histoire. De l'histoire de chacune des espèces qui vivent et qui vivaient autrefois sur ces terres si belles et si fertiles. Sans eux, nous n'aurions aucun souvenir du passé, aucun lien avec nos ancêtres.

— J'ai rencontré Phylatrodis par hasard, tu sais. Il n'était encore qu'un jeune papillon. Et seulement quelques heures plus tard, il est devenu adulte, reprit Doris en soulevant les épaules.

— En fait, ils s'appellent tous Phylatrodis.

— Ah bon, mais, comment je vais faire pour le reconnaître si je le croise une autre fois ? Je ne pourrai pas l'appeler par son nom...

— Si... au contraire, puisque désormais, ils te connaissent tous. Ils ont tous le sentiment au plus profond d'eux même, de t'avoir rencontré.

— C'est triste et un peu bizarre, non ?

— Il en est ainsi, Doris, reprit Kaafu avec compassion.

— Je ne suis pas revenu au même endroit que la dernière fois. Dans le terrier, je veux dire... Je ne comprends pas pourquoi. Alors, je suis parti à ta recherche. J'avais beau crier ton nom, tu ne répondais jamais. J'ai suivi un chemin au hasard. J'ai marché pendant des heures et des heures. À part Phylatrodis, je n'ai rencontré personne, mais par contre j'ai traversé des paysages absolument magnifiques jusqu'à cette grande forêt. J'ai bien retenu la leçon. J'ai fait comme toi la dernière fois, je me suis cherché un abri pour la nuit, mais ce n'était pas si simple. Je n'ai rien trouvé et je me suis très vite perdu. Cette forêt est immensément grande et je ne savais même pas dans quelle direction avancer.

— Tu es allé beaucoup trop loin. Tu n'aurais jamais dû t'aventurer seul dans cette forêt, et encore moins la nuit.

Doris continua le récit de ses aventures, toujours avec le même entrain. Il mimait, criait, chuchotait avec enthousiasme. Kaafu, assis en face de lui, écoutait attentivement chaque détail, sursautait, mimait des grimaces d'horreur au passage de l'araignée géante.

Ils étaient devenus les meilleurs amis du monde. Comme s'ils ne s'étaient pas vus depuis des lustres, ils s'empressaient d'échanger sur tout ce qu'il s'était passé depuis leur séparation. Un court instant, Doris se serait cru à l'école, dans la cour de récréation, à plaisanter, rire de bon cœur, raconter des histoires captivantes qui lui tenaient à cœur.

Tout ce qu'il ne vivait jamais dans le monde réel.

10

Une mésange charbonnière vint se poser sur le rebord de la fenêtre. Doris admirait les détails du petit oiseau attablé au milieu du mélange de graines qu'il déposait régulièrement sur le rebord de sa fenêtre. S'ils venaient manger, c'est bien qu'ils ne trouvaient pas suffisamment de quoi se nourrir, surtout en hiver. Alors, pourquoi ne pas les aider ? Son frère trouvait cela ridicule, bien sûr. Comme tout ce qu'il faisait. Rudolf était respectueux de la nature, mais à sa manière. De son point de vue, il ne fallait rien faire. La nature, les animaux et les arbres n'avaient surtout pas besoin de nous. Et ça l'arrangeait bien. Doris était plutôt d'accord sur le principe, même s'il ne comprenait pas toujours où son frère voulait en venir avec ses grands principes et ses longs discours. Pour lui, si des mésanges mangeaient les graines, c'est qu'elles aimaient ça ou qu'elles avaient faim, tout simplement. Et puis, il avait l'impression que c'était toujours les mêmes qui venaient lui rendre visite, comme les habitués d'un restaurant à qui l'on réserve la meilleure table. Même si, au final, elles se ressemblaient toutes. Comme les papillons multicolores. Comme Phylatrodis.

La chambre de Doris surplombait le jardin de sa grand-mère. Un engrenage de planches pourries, de bâtons en bois servant de tuteurs, de tubes en métal aux peintures écaillées, d'arrosoirs percés, de ficelles tendues, de seaux aux anses rafistolées, bref, un savoureux désordre au service de la culture potagère. Madeleine était certainement l'unique magicienne qu'il ait eu l'occasion de rencontrer. Il lui suffisait de choisir une minuscule graine, parmi des milliers, pour qu'elle la transforme en magnifique légume ou en fruit savoureux. Les fameuses graines, son Graal, qu'elle conservait dans une ancienne boîte à biscuit toute rouillée, rangée minutieusement en hauteur, sur un rayon de son abri de jardin, au-dessus des sécateurs qui trempaient dans l'huile, des bêches à réparer, des triandines amputées, des râteaux d'une autre époque qui avaient solidement traversé les épreuves du temps.

Un trou dans le sol, une simple graine déposée dans le fond, un peu d'eau, quelques incantations, une bonne anticipation sur les changements de lune, et le tour était joué. Des sortilèges parfois approximatifs au regard des courbures disgracieuses des carottes qui finissaient dans nos assiettes. Mais quelle importance ? Ainsi Doris s'était fait sa propre idée de l'étendue des pouvoirs, de la magie, que pratiquait sa grand-mère depuis tant d'années.

Après cette brève escapade dans les méandres de ses pensées volatiles, le petit garçon se replongea dans son livre des secrets. Habituellement, ces mots qui étaient si difficiles à coucher sur ses cahiers d'école semblaient, à cet instant, s'exprimer d'eux-mêmes. Ce stylo à bille, à peine maintenu au creux de ses doigts, dansait allègrement au fil des pages qui se remplissaient du récit de cette aventure palpitante. C'est ainsi que…

— Et si l'on se remettait en route, suggéra Kaafu, se balançant en avant pour se relever avec le plus grand mal. Je n'ai presque rien mangé aujourd'hui. J'ai même plus la force de me relever. Tu te rends compte ?

— Où va-t-on ? demanda Doris qui se balança en avant de la même façon pour ne pas créer de gêne avec son ami qui ne s'était toujours pas relevé.

— Même si le ventre creux, on est moins efficace, il faut qu'on trouve d'où viennent tes œufs magiques et qu'on apprenne à quoi ils servent. Non ? Enfin, si j'arrive à me relever… Tu te rappelles, je t'avais parlé du vieil ermite qui vit dans une grotte, et qui possède un très grand savoir. Et bien, c'est chez lui que nous devons nous rendre.

— Il en sait plus que les papillons multicolores ? interrogea Doris en poussant discrètement sur la carapace du scarabée géant qui finit enfin par se relever.

— Bouh ! Que la terre est basse ! En fait, j'ai faim. Je n'arrive à rien lorsque j'ai le ventre creux. Pas toi ?

— Heu… alors ? Il en sait vraiment plus que les papillons ?

— En fait, c'est bien différent, sourit le scarabée. Si je ne fais pas d'erreur, son savoir, il le tient des manuscrits très anciens qui ont été rédigés par un peuple qui aurait disparu depuis bien longtemps. Enfin, c'est ce qu'il m'a toujours raconté. Parmi toutes les espèces qui vivent encore ici, très peu connaissent son existence. Et ceux qui ne l'ont que très rarement côtoyé le prennent pour un fou, un vieil ermite terré dans cette montagne perdue, isolé au fond de sa grotte. Mais, moi j'aime bien discuter avec lui et c'est réciproque, alors je passe le voir régulièrement. En plus, il est plutôt bon cuisinier, ce qui ne gâche rien. Nous nous sommes rencontrés…

— C'est un scarabée ? Comme toi ?

— Hum… pas vraiment. C'est plutôt une grosse boule de poils hirsutes, s'esclaffa Kaafu. En fait… il ne ressemble pas à grand-chose !

— Il est gentil ?

— Un peu grincheux, tu verras, mais il ne faut pas y prêter attention. Quand on y sera, par contre le plus simple… c'est de rester derrière moi et surtout tu ne lui adresse pas la parole. Tu ne lui pose aucune question. Écoute et laisse-moi faire. D'accord ?

— D'acc… pourquoi ?

— Ah bah ! Ça commence bien. Allez en route, on a

encore un peu de marche pour y arriver avant la nuit.

Et les deux compagnons continuèrent leur chemin gaiement. Habituellement timide et réservé, Doris avait trouvé une oreille attentive, autre que sa grand-mère. Ils marchèrent des heures sous un soleil de plomb. La route semblait interminable, mais ils avaient tellement à échanger sur leur monde respectif qu'ils ne virent pas le temps passer jusqu'à la montagne du vieil ermite. Le soleil était sur le point de tirer sa révérence pour cette journée. Un ballet incessant se dessinait dans le ciel assombri. L'échauffement sarcastique de dizaines de chauves-souris enragées, prélude effrayant au règne dominant de cette terreur nocturne.

Dans un élan de protection paternel, Kaafu invita le jeune garçon à se hisser sur son dos pour entamer au plus vite cette ascension risquée jusqu'à l'entrée de la grotte. Arrivés à temps, ils s'enfoncèrent dans les profondeurs de la montagne. Un tunnel sombre et humide. Même accompagné de son fidèle compagnon, Doris ne se sentait pas rassurer dans cette obscurité. Il avançait malgré tout avec la seule consolation d'être bientôt à l'abri pour la nuit.

La lumière d'une bougie se reflétait au loin contre les parois rocheuses luisantes d'humidités. Ils approchaient enfin du but. Le refuge du vieil ermite ne devait plus être très loin. Doris se demandait à quoi pouvait ressembler quelqu'un qui vivait dans de telles conditions, seul, reclus dans les entrailles sordides de ce refuge.

La lumière se faisait de plus en plus vive, et le tunnel déboucha enfin sur une grande pièce ronde, creusé directement dans la roche. Kaafu s'annonça poliment en faisant vibrer ses ailes. Un doux ronronnement qui rappela aussitôt à Doris son premier réveil dans le monde merveilleux. Cette mélodie sourde et rassurante qui résonna sous le dôme de pierre. Dans la pénombre, le minerai laissait apparaître des nuances de gris et de noir, mais, illuminé par des dizaines de bougies dégoulinantes réparties un peu partout dans la pièce, la roche se dévoila sous des dégradés d'orange et de jaune éblouissants.

Une agréable chaleur enroba le petit garçon qui était frigorifié. La fatigue et le froid avaient eu raison de ses dernières forces. Mais la curiosité devant ce lieu aussi atypique le maintenait éveillé. Un peu partout, parfois à même le sol s'empilaient des centaines de livres, souvent vieux et abîmés, des manuscrits dont les couvertures auraient fait blêmir son professeur d'école. Les étagères qui semblaient tenir au mur par la grâce divine criaient de douleur sous le poids d'une telle surcharge. Un bric-à-brac des bibelots, d'outils, tous aussi bizarres les uns que les autres s'entassait par endroit, donnant à cette pièce des allures de laboratoire expérimental, de bibliothèque, de garage par endroit, mais aussi de cuisine. Une savoureuse odeur de soupe chaude se dégageait d'un énorme chaudron en cuivre suspendu à un crochet au-dessus d'un feu de bois incandescent. La pièce était tellement encombrée que l'atmosphère était étouffante, mais paradoxalement agréable et rassurante. Un peu comme le tiroir à bordel dans la cuisine de sa grand-mère. Quand la chance vous souriait et que vous parveniez à l'ouvrir, il suffisait de chercher minutieusement dans un amoncellement de vis, de bouchons, d'élastiques, de pièces métalliques improbables... pour trouver ce que vous cherchiez, mais sans jamais parvenir à le refermer. Un mystère parmi tant d'autres.

Cet endroit était un bazar innommable. Doris ne pu s'empêcher de faire la comparaison avec celui de sa chambre. Si Jade avait été là elle aurait été folle de rage. Doris imagina sa maman, ronchonnant, tentant de tout remettre en ordre à la vitesse de l'éclair, une baguette magique à la main en scandant à tout va : Saperlipopette ! Saperlipopette !

Tout autour, on pouvait distinguer de gros trous dans les murs. Des départs de galeries qui devaient certainement conduire à d'autres pièces de la grotte.

— Il n'est pas ici ? demanda Doris.

— Chut ! reprit Kaafu d'un sourire complice, en lui faisant signe d'écouter attentivement.

Kaafu fit de nouveau vibrer ses ailes. Doris compris qu'il appelait le vieux fou qui ne tarda pas à réagir.

— Qu'est-ce que c'est ? ... Qui va là ? gronda une voix caverneuse dont l'écho lointain indiquait qu'elle n'était pas toute proche.

Soudain, il y eut du mouvement dans une des galeries. Au son d'un troupeau de vaches déboulant dans un salon de thé, une énorme boule de poils fit son apparition, débouchant dans la pièce au son et à la vitesse d'un bouchon de champagne. Elle renversa tout sur son passage en soulevant un énorme nuage de poussière. La boule de poils se redressa en toussant, se secouant au milieu d'un parterre de livres, de casseroles et autres ustensiles fauchés dans sa chute.

— Quelle arrivée en fanfare, mon vieil ami ! s'esclaffa Kaafu en tapotant les épaules du vieux fou. Au moins, avec un avertissement pareil, n'importe quel intrus aurait immédiatement pris la fuite, la peur au ventre. « Qui va là ? Qu'est-ce que c'est ? » Ho ho ho, ça fout les j'tons... Ha ! mon cher Wilick, t'es bien le meilleur dans ton genre !

— Tu m'as un peu pris au dépourvu, ronchonna la boule de poils dont on ne discernait toujours pas la silhouette. Tu m'as surpris en pleine méditation, vois-tu.

— Une sieste ? À cette heure-ci ?

— Appelle ça comme tu veux... Mais bon... que me vaut le plaisir de ta visite ? Tu n'as pas fait tout ce chemin pour venir me faire un cours de sémantique ! Tu vas bien rester manger, j'ai mijoté une bonne soupe de racines à l'écorce de pin comme tu les aimes. Ça ne vaut pas tes boulettes de bouse, mais ça sent meilleur et en plus tu t'es régalé la dernière fois. Non ?

Kaafu approuva d'un large sourire, redressant frénétiquement une chaise renversée pour s'assoir devant la table près du chaudron. Une serviette accrochée sous le menton, il saisit une assiette creuse, la première cuillère qui se trouvait à portée de main, et s'immobilisa, le regard dans le vide. La boule de poils, désabusée devant l'appétit sans limites de son ami, se dirigea vers un levier métallique qui s'empressa d'abaisser. Un mécanisme s'activa dans un grincement assourdissant à faire tomber toutes les dents. Au son de lourdes portes qui claquent, Doris compris que le lieu était désormais en sécurité pour la nuit.

Retranché discrètement derrière un monticule de livres, Doris observait en silence les retrouvailles joyeuses des deux compères.

Après quelques gorgées chaudes de ce savoureux breuvage, Kaafu déposa sa cuillère sur le côté de son assiette encore pleine.

— Ça ne va pas ? s'inquiéta le vieux fou. Elle n'est pas bonne ma soupe ?

— J'avais tellement faim que j'allais oublier de te parler de l'essentiel. Avant d'engloutir cette merveille, reprit Kaafu avec beaucoup de sérieux et en déglutissant bruyamment, j'ai quelque chose d'important à te dire.

— J'aime pas quand tu prends cet air sérieux.

— J'ai fait une rencontre… heu, une rencontre très étrange.

— Ho ! Tu t'es enfin décidé à te trouver une pépette ?

— Rien à voir, répondit Kaafu d'un air blasé en dodelinant de la tête. À part toi, je ne vois pas à qui j'aurais pu en parler. Depuis le temps que tu me baratines avec tes livres, tes légendes anciennes que tu essaies de me convaincre que la magie a existé et tout le tintouin... Je pense que ça va te plaire. Bon... je ne vais pas tourner cent sept ans autour du pot...

Et d'un geste exagérément gracieux, Kaafu ouvrit les bras en se retournant :

— Je te présente... Doris ! Un petit garçon qui... qui vient d'un autre monde, voilà ! s'exclama fièrement le scarabée géant. Allez ! Bon appétit !

Surpris par la brutalité de cette présentation inattendue, Doris sortit doucement de sa cachette en redoutant la réaction du vieux fou. Celui-ci se leva brusquement de sa chaise, renversant encore bruyamment d'autres ustensiles éparpillés au sol. Si les poils devant son visage avaient laissé apparaître une bribe de son regard, on aurait sans doute pu y déceler un surprenant mélange de stupéfaction, d'effroi et de vide sidéral.

Le temps était suspendu.

Même Kaafu restait les bras ouverts en guise de présentation, un sourire crispé, attendant impatiemment une réaction du vieil ermite. Non seulement il avait transgressé une des règles fondamentales : interdiction de faire rentrer qui que ce soit dans sa grotte sans son approbation, mais en plus, il s'agissait d'un petit garçon. Comment son ami allait-il réagir ?

— Wilick ? Youhou ? Tu m'entends ?

Et le vieux Wilick tomba en avant, les bras ballants, comme une bûche avec comme seul amorti une pile de parchemins qu'il fit voler en éclat aux quatre coins de la pièce.

Impatient de se remettre à table, Kaafu avait sans doute manqué de délicatesse. Il avait ouvert simultanément toutes les vannes d'informations. Comme une cocotte-minute sous pression, il aurait fallu relâcher la vapeur sous peine d'exploser. C'est ce qui venait de se passer dans la tête du vieil ermite. Une simple surchauffe cérébrale qui avait fait disjoncter l'alimentation générale.

— Oups ! C'était peut-être un peu brutal de ma part… ou alors il avait sommeil et il est tombé de fatigue, c'est tout, murmura Kaafu. Mais, la soupe refroidit vite et c'est moins bon quand c'est froid. Non ? Bon, allez, viens donc m'aider à le redresser.

Avec toutes les peines du monde, ils réussirent à l'assoir. De nouveau, le doux ronronnement des ailes du scarabée résonna en écho sous le dôme de pierre. La boule de poils se mit à geindre et progressivement se réveilla sous le regard de ses deux invités.

Doris adorait quand Kaafu faisait vibrer ses ailes. Ça lui procurait un profond sentiment de bien-être. Comme la douce mélodie que lui chantait sa maman avant de s'endormir. Une résonance, une lumière qui vous irradie de l'intérieur et vous remplit de joie, de tendresse, d'amour.

La boule de poils reprenait faiblement ses esprits en poussant quelques gémissements.

— Tu nous as encore fait une belle de méditation, dis-moi, un peu violente cette fois-ci. Mais il faut saluer ton sens du spectacle, mon ami, sourit Kaafu.

— Doris, fais-moi passer la bouteille qui était sur la table, s'il ne l'a pas fait tomber avec le reste, reprit-il en tendant le bras.

Le jeune garçon s'exécuta immédiatement, s'approchant du vieux Wilick, toujours cloué au sol.

— Bois donc une gorgée de ta piquette artisanale, ça va t'aider à te réveiller, s'amusa Kaafu.

— Je n'ai donc pas rêvé, s'estomaqua le vieux fou en attrapant la bouteille d'alcool d'une main.

Son autre main balaya les poils devant sa figure. Le

jeune garçon découvrit avec stupéfaction le visage d'un vieil homme au regard bleu énigmatique. Un nez épais, une fine bouche, un menton crochu perdu au milieu d'une barbe épaisse et disgracieuse. Tous ses traits du visage, ses mains et sans doute tout son corps étaient ensevelis sous une abondante couche de poils grise et surtout très sale. Mi-homme mi-yéti d'un mètre cinquante.

Wilick resta un long moment médusé à observer le visage du jeune garçon puis il décocha son regard en portant le goulot à sa bouche. Le niveau de la bouteille descendait à une vitesse fulgurante. Comme s'il lui fallait plus qu'une gorgée, mais une véritable gifle pour reprendre ses esprits.

— Houla ! Vas-y mollo, ce n'est que le début, reprit fièrement Kaafu, le sourire aux lèvres. Si tu veux retenir tout ce que j'ai à te révéler, tu ferais mieux de garder la tête sur les épaules.

Wilick, toujours sous le choc, reposa la bouteille sur le sol. Il s'essuya la bouche avec son avant-bras.

— Figure-toi que ce jeune garçon s'appelle Doris et qu'il vient d'un autre monde. Enfin, c'est ce qu'il m'a dit. Mais, comme j'ai l'habitude d'entendre tes histoires farfelues, je me suis dit que ce n'était pas impossible et j'ai plutôt envie de le croire. Il est tellement sincère et naturel quand il t'explique son aventure, qu'il est impossible de ne pas le croire. Bon, perso, je n'ai jamais rencontré d'espèce comme la sienne, mais peut-être que tu en sais un peu plus... C'est déjà la deuxième fois qu'il vient ici... dans notre monde. En fait, il n'arrive jamais au même endroit alors c'est coton pour le retrouver ! Et il a bien failli ne jamais repartir d'ailleurs. Tu ne devineras jamais ce qu'il a fait hier soir...

— ...

— Non ? Et bien, il s'est promené tout seul sur un sentier qui menait tout droit à la forêt noire, en plein cœur du royaume des ténèbres. Téméraire le p'tit, n'est-ce pas? Enfin... plutôt inconscient, je dirais.

Wilick restait bouche bée. Il écoutait sans broncher les aventures du petit garçon racontées avec ardeur et accompagnées d'un sentiment de fierté de son ami Kaafu.

— Comment s'en est-il sorti? ironisa Kaafu. Puisque tu n'oses pas me poser la question, je vais te répondre.

— Attends une minute... Mais comment est-ce possible? Comment es-tu venu ici, mon garçon? questionna soudain Wilick, relevant de nouveau ses longs poils devant les yeux avec un regard de feu.

— C'est là que ça se corse, répondit Kaafu en se redressant. Je ne sais pas si tu es prêt à tout entendre. Et puis arrête de regarder le petit avec ce regard de taré... tu vas lui faire peur. On pourrait peut-être remettre ça à demain, le temps de retrouver tes esprits, dit-il en marchant d'un air savant les mains dans le dos.

Doris souriait de la situation.

En prenant appui sur ses mains, Wilick se releva avec la souplesse d'un hippopotame à la sortie d'un bain de boue. Une fois debout, il s'empara du premier objet qui se trouvait à portée de main, une casserole en cuivre. Doris fit un pas de recule. Le vieux fou lui faisait face, les cheveux dans une main et la casserole dans l'autre. Tout à coup, il se frappa violemment la tête. Le gong résonna dans toute la pièce, provoquant un sursaut de stupeur des deux témoins de cette scène surréaliste.

— Je... je ne rêve pas...! murmura Wilick le regard encore vaseux.

— Bien sûr que non, tu ne rêves pas! Il te suffisait de demander... s'amusa Kaafu. Une si belle casserole...

— Accouche! hurla Wilick. Allez, s'il te plaît, reprit-il mielleusement, raconte la fin de ton histoire, si tu ne veux pas que je redresse cette satanée casserole sur ta tête!

— Bon, bon d'accord, ce n'est pas la peine de s'énerver, répondit le scarabée géant en échangeant un clin d'œil complice avec Doris qui se maintenait les mains sur la bouche pour s'empêcher de rire.

Kaafu s'assit et tirant bruyamment une autre chaise, invita le petit garçon à se joindre à eux.

Tous les trois assis autour de la table, dans un décor chaotique, un lendemain du passage d'un ouragan, dans un silence solennel, ils se dévisageaient mutuellement. Kaafu qui se résigna à mettre un terme à la souffrance psychologique qu'il infligeait gentiment à son vieil ami, fit un signe de la tête au jeune garçon. Doris s'exécuta et ouvrit lentement la fermeture éclair de la poche centrale de sa salopette, il plongea la main à l'intérieur et après une faible hésitation qui fit atrocement durer le suspense, il en sortit les trois œufs magiques.

Le regard fixe, Wilick s'était de nouveau momifié. Même ses poils devant le visage ne réagissaient plus à sa respiration. La douce lumière turquoise avait envahi l'espace.

Kaafu passa la main devant les yeux de son ami.

— Wilick ? Youhou ? Tu m'entends ? T'es toujours avec nous ?

L'ermite resta immobile sans prononcer un mot puis s'effondra d'un bloc. Sa tête sonna comme un gong au centre de la table en bois.

— Ouille ! J'en étais sûr qu'il n'était pas prêt, s'exclama Kaafu d'un air horrifié, rattrapant in extremis son bol de soupe. Cette fois, on ferait mieux de le laisser dormir un peu. On n'a qu'à manger un morceau en attendant, ça ne va pas nous faire de mal, non ?

11

Le bruit strident du frottement de l'acier sur le bois sec sortit brutalement Doris de ses pensées, de ses souvenirs de l'autre monde. Il releva la tête de son bureau, et aperçut par sa fenêtre son grand-père en train de bricoler au milieu de la cour.

Les cheveux gris cendré, un vieux t-shirt troué, et toujours vêtu d'un bleu de travail un peu trop large et moucheté de peinture ou d'autres résidus de chantier. Son passe-temps favori, pour un grand-père à la retraite, c'était le bricolage. Mais pas comme tous ces amateurs du dimanche, comme on pourrait l'imaginer. Un vrai bricoleur, polyvalent, qui était à la fois maçon, charpentier, menuisier, peintre, vitrier... et sans doute bien plus encore. Bref, il savait tout faire. Avec les moyens du bord, il pouvait construire toute sorte d'objets, rénover des pièces entières avec des matériaux de récupération. Doris était toujours émerveillé du résultat magnifique et surtout très solide. Il méritait amplement son titre de « Chef » naturellement instauré depuis des années par l'ensemble de la famille.

Installé sur deux tréteaux, au milieu de la cour, il aimait travailler le bois sous toutes ses formes. Il perçait, taillait à l'aide de ciseaux à bois en acier rouillé, sciait, fraisait, vissait, enfonçait des clous avec précision et une force démentielle. Souvent, sous le regard admiratif de son petit-fils qui ne perdait rien de cet apprentissage intuitif. De temps à autre, Doris émettait un avis critique sur la marche à suivre et le déroulement de telle ou telle construction. Habituellement hermétique à la critique, avec lui c'était différent. Son grand-père pouvait tout accepter de sa part. Peut-être parce qu'il était le seul à s'intéresser davantage au travail qu'il accomplissait plutôt qu'au résultat final. Bref, il lui passait tout. Il l'écoutait et apportait les modifications à son ouvrage en le félicitant d'un sourire malicieux, même s'il mettait un bon moment à tout remettre en ordre à son départ. Comment son grand-père pouvait-il dire non à ce petit bonhomme au regard d'ange ?

Doris réalisa qu'il n'avait toujours pas fait son devoir. Sa mère n'allait pas tarder à l'appeler pour vérifier. Par contre, son carnet des secrets commençait à être bien rempli. Pour une fois, il avait fait preuve d'un vrai talent d'écriture et de dessinateur. Sans prêter attention aux innombrables fautes d'orthographe, les descriptions étaient précises et efficaces. Si jamais il restait bloqué dans l'autre monde, tel un grand aventurier qui aurait dû braver tous les dangers au prix de son retour impossible, ses parents finiraient par fouiller sa chambre et sans doute tomber un jour sur ce carnet.

À sa lecture, ils comprendraient, découvriraient le véritable visage de leur fils. Cet aventurier au grand cœur qui avait tenté un voyage dans ce monde imaginaire au péril de sa vie. La vie cachée de leur enfant au courage insoupçonné serait enfin révélée au grand jour. Certainement très accablés par sa disparition, ils finiraient par comprendre la raison de cet acte de bravoure et ils en seraient fiers. Enfin fières de ce fils dont les élucubrations leur ont toujours été si obscures.

Quant à son frère, Doris se laissa l'imaginer en pleurs, vivant sa disparition comme un déchirement. Ravagé par une tristesse inconsolable. Mais rapidement, cette pensée s'effaça pour laisser place à la raison. Ce grand frère en pleurs, mais pour d'autres raisons. Un caprice indigne de son âge, et de la situation. Des cris de rage pour réclamer les jouets de Doris, disparu à jamais.

— Doris ! On passe à table dans une heure ! s'écria sa mère de la cuisine. Je monte te voir avant manger ! Dépêche-toi de finir ton devoir !

— Oui maman !

Une bouffée de chaleur envahit le petit garçon. À force de rêveries, son devoir n'était toujours pas terminé, alors que le récit de son histoire dans l'autre monde avait bien avancé.

Soucieuse de voir ses fils grandir et dotés d'une bonne éducation, de les voir poursuivre des études supérieures qui feraient la fierté de la famille, Jade pouvait parfois se montrer une maman très autoritaire malgré tout l'amour qu'elle témoignait à ses enfants. Malgré l'ultimatum lancé depuis la cuisine, Doris savait qu'elle finirait par l'aider à faire son devoir, en s'énervant un peu pour sauver les apparences. Mais une fois terminé, la culpabilité l'obligerait une fois de plus à préparer un bon quatre-heures à base de pains perdus recouverts de miel et de fruits frais. Rien que d'imaginer ces saveurs sucrées et moelleuses, Doris en avait l'eau à la bouche.

Afin de monter sa bonne volonté et d'éviter que la rédaction de son devoir avec sa mère ne dure trop longtemps, Doris imagina à la vas-vite une idée de récit. Il prit une feuille vierge et se rassit à son bureau en soufflant.

— C'est le matin, il fait beau, se dicta Doris à voix basse, je prends mon petit déjeuner... des tartines de beurre et de la confiture de groseilles du jardin. C'est les vacances de Pâques. Les cloches sont passées pendant la nuit. Je me prépare et avec ma grand-mère je vais chercher les œufs dans le jardin... Mon panier est bien garni et je rentre à la maison en étant super content. Voilà. Point... Si je rajoute quelques mots savants de ma chère maman et que j'écris un peu gros, ça devrait le faire pour les vingt-cinq lignes.

Tout sourire et content de lui, Doris allait reprendre l'écriture de ses aventures dans son carnet, quand soudain il entendit craquer la troisième marche de l'escalier en bois qui montait à l'étage. Quelqu'un montait. Sa mère était censée préparer le repas dans la cuisine, sa grand-mère était sans aucun doute au jardin à cette heure-ci. Son grand-père bricolait dans la cour. Son père était parti au travail et ne rentrerait que tard ce soir. Il ne pouvait donc s'agir que de Rudolf. Son frère était bien trop intrusif, et ne manquera pas de lui arracher son carnet des mains, s'il ne le dissimulait pas rapidement. Il ne manquera pas non plus de le lire à haute voix pour mieux se moquer de lui et, pour finir, de tout raconter à ses parents. Son secret serait révélé. Même si personne n'allait croire à son histoire d'autre monde, ses œufs lui seraient certainement confisqués. Alors, il ne retournerait plus jamais dans le monde merveilleux et ne reverrait plus Kaafu et ce vieux fou de Wilick auquel il s'était tant attaché. Avec tout ce qu'il avait appris lors de son dernier passage, il fallait absolument qu'il y retourne.

Il devait finir de remplir son carnet sur ce qu'il s'était passé dans la grotte du vieux fou pour ne rien omettre. De plus, il avait fait une promesse à ses nouveaux amis. À son retour, il s'était engagé à accomplir une mission de la plus haute importance, avant de repartir pour sa destinée.

Le monde merveilleux l'attendait.

Sa porte ne fermait pas à clé, il fallait donc faire vite. Pas le temps d'utiliser sa cachette secrète sous son lit. Pris de panique, il glissa le carnet dans le seul livre qui se trouvait sur sa table de nuit. « Peau d'âne », un roman fantastique que lui avait suggéré sa mère pour l'inciter à lire davantage. La cachette était sommaire, mais efficace. La porte s'ouvrit brusquement sans frapper. Avec seulement deux ans de plus, son frère paraissait beaucoup plus grand et plus fort. Il se tenait dans l'entrebâillement, les mains sur les hanches, ses cheveux de paille goménolés avec une précision aussi rigide que son principal trait de caractère, les sourcils froncés, il s'approcha en ronchonnant :

– Qu'est-ce que tu fous encore ! Non, mais tu n'as pas encore fini tes devoirs ! T'es vraiment trop nul, mon pauvre. Tu ferais mieux de te dépêcher, tu vas encore te faire engueuler.

– Bah, tu vois c'est même pas vrai, je viens juste de finir, et j'allais descendre manger. Allez, viens, on y va... le premier arrivé a gagné !

Rudolf qui voulait toujours se montrer le plus fort vis-à-vis de son frère courrait déjà dans les escaliers avant d'avoir fermé brutalement la porte au nez de son petit frère. Le subterfuge avait laissé le temps à Doris de ranger son carnet des secrets dans sa cachette, avec les œufs magiques avant de descendre à son tour et contempler son frère se pavaner de sa cuisante victoire.

Mais Doris souriait, de l'intérieur, sans rien laisser paraître. C'était tellement facile.

Il faudra qu'il se montre plus prudent à l'avenir. Il devait se méfier de son frère. Il devait impérativement finir le récit de son aventure en cachette, accomplir sa mission et rejoindre Kaafu et Wilick au plus vite.

12

Le soir venu, Doris, qui avait pris la précaution d'emporter discrètement la lampe torche de son grand-père, se faufila sous ses draps pour y aménager un chapiteau à l'aide d'un manche à balai qui traînait dans le débarra. Enfin seul, assis en tailleur devant une boîte à chaussure, son nouveau bureau d'écriture nocturne, il ouvrit solennellement son carnet. Un stylo quatre couleurs en bouche, ses pensées s'évadèrent instantanément, navigant sur les flots de souvenirs de son extraordinaire aventure…

… la grotte était silencieuse.

Visiblement, personne n'avait pris le temps de ranger le désordre de la veille. Doris dormait profondément dans un coin de la pièce, blotti sur un matelas de fortune, confectionné de vieux manteaux et de paille séchée. Malgré l'inconfort, la fatigue avait eu raison du jeune garçon. Kaafu ronflait bruyamment à ses côtés, par terre, comme une coquille vide, les pattes repliées sous son épaisse carapace.

Des bruits sourds résonnaient au loin.

Comme de lourds objets, qu'on aurait jetés d'une certaine hauteur, de manière sporadique ou parfois en cascade. Les sons se répandent dans toutes les galeries sans que l'on puisse distinguer la provenance.

Visiblement, le vieil ermite était réveillé.

Très peu préoccupé par le sommeil de ses hôtes, il donnait l'impression d'être en plein rangement. Le grand nettoyage de printemps. Il cherchait quelque chose en particulier parce qu'on l'entendait râler, rouspéter. Motivé d'une mauvaise foi évidente, il répétait en boucle qu'il était scandalisé que quelqu'un ait osé s'introduire chez lui pour y répandre un tel désordre.

Et ces objets qui tombaient sans cesse.

Doris se réveilla en sursaut et ouvrit les yeux sur Kaafu qui l'observait en train de dormir depuis quelques instants, ému devant l'innocence, la candeur de ce petit, si loin de chez lui. Encore admiratif du courage dont il avait fait preuve la nuit précédente, perdu, seul au cœur de cette maudite forêt noire.

— Ça va ? s'inquiéta le petit garçon à peine réveillé.

— Ne t'inquiète pas, tout va bien, rassura tendrement Kaafu. Je crois vraiment qu'il n'a pas la lumière à tous les étages notre vieil ermite. Il est resté trop longtemps isolé dans cette fichue grotte.

Ils éclatèrent de rire en cœur.

— Vous feriez mieux de venir m'aider plutôt que de vous bidonner dans mon dos, résonna la voix grincheuse du vieux fou.

— Ah ? Vieux, mais pas complètement sourd apparemment. Je ne sais pas ce qu'il fabrique, mais il fait un de ces raffuts ce matin. Il a dû se taper un peu trop fort sur la tête hier soir, sourit Kaafu en se relevant.

— Oh, mais je vous entends ! résonna la voix.

Doris ne put retenir un rire, la tête dans les épaules comme quelqu'un qui s'est fait surprendre la main dans le sac. Il fit un tour d'horizon de la pièce. Il s'approcha de chacune des huit galeries sans parvenir à déterminer la provenance de ce vacarme matinale. Résignés, ils s'engagèrent au hasard par l'une d'entre elles. Un labyrinthe infernal qui les ramenait systématiquement au point de départ.

— Si tu nous guidais, ça irait mieux, tu ne crois pas,

s'exaspéra Kaafu au bout de la troisième fois.

— Ce n'est quand même pas compliqué ! Il suffit de suivre le son de ma voix ! Sinon vous prenez la galerie du milieu, puis la deuxième à droite et la troisième à gauche... enfin, tout dépend dans quel sens tu te trouves. Au pire, c'est l'inverse. Je ne me rappelle plus. Bon... et magnez-vous, je n'y arriverais pas tout seul ! s'écria Wilick.

Après plusieurs essais infructueux, ils débouchèrent enfin sur une immense bibliothèque, une sorte de cathédrale creusée dans une roche étrangement noire. Un lieu mystérieux où s'empilaient de toute part sur d'immenses étagères, un nombre inimaginable de livres, de manuscrits, de petits carnets de notes, des piles de feuilles reliées par de simples ficelles. Une odeur de poussière, d'encre et de vieilles reliures en cuir usagées se mêlait à l'inévitable humidité ambiante.

Des échelles de bois, réparties tout autour de cette pièce ovale, permettaient d'atteindre les rayonnages les plus élevés. Au centre de cette cathédrale rocheuse, dont la hauteur donnait le vertige, trônait une large bougie blanche de plusieurs mètres de haut dégoulinant de cire chaude jusqu'au sol. L'instabilité de sa flamme, ses nuances de bleu, de jaune et de vert lui conféraient un pouvoir hypnotique et envoûtant. Des ombres inquiétantes dansaient frénétiquement sur les murs comme un ballet incessant et silencieux.

Ils levèrent les yeux de sidération sur la splendeur et l'étrangeté de ce lieu. Visiblement, Kaafu le découvrait également pour la première fois.

Doris finit par apercevoir Wilick perché en haut d'une échelle. Du coude, il attira l'attention du scarabée géant, lui indiquant d'un hochement du menton où se trouvait le vieux grincheux.

Il était suspendu tout en haut d'une étagère, un pied dans

le vide, l'autre sur l'échelle en bois, les cheveux attachés sur le sommet du crâne, de fines lunettes en demi-lune ancrées au bout du nez. Cette image fit sourire le jeune garçon. La ressemblance avec sa grand-mère était émouvante et pour le moins étonnante.

En équilibre, il s'étirait dangereusement pour tenter d'atteindre un livre du bout des doigts. Un coin de langue sortie, un petit gémissement, il le fit basculer vers l'avant pour s'en emparer. Mais celui-ci lui échappa, certainement comme tous les autres avant, et tomba lourdement sur le sol dans un fracas assourdissant. Suivi d'un cri de colère.

— Bigre ! Encore un qui m'a échappé !

— Mais qu'est-ce que tu fais ? s'écria Kaafu, inquiet du manque d'équilibre de son ami.

— T'occupe… et dis-moi plutôt le titre du livre, ça m'évitera de redescendre comme à chaque fois ! dit-il en s'énervant.

— Toujours aussi aimable de bon matin… C'est… heu… l'encyclopédie des… on arrive même plus à lire le titre ! s'exclama Kaafu avec la voix qui mourait dans les aiguës.

— La mélodie des… quoi ?

— Et en plus, il est sourd comme un pot, avoua le scarabée d'un air désemparé.

— Mais non, je ne suis pas sourd ! Ce n'est toujours pas le bon !

— Et si tu nous disais ce que tu cherches, on pourrait peut-être t'aider. Non ?

— Je cherche un manuscrit.

— Sans blague, il n'y a que de ça ici ? Et pourquoi maintenant ? Tu ne veux pas plutôt descendre, tu nous donnes le vertige…

— Je cherche le… le manuscrit sacré… j'étais sûr de l'avoir rangé ici.

— Tu ne veux pas manger un morceau avant ? On

pourrait y réfléchir au calme. Déjà que tu nous as réveillés en sursaut…

— C'est très important… ça fait des années et des années que j'attends ce moment… Tout le monde me prend pour un fou… Hein ? Je vais enfin pouvoir prouver que j'avais raison depuis toujours…

— Mais non Wilick, tu n'es pas fou, il ne faut pas écouter tout ce qu'on raconte. Allez, viens manger un morceau…

— Non !

— Tu ne veux pas qu'on te donne un coup de main, au moins ça ira plus vite. Je crois que le petit aussi a faim.

Wilick se laissa descendre en glissade sur les montants extérieurs de l'échelle. Un véritable acrobate pour son âge, pour une vieille branche toute moisie, il cachait bien son jeu. Sous le regard ébahi de Doris, la boule de poils avec son plumeau sur la tête arriva au sol à la vitesse de l'éclair dans un long couinement de peau résistant sur les bords de l'échelle.

— Ouf… c'est rapide, mais ça brûle toujours autant, s'écria Wilick en soufflant sur la fumée qui s'échappait de ses mains.

— Bon… il ressemble à quoi, ton manuscrit ? reprit Kaafu sur un ton expéditif.

— On ne peut pas le rater, il est de la taille d'un grand livre, épais, lourd et relié en cuir marron.

— Un livre quoi… souffla le scarabée d'un air blasé.

— Je pensais l'avoir rangé là-haut, mais maintenant je me souviens. Il doit être plutôt par là.

Ils suivaient Wilick à travers un labyrinthe de piles de livres anciens qui jonchaient le sol. Au pied d'une étagère dont le sommet semblait s'étirer à l'infini, Wilick poussa péniblement sur une échelle qui hurlait sa résistance dans un grincement insupportable. Une fois stabilisée, la boule de poils fit tourner ses bras en guise d'échauffement avant d'entamer sa périlleuse ascension. Dès les premiers barreaux, il souffla exagérément de fatigue.

– C'est bon, j'ai compris. Allez, laisse-moi faire, reprit Kaafu en lui faisant signe de redescendre. Guide-moi d'en bas, c'est moi qui vais monter.

– Comme tu voudras. Alors... tu montes jusqu'au douzième rayonnage, deuxième casier à ta gauche, sixième livre en partant également de ta gauche. Il est rangé avec les éditions rares. C'est sûr et certain.

Kaafu déploya ses ailes transparentes et souples sous son épaisse carapace noire et luisante puis monta à la verticale avec la précision incroyable pour un insecte de sa taille. Il compta les casiers puis se stabilisa devant l'emplacement déterminé.

– Tu vois, jeune homme, dit Wilick en se penchant vers Doris, l'organisation c'est la clé. Quand tu vois la quantité d'ouvrages que j'ai pu recueillir au fil des ans, sans cette rigueur ce serait un bordel monstrueux et surtout on ne s'y retrouverait pas...

– Non ! s'écria Kaafu.

– Non ?

– Non, non ! Ce sont des livres de jardinage... s'écria Kaafu en passant une seconde fois au crible chaque ouvrage entassé sur l'étagère poussiéreuse.

– Un recueil sur l'affûtage ? s'étonna Wilick perplexe en se grattant le sommet du crâne.

– Et en plus, il est sourd comme un pot... murmura Kaafu d'un air résigné. On n'est pas près de manger.

– Alors, attends s'il n'est pas là, c'est que je l'ai rangé ailleurs.

– Alors là, on touche le fond, souffla Kaafu.

Doris se mordait les lèvres pour s'empêcher de rire aux éclats. Mais sentant bien que la situation pouvait durer des heures, il décida d'apporter son aide en jouant les intermédiaires vocaux.

— Il doit s'agir d'une erreur, reprit Doris en direction du vieux fou, il n'y a que des livres de jardinage sur cette étagère.

— Ah bon ? Alors... s'il n'est pas là... murmura Wilick en faisant les cent pas, les mains dans le dos. Alors tu redescends de deux rayons et tu te décales de quatre séparations sur ta droite, s'écria-t-il en regardant par-dessus ses demi-lunes.

Le scarabée géant, toujours en vol, s'exécuta avec aisance. Et après examen minutieux de chaque élément du rayonnage :

— Non, toujours pas !

— Non, il n'est pas là non plus, répéta Doris.

— Non ? s'écria-t-il en direction de Kaafu, sans prêter attention au jeune garçon, et ne voulant pas reconnaître son évidente surdité. Attends, s'il n'est pas là, c'est qu'il est de l'autre côté alors. Je me souviens très clairement maintenant. Je l'ai mis à l'abri dans un tiroir. Passe de l'autre côté, on se rejoint. Et fais attention de ne pas te brûler les ailes avec la bougie !

Kaafu ne cachait pas son impatience, mais ne voulant pas vexer son vieil ami, continuant les recherches le ventre creux. Le vrombissement de ses ailes donnait un écho étrange à cette atmosphère. Un sentiment de bien-être mêlé d'impatience devant cette laborieuse recherche qui n'en finissait plus.

Se frayant difficilement un chemin, le vieux fou, suivi de près par Doris, avait atteint l'extrémité opposée de cet immense dôme caverneux aux allures de bibliothèque sombre et poussiéreuse.

— Tu es prêt ? Alors, remonte un peu et décale-toi sur ta gauche ! ... Non, l'autre gauche, s'écria Wilick en faisant un clin d'œil complice à Doris. Parfait, ouvre le tiroir devant toi...

– Il est fermé, répondit Kaafu à bout de nerfs.

– Il est coincé ? hurla Wilick.

– Heu... je crois qu'il est fermé à clé, suggéra timidement Doris se retenant une nouvelle fois de rire.

– Ah oui, bien sûr, il est fermé à clé. Alors... les clés... les clés, se demanda-t-il en se grattant le sommet du crâne.

Fatigué d'attendre en suspension, Kaafu redescendit pour les rejoindre. Le vol stationnaire n'était pas sa grande spécialité. Une simple option très bien maîtrisée, mais qu'en cas d'impératif, qui lui demandait une grosse dépense d'énergie d'autant plus insurmontable le ventre vide.

– Je veux bien t'aider à rechercher ton manuscrit dans tout ce foutoir, mon cher Wilick, mais si tu n'as même pas une petite idée de l'endroit où tu l'as rangé... ça risque d'être compliqué !

– Ne t'énerve pas, je sais parfaitement où je l'ai rangé. Et les clés du tiroir se trouvent dans l'armoire de la cuisine. Attendez-moi ici, je reviens, s'enthousiasma Wilick qui repartait déjà en direction de la pièce principale.

– On n'est pas rendu, dit Kaafu en s'asseyant de fatigue sur une pile de livres entassés au sol. Je t'avais prévenu qu'il était particulier. Tu m'étonnes que tout le monde le traite de fou. De toute façon, on n'arrivera à rien sans manger. Je ne veux pas passer pour un rabat-joie, mais c'est tellement évident. Il va revenir pour nous dire que les clés ne sont pas dans l'armoire de la cuisine, mais qu'il se souvient les avoir cachées dans un autre placard. « Ah bon ? Le placard est fermé à clé ? Alors, attends... les clés du placard dans lequel sont rangées les clés du tiroir où est fourré ce satané manuscrit se trouvent dans un vase sur la seizième étagère à gauche, enfin non plutôt à droite... ».

La fatigue et la faim eurent raison de leur dernière once de sérieux. Le jeune garçon en avait des crampes aux joues à force de rire autant. Il était fasciné par le déroulement de cette situation aussi grotesque que surréaliste. Pour rien au monde, il n'aurait voulu manquer une telle partie de rigolade.

Très complice, il se sentait à son aise au côté de son ami Kaafu. Dangereux et effrayant par moment, ce monde était fou, mais tellement merveilleux, à l'image de cette nouvelle rencontre.

De retour, Wilick brandissait, comme la coupe du vainqueur, un énorme trousseau de clés. Les deux complices s'essuyèrent les larmes de joie le plus discrètement possible. Le gargouillement de leurs estomacs suggérait qu'il n'était certainement pas le moment de chatouiller la susceptibilité du propriétaire des lieux. Ils reprirent immédiatement leur sérieux pour en finir au plus vite.

Les recherches s'éternisaient. D'étagère en étagère, de faux espoir en faux espoir, et à chaque déception, Wilick suggérait un autre emplacement ou cachette secrète. Kaafu était épuisé de monter et descendre sans cesse. Il ne voulait ni abandonner ni contrarier son ami, mais ils semblaient être dans une impasse.

Pour patienter, au hasard de ses déambulations dans cet environnement auquel il avait fini par s'habituer, Doris commença à feuilleter quelques livres. Il s'était assis dans un coin et contempla leurs gesticulations ponctuées de disputes toujours aussi théâtrales.

Il tomba sur un ouvrage intéressant dédié à la pratique de la pêche.

Lire des livres n'était pas sa grande passion. Tout ce qui était en lien avec l'école ne lui inspirait pas un grand intérêt. Mais, paradoxalement, il aimait apprendre. Sa grand-mère savait s'y prendre avec lui. Elle lui enseignait à sa manière tout son savoir sur la nature, les arbres, les plantes, les insectes et la vie en général. Elle lui transmettait sa passion du jardinage avec ses mots à elle, avec tous ses vieux livres de jardinage copieusement illustrés, déformés d'annotations illisibles sur d'innombrables bouts de papier volant. Le tout bien écorné et entassé dans une bibliothèque aussi mal rangée que celle de Wilick. En moins gigantesque, bien sûr.

Au fil des pages, il consultait les images et les croquis sur les techniques de pêche. Quel matériel se confectionner ? Quel meilleur moment de l'année pour telle ou telle espèce de poissons ? Il découvrit également qu'on pouvait pêcher de nuit. Il devait visiblement s'agir d'un vieux livre, car il était peu probable qu'un pêcheur s'aventure aujourd'hui en pleine nuit dans ce monde de terreur.

Mais la technique attira l'attention du jeune garçon. En effet, la pêche consistait à attirer l'attention du poisson à l'aide d'un appât. De jour, il était possible d'accrocher au bout de sa ligne toute sorte de nourriture, mais la nuit, seule la lumière pouvait attirer les poissons comme des aimants. C'est alors que le souvenir de son grand-père qui venait de renverser une boîte de clous lui revint à l'esprit. Tel un magicien, il avait sorti son vieil aimant en forme de fer à cheval, et en quelques secondes, il les avait tous récupérés et sans effort.

Alors que les deux compères s'invectivaient de nouveau après une énième recherche infructueuse, une idée de génie lui traversa l'esprit.

Il se redressa d'un bon.

Wilick a fait allusion à ce manuscrit en prétendant qu'il pourrait être lié à Doris d'une certaine manière. Il contiendrait des réponses aux nombreuses questions que le jeune garçon se pose depuis son arrivée. Alors il doit exister un lien avec ses œufs. S'il les sortait peut-être que le manuscrit réagirait en leur présence. Pourquoi ne serait-il pas attiré par cette puissante magie ? Après tout, c'est grâce à eux qu'il se trouve ici. Doris s'amusa à penser qu'il pouvait alors exister une certaine forme d'attraction magnétique entre le manuscrit et ses œufs. Pourquoi ne pas les sortir et voir ce qu'il se passerait ?

Il fallait à tout prix essayer.

Délicatement, il sortit un œuf de sa salopette. La lumière turquoise inonda la cathédrale de mille feux. Le spectacle était éblouissant. On découvrit en un instant la splendeur des lieux. La poussière dansait gracieusement autour de lui. Le temps s'était arrêté. Kaafu, toujours suspendu en vol stationnaire, redescendit lentement en admirant la scène. C'était encore plus impressionnant que la première fois, dans le terrier. Wilick restait ébahi au pied d'une échelle.

Mais soudain, les livres accumulés au sol se mirent à s'agiter puis à danser en suspension dans l'air, de manière anarchique dans un premier temps. Le phénomène se transforma rapidement en véritable tornade de livres, de feuilles arrachées, de bibelots. Un violent cyclone aspirant tout sur son passage. Le souffle destructeur se mit à tourner autour de l'énorme bougie au centre de la pièce qui ne tarda pas à s'éteindre. À son passage devant les étagères, le tourbillon dévorait tous les livres, tel un monstre affamé. Comment tout cela allait-il se terminer ? À jouer aux apprentis sorciers, Doris avait peut-être commis une erreur irréparable en sortant l'œuf de sa poche.

— Mais qu'est-ce qui se passe, bon sang ! s'écria Kaafu.

— Laisse-le faire, répondit calmement Wilick en faisait barrage de la main. C'est un génie, ce petit. C'est tellement évident. Comment n'y ai-je pas pensé plus tôt ?

— Pensé à quoi ! hurla Kaafu dans le vacarme des livres qui s'entrechoquaient dans leur tourbillon.

— Il fait sortir le manuscrit de sa cachette... c'est de la magie... tout simplement. L'œuf agit comme un aimant, s'émerveilla le Wilick dont les poils virevoltaient dans tous les sens.

– Je te préviens Wilick, s'il arrive quoique ce soit au petit...

– Ne t'inquiète pas... la puissance de ses œufs le protège... sans qu'il s'en rende compte... c'est magnifique !

Des éclairs naissaient de toute part. Le tonnerre craquait violemment. Et le cyclone grossissait démesurément. Debout devant ce spectacle surréaliste et effrayant, Doris restait étrangement impassible, le joyau de lumière maintenu au creux de sa main. À aucun moment, il n'eut aucune intention de le ranger. Comme si, au fond de lui, il avait la certitude d'être sur la bonne voie. De faire ce qui devait être fait.

Un éclair éblouissant trancha de nouveau la cathédrale de pierre. Plus grand, plus fort que tous les autres. Simultanément, tous se protégèrent le visage, le coude en avant, par crainte d'une pluie de projectiles.

Le sol trembla à l'impact détonant.

Une explosion étourdissante.

Un souffle puissant.

Puis plus rien.

Un léger sifflement au creux de l'oreille, lentement, ils ouvrirent les yeux. L'immense pièce était recouverte de livres étalés sur le sol. Le cyclone avait subitement disparu.

Comme un rocher tombé du ciel en plein désert de sable, le manuscrit était là. Il trônait au centre d'un parterre de livres éparpillés par le souffle de sa chute. Une fois la poussière retombée, la bougie se ralluma comme par enchantement. Large et très épais, relié avec soin d'une couverture de cuir cousue de fils d'or, il était splendide. Fascinant. Comme illuminé de l'intérieur, un symbole très particulier le caractérisait parmi les autres.

Sidérés devant la violente tornade auquel ils venaient

d'assister, ils s'avancèrent tous les trois en silence.

— Heu... je crois que je l'ai trouvé, reprit Doris avec espièglerie.

— Ça décoiffe ! N'est-ce pas ? s'esclaffa Kaafu en se tournant du côté de Wilick qui n'en revenait toujours pas.

Les cheveux, les poils et la barbe du vieux fou étaient restés figés dans les sens du vent du cyclone. Ses lunettes pendaient lamentablement, emmêlées dans sa barbe. Pendant que Doris rangeait son œuf magique, la luminosité du symbole gravé sur la couverture s'éteignit dans le même temps. Wilick se pencha et récupéra le manuscrit avec la délicatesse d'une mère soulevant son enfant.

— Ce n'est pas le tout, mais moi j'ai faim... À TABLE ! s'écria Kaafu en trépignant de joie.

13

Attablés autour de cette fameuse soupe d'écorces de pin, savamment préparée par le vieil ermite, les trois compères s'en donnaient à cœur joie. Kaafu avait retrouvé le sourire. Ses ailes émettaient ce doux ronronnement de satisfaction, en réponse à son ventre rassasié. Doris préférait la douceur d'une bonne tranche de pain tartinée d'une sorte de confiture de myrtilles. Il se régalait de ces saveurs nouvelles, comme cette soupe qui, finalement, ressemblait davantage à une tisane aux herbes. Mais tout ce cérémonial lui rappelait les bons moments passés avec sa grand-mère, ces goûters partagés au coin d'une table, après une journée passée au grand air dans le potager.

Impatient de relire le contenu du manuscrit, Wilick avait vidangé son bol de soupe d'un trait, se brûlant les lèvres, la langue et le gosier par la même occasion. Sans même se plaindre, éteignant le feu dans sa bouche en la bourrant frénétiquement de mie de pain, les lunettes au bout du nez et les cheveux relevés sur le sommet du crâne, il se plongea dans une lecture minutieuse du manuscrit. Malgré les attentes de ses deux convives sur son contenu, il restait silencieux et ponctuait ses chuchotements incompréhensibles de coups de poing secs sur la table. Il criait sporadiquement des : « j'en étais sûr ! » Ou encore des : « depuis le temps que je le disais ! ». À chaque frappe, les deux gloutons sursautaient et se précipitaient, bras tendus, pour rattraper tout ce qui vacillait et manquait de se renverser.

— Heu... tu ne veux pas arrêter de taper des poings sur

la table, tu vas finir par tout renverser. Et quand tu veux, tu nous en dis un peu plus. On n'a pas fait tout ça pour te regarder bouquiner dans ton coin, reprit Kaafu, la bouche pleine.

— Ça fait tellement longtemps que j'attendais ce moment. Je ne sais vraiment pas par quoi commencer.

— Si tu nous racontais de quoi ça parle tout simplement, ça nous avancerait déjà pas mal.

— La prophétie, mes amis... ça parle de la prophétie, chuchota-t-il le regard dans le vide au-dessus de ses lunettes.

— Je crois qu'on l'a encore perdu, s'amusa Kaafu en regardant Doris d'un œil complice...

— C'est tout à fait sérieux, s'énerva le vieux fou en tapant de nouveau du poing sur la table. Suivez-moi. Je vais tout vous expliquer depuis le début.

Le vieux fou se releva, referma le manuscrit, empoigna une bougie au vol et s'engagea d'un pas décidé dans une des galeries. Après s'être emparés de quelques provisions pour finir leur repas écourté, les deux convives lui emboitèrent le pas dans la précipitation. Doris se retournait de temps à autre sur Kaafu pour l'interroger du regard. Celui-ci lui faisait signe d'avancer d'un signe du menton, sans cacher son agacement de ne pas avoir terminé calmement ce savoureux festin.

Le tunnel déboucha enfin sur une petite pièce chaleureuse. Des fauteuils en forme de nie d'oiseau, tissés de brindilles, recouverts de mousse végétale et de plumes, les invitèrent à s'asseoir confortablement devant un majestueux feu de cheminée qui contrastait avec le froid et l'humidité du sombre tunnel qu'ils venaient d'emprunter.

— Asseyez-vous les amis, dit Wilick d'un calme solennel.

Pour la première fois depuis son arrivée, Doris ressentait

une gravité dans la voix du vieil ermite. Le personnage l'avait fait plutôt rire jusqu'à présent, mais il s'était contenté de rester en retrait, discret, conscient du privilège qu'il lui était accordé d'être ici. Dans ce monde merveilleux, dans cette grotte, auprès de ce curieux personnage, en sécurité avec son ami Kaafu, sans qui rien n'aurait été possible. Peut-être allait-il enfin trouver les réponses aux questions qu'il se posait depuis son arrivée ? À quoi servaient ces œufs magiques ? S'agissait-il réellement d'œufs ? La magie existait-elle réellement ? Il se permettait toujours d'en douter, malgré toutes les péripéties qu'il lui était arrivé. Comment les œufs s'étaient-ils retrouvés sur son chemin ? Parviendrait-il indéfiniment à passer d'un monde à l'autre ? Et bien entendu, quelle était cette histoire de prophétie que ce manuscrit avait jalousement gardée secrète pendant tant d'années ? Quel était le rapport avec ses œufs ?

Le grincement du liège sur l'embout d'une bouteille en verre poussiéreuse fixa toute leur attention sur ce que le vieux fou allait leur raconter. Le grand livre de cuir était ouvert devant lui, posé sur une souche ronde, faisant office de table basse rustique et marquée de multiples ronds de verre. Les vestiges de soirées bien arrosées auprès du feu. Il servit trois verres d'une liqueur ambrée qui sentait bon un mélange de cannelle, de fleurs d'oranger et d'amandes torréfiées.

— Buvez mes amis, ça vous tiendra en éveil. La soirée risque d'être longue.

Wilick leva son verre en plongeant son regard bleu acier dans celui du jeune garçon, comme s'il pouvait lire en lui. Le temps était suspendu. Ils restèrent quelques secondes la main levée. Puis Wilick porta le verre à ses lèvres, et but cul sec son contenu. Kaafu enchaîna à son tour. Puis après une brève hésitation, sans même avoir goûté du bout des lèvres, Doris bascula son verre en toute confiance.

Le bruit sourd des trois verres vides frappés sur le bois de la table annonça, comme au théâtre avant le lever de rideau, le commencement du récit tant attendu du vieil ermite.

14

Impatient de retourner dans sa chambre pour finir le récit de sa folle aventure dans l'autre monde, Doris prétexta un soudain mal de ventre, pour demander la permission de quitter la table et d'aller s'allonger un moment dans sa chambre.

Le repas du dimanche midi était le seul moment de la semaine où la famille était réunie. Les discussions allaient bon train autour de ces plats savoureux, de ces légumes du jardin dont Madeleine savait si bien révéler les saveurs.

Jade avait démasqué la ruse du jeune garçon pour éviter ses longs moments passés à table à écouter des conversations qui l'accablaient d'ennui. Mais elle ne s'en offusquait pas pour autant. « Il mangera quand il aura faim, après tout... », se disait-elle.

Contrairement à son frère qui ingurgitait des quantités astronomiques en un minimum de temps, Doris n'était pas doté d'un grand appétit. Il mangeait uniquement quand il avait envie, c'est-à-dire, quand il avait vraiment faim et surtout dans un environnement calme et apaisant comme les goûters ou les petits déjeuners avec sa grand-mère qui avait toujours de drôles d'histoires à lui raconter.

— Si tu ne manges pas, au premier coup de vent tu vas finir par t'envoler « grignette », s'exclama son grand-père en rigolant. Bien que le terme « grignette » n'était pas très valorisant, Doris l'acceptait volontiers de son grand-père. Mais le mot était lâché et la boucle infernale était lancée. Son imbécile de frère, qui passait son temps à le rabaisser, répéta ce mot pour se moquer en grimaçant. Doris tentait de se défendre maladroitement. Et enfin, Jade, qui ne supportait pas les moqueries et toutes sortes tensions lors des repas en famille, finissait toujours par prendre la défense du plus petit et du plus vulnérable :

— Ça suffit maintenant ! Rudolf ! Arrête d'enquiquiner ton frère... Et P'pa, arrête d'appeler Doris « la grignette », ce n'est pas très gentil, et tu vois bien que son frère en profite pour le narguer... en plus, il n'a rien d'une grignette. Il est très bien comme il est... il est encore jeune et il n'a pas beaucoup d'appétit, c'est tout.

— Les années, la bonne chère et le bon vin se chargeront de rattraper le temps perdu comme pour certains, s'esclaffa Madeleine en direction de son mari, qui haussa les épaules sans dire un mot en se caressant le ventre qu'il tentait en vain de dissimuler.

Bien que Lucien manquait souvent d'autodérision, éduqué à l'ancienne, dans un monde où le patriarche était respecté et jamais contredit, l'excès de vin, qu'il s'accordait uniquement lors du repas dominical, le poussa à rire aux éclats.

Humilié une fois de plus par les railleries de Rudolf, mais confiant de son stratagème, Doris quitta la table, penché en avant, la main sur le ventre, marchant d'un pas lent et contrôlé pour atteindre les escaliers sous le regard complice de sa grand-mère. Imprimant la douleur sur les traits de son visage, marche après marche, il monta péniblement les escaliers en prenant appui à la rampe.

Enfin arrivé sur le palier du couloir qui menait à la porte de sa chambre, il se redressa et se précipita jusqu'à sa porte. Une fois refermée, il sauta sur son lit pour atteindre sa cachette secrète et en retirer le carnet des secrets.

Il fallait désormais faire vite.

Wilick lui avait confié une mission de la plus haute importance qu'il devait accomplir dans les temps, s'il ne voulait pas décevoir ses nouveaux amis. Mais avant cela, il devait mettre ses idées au clair et retracer le récit de cette mémorable nuit auprès du feu. Il ne devait rien omettre de cette curieuse légende que lui conta le vieil ermite avec tant de passion et de convictions.

Il ne devait surtout rien omettre de cette histoire qui allait changer le cours de sa vie dans l'autre monde. Le monde qu'il avait si souvent baptisé le monde merveilleux par ses splendeurs et qui, à juste titre, ne l'était plus tout à fait aux vues de ses dernières péripéties qui auraient pu tourner au drame.

Mais la prise de risque faisait désormais partie intégrante de sa nouvelle vie d'aventurier. « La grignette » allait leur montrer de quoi elle était capable. Et qu'elle acceptait de relever tous les défis, d'accomplir la mission qui devait inévitablement bouleverser le monde de Kaafu et peut-être plus encore...

Alors que ses souvenirs s'organisaient progressivement dans les différents tiroirs de sa mémoire, Doris esquissait minutieusement au crayon à papier le symbole qui était gravé sur la couverture en cuir du précieux manuscrit. Au fur et à mesure de l'élaboration très précise de son croquis, il eut la sensation de l'avoir déjà vu. Comme si ce symbole faisait partie de son quotidien. Comme ces objets que l'on remarque à peine, mais que l'on croise régulièrement sans s'en rendre compte. La sensation étrange de l'avoir toujours vu, depuis sa plus tendre enfance. Comment aurait-il pu le connaître alors qu'il vient à peine de découvrir ce symbole aux caractéristiques si particulières ?

« Trois anneaux ovales reliés symétriquement entre eux par le centre et rassemblés au cœur d'un cercle symbolisant la puissance d'une magie ancestrale. La mère protectrice qui entourait et protégeait les trois anciens royaumes avant que le pire ne se produise... ».

C'est ainsi que commença le récit du vieux Wilick, assis au côté de ses deux convives, une bouteille de liqueur à la main et comme seul fond sonore, le crépitement des flammes dans l'antre de la cheminée.

Dans des temps très anciens, il existait un territoire appelé la Contrée de Célen. Une terre lointaine, inaccessible et très sauvage, qui abritait un magnifique Royaume peuplé de petits êtres aux apparences presque humaines. Ils étaient dirigés par un Roi nommé Aggor, détenteur d'une puissante magie et dernier descendant de la plus ancienne lignée : La Tribu Royale des Celeniums.

Bon, loyal et protecteur, il était vénéré par son peuple. Personnage charismatique, de forte corpulence, doté d'une épaisse barbe noire, à la voix imposante et au visage marqué par la brutalité des épreuves qui l'avait conduit sur le trône, il garantissait la paix et l'opulence sur toutes ses terres. Cette magie, héritée de ses ancêtres, lui avait permis de garantir la sécurité de ses habitants et d'assurer l'équilibre harmonieux avec toutes les espèces animales au sein de son Royaume.

Il avait survécu à des périodes bien sombres. Des temps anciens où la terreur régnait de toute part. Chaque habitant, chaque espèce animale, avait payé de lourds tributs au cours de conflits incessants. Ils avaient enduré pendant des décennies des ravages impitoyables perpétrés par des hordes d'animaux sauvages. Les grands prédateurs qui faisaient régner le chaos. Des rapaces, des renards, des sangliers aux dimensions effrayantes et à l'appétit féroce.

Mais le Roi Aggor, qui n'était qu'un jeune soldat à l'époque, s'était engagé dans la lutte armée, refusant de suivre les consignes de son père souverain : vivre caché pour survivre, terré dans la peur, traqué comme des proies attendant la prochaine offensive meurtrière.

Au cours d'un long périple, il était parvenu à fédérer les

chefs des trois tribus, rallier le plus grand nombre d'espèces animales pour forger une armée secrète, une redoutable rébellion contre l'ennemi.

Au décès de son père, il hérita de sa magie dont il maîtrisa rapidement la puissance. Fort de ses nouveaux pouvoirs et d'une armée de plusieurs milliers de soldats, d'oiseaux, de hérissons, de toute sorte d'insectes rampants et volants, il avait combattu vaillamment l'ennemi et était ressorti vainqueur de la Grande Bataille.

Triomphant des grands prédateurs d'antan qui avaient fait régner la terreur sur ses terres. Rapaces et autres grands prédateurs avaient été chassés et maintenus hors des limites de la Contrée par un puissant sortilège de protection.

Après ses exploits guerriers, le Roi Aggor accéda légitimement au trône.

Soucieux d'assurer une descendance à son royaume, il se maria et eut deux enfants. Deux filles magnifiques. Malheureusement, il lui fallait un héritier. Un fils comme les lois ancestrales le lui imposaient. Désormais, sa priorité était d'assurer sa descendance et le maintien de la magie dans ce monde, seule garantie de la paix et du maintien de la sécurité aux portes de la Contrée.

Malheureusement, la reine mourut tragiquement après la naissance de leur troisième fille. Meurtri par la perte inconsolable de sa bien-aimée, le Roi Aggor devint fou de rage et de tristesse puis sombra dans une profonde dépression. Une noirceur qui lui ôta toute clairvoyance dans ses jugements. La magie ne lui permettait malheureusement pas de ramener à la vie sa bien-aimée. Cette magie, qui lui avait permis de triompher contre les puissantes attaques de grands prédateurs, de sauver le royaume et tous ses peuples, était impuissante devant la mort de sa propre femme. La Reine. La mère de ses trois enfants.

Sans descendance, le royaume était perdu.

Cependant, il ne put se résoudre à se remarier.

Ses espoirs d'héritier s'évanouirent.

Malgré les recommandations de ses plus fidèles conseillers, et défiant toutes les lois ancestrales, il choisit de léguer son royaume à ses filles. Les Sages le mirent en garde contre les conséquences de cette folle décision. Mais rien ni personne ne purent convaincre le monarque inconsolable de changer d'avis.

Par souci d'égalité entre ses trois filles, il leur fit construire trois somptueux palais. Il décréta qu'à leur majorité, elles deviendraient toutes reines de trois royaumes distincts et que chacune d'elles règnerait sur une des trois tribus qui peuplent la Contrée de Célen.

La puissante magie leur serait transmise au décès de leur père et serait divisée en trois puissances égales. Leur lien du sang et leur alliance indéfectible leur garantiraient le pouvoir magique suprême, celui de maintenir le sortilège entravant le retour des grands prédateurs.

Les années passèrent, les trois sœurs grandirent dans la joie, la paix et l'amour d'un père attentionné.

Elles devinrent trois belles jeunes femmes, dignes héritières de la génétique avantageuse de la tribu des Céléniums. Elles reçurent chacune une éducation dans les règles de l'art, ainsi qu'un enseignement aux pratiques de la magie, aux techniques de combat et aux disciplines militaires. Un enseignement réservé uniquement, depuis la nuit des temps, aux jeunes hommes héritiers du royaume.

Mais l'abnégation et l'amour d'un père ne pouvaient rivaliser avec les lois ancestrales auxquelles il avait pourtant prêté allégeance.

Ainsi, Idriss, l'aînée des trois sœurs, devint à sa majorité la digne héritière du Royaume de Cis, regroupant les créatures du ciel, toutes les espèces d'oiseaux et la tribu des Volaxs. Son royaume s'étendait sur le ciel et les hautes montagnes de toute la Contrée.

Doris, assis au coin du feu, buvait les paroles du vieux fou qui prenait le temps de tout expliquer dans les moindres détails. Cette histoire le passionnait. Ce monde l'émerveillait par tant de mystère. Cette symbiose entre le monde animal et ces petits êtres à l'apparence tellement humaine attisait sa curiosité et son désir d'en savoir plus.

Sans prendre conscience de la portée de cette légende, il se sentait concerné et terriblement impliqué par les paroles de l'ermite.

Ainsi, il écoutait attentivement et s'efforçait de tout retenir. Il reconnut toutes les espèces d'oiseaux décrites dans le manuscrit, presque identiques à celles du monde réel et présentes dans le jardin de sa grand-mère. Les geais, les merles, les piverts, les mésanges avaient presque tous les mêmes caractéristiques physiques. Parlaient-ils le même langage ? Comme Kaafu ou encore Wilick ? Doris s'interrogea sur ses capacités à comprendre tous les langages de ce monde, à l'exception de « Chapi-Chapo », les deux vers luisants. Lui qui avait parlé à un scarabée géant, un vieil ermite au visage humain, mais d'une espèce inconnue, une armée d'araignées, un papillon multicolore géant et beaucoup d'autres espèces rencontrées au fil de son aventure.

Que de questions qui restaient toujours sans réponses.

— Mais comment ces petits hommes… enfin ces Volaxs arrivaient-ils à approcher les oiseaux et voler sur leur dos ? questionna Doris.

— Quelle question, quand on sait que tu as volé sur le dos d'un papillon sans même le connaître, sans aucun lien de filiation ! Ta question est tout simplement lunaire, mon enfant. Je ne peux apporter aucune réponse à cela.

Mais l'histoire que relate ce manuscrit va nous éclairer sur un certain nombre de points importants. C'est pour cette raison qu'il faut rester concentré et écouter attentivement ce que je suis sur le point de te révéler.

— J'écoute… j'écoute… mais, sur le moment, je n'avais pas le choix… et en plus, Phylatrodis… le papillon… était en danger lui aussi. Nous nous sommes juste entraidés, sinon nous serions peut-être morts tous les deux ce soir-là.

— Ben voyons ! Juste entraidés ! s'amusa Wilick. La légende que je suis en train de te conter, mon enfant, est empreinte de réalité. Les Volaxs ont réellement existé. Moi-même, j'en ai rencontré et côtoyé il y a très longtemps. Mais sans vouloir te flatter, ce que tu as fait dans cette forêt, au cœur du royaume des ténèbres, était de la folie, mais d'en être sortis indemne est tout simplement extraordinaire.

— Ah bon ? répondit fièrement le jeune garçon.

Wilick but une gorgée, reposa son verre et déposa délicatement ses deux mains sur le manuscrit.

— Hum… pour en revenir à notre histoire, les Volaxs étaient des guerriers vaillants et téméraires. Mais il ne leur suffisait pas de se jeter sur le dos d'un oiseau pour que celui-ci l'accepte et qu'il soit uni pour la vie. Cette tribu est fascinante. Je pourrais t'en parler pendant des heures, mais quand j'entends déjà ronfler notre cher Kaafu depuis un petit moment, je pense qu'il vaudrait mieux aller à l'essentiel pour ce soir. Disons que, pour obtenir le privilège de voler sur le dos d'un oiseau, les Volaxs devaient faire preuve de patience et de persévérance. Dès l'âge de sept ans, le jeune guerrier devait œuvrer pour séduire un jeune couple d'oiseaux. Il devait attirer leur attention, les convoiter en bâtissant un nid coquet et très solide dans lequel la femelle choisirait de donner naissance à ses petits. Parmi tous les prétendants Volax, il n'y avait qu'un seul élu.

Ainsi le jeune Volax avait le privilège de repartir avec un oisillon dont il aurait la lourde responsabilité d'élever et de chérir comme un enfant puis comme un frère et enfin comme un frère d'armes. Le lien était forgé entre le Volax et son oiseau. Un lien indéfectible et à vie.

— À vie ? Mais alors, si l'un d'eux mourrait...

— L'autre ne pouvait alors que survivre, comme amputé d'une partie de lui-même.

— C'est dingue !

— Mais c'est aussi ce qui faisait leur force tant redoutée.

Wilick se releva péniblement. Il jeta bruyamment une lourde bûche sur le lit de braises incandescentes, marqua une pause puis se rassit.

— Woh ! Tu m'as fait peur... l'ermite ! Pourquoi me regardes-tu comme ça ? ronchonna Kaafu en se redressant sur son fauteuil. Pour ton information, je ne dormais pas... je fermais juste un peu mes yeux fatigués après cette longue journée. Et en plus, je connais le début de cette histoire par cœur. Vous en êtes où ? Idriss ? Dorianne ?

— Les Volaxs...

— Et bien, je n'ai pas fermé les yeux bien longtemps, reprit Kaafu, en faisait un clin d'œil complice à Doris.

Wilick servit les verres vides de cette liqueur réconfortante, se pencha au-dessus du manuscrit et reprit son passionnant récit :

— Les Volaxs étaient une des plus anciennes tribus de la Contrée. Ils étaient de véritables guerriers dont la loyauté au royaume n'avait que d'égale leur amour pour leur clan et le respect de leurs traditions millénaires. Expérimentés au combat, fins stratèges et téméraires lors de la Grande Bataille menée aux côtés du Roi Aggor contre les grands prédateurs, ils étaient surtout de redoutables cavaliers à dos d'oiseaux dont la dextérité en vol égalait largement celle de leur monture. Ils étaient sans comparaison les meilleurs archers de toute la Contrée.

Ce peuple de guerriers ressemblait à une espèce d'être humain de petite taille, élancée et très musclée, avec un nez à l'apparence d'un bec un peu crochu et des serres d'aigles à cinq doigts en guise de mains. Leur longue chevelure faite de fines plumes noires était soyeuse et luisante, leur conférant une allure de légendaire guerrier indien.

– Quelles magnifiques illustrations, n'est-ce pas ? dit fièrement Wilick en tournant le manuscrit en direction de Doris. Ils avaient fière allure, ces Volaxs au tempérament bien trempé. Et malgré leurs réticences à être dirigés par une femme, ils finirent par accepter et respecter leur nouvelle souveraine qui sut les convaincre par sa sincérité, sa bienveillance, son caractère intrépide et ses diverses démonstrations de force au combat.

Quelques années plus tard, ce fut au tour de la cadette d'accéder au trône. Dorianne dirigea le Royaume de Khan, regroupant la tribu des Thollens et toutes les créatures vivant sur terre. Tout aussi bien préparée que sa sœur aînée qui brillait par sa force, son courage et sa dextérité au combat, Dorianne, quant à elle s'imposa par son savoir, sa maîtrise de la stratégie guerrière et sa subtilité pour parvenir à ses fins.

Le Roi Aggor avait su révéler les qualités intrinsèques de chacune de ses filles.

Elle n'eut aucun mal à se faire accepter par ce peuple qui se caractérisait également par son savoir issu d'une éducation rigoureuse. Très érudits, les Thollens étaient considérés comme la tête pensante, la matière grise de la Contrée de Célen. Ils étaient à l'origine de tous les écrits et garantissaient la transmission du savoir, et de l'éducation des jeunes générations. Ils maîtrisaient également une grande partie de l'artisanat et du commerce. Très unis dans leur communauté, ils n'existaient pas réellement de clans, mais plutôt de grandes familles unifiées. Plus petits que les Volaxs, ils ressemblaient de près à de petits farfadets très poilus, aux grandes oreilles pointues, et aux grands pieds. Leur calvitie juvénile leur conférait dès leur plus jeune âge une apparence de vieil homme.

Les Thollens n'avaient pas de lien fusionnel avec une espèce animale, comme les Volaxs avec les oiseaux, mais ils entretenaient une relation privilégiée d'amitié, de confiance et d'entraide avec tous les animaux vivants sur terre, principalement les fouines, les campagnols, les petits rats des champs. Ils les montaient avec aisance. Les plus téméraires d'entre eux, et par conséquent les plus respectés, s'aventuraient sur le dos des hérissons ou encore accrochés au soyeux poil roux de ses formidables acrobates qu'étaient les écureuils.

Pendant que Wilick descendait son verre de liqueur, Doris s'imaginait sauter de branche en branche sur le dos d'un bel écureuil. Cet acrobate à poil roux avec cette queue en panache tellement emblématique. Il en avait que trop rarement vu en vrai, mais, à chaque fois, au côté de sa grand-mère qui passait des heures à observer la nature, la fascination était totale. Cette dextérité joviale, cette rapidité à fuir à la moindre alerte, à courir bruyamment le long des troncs, rendaient ces moments inoubliables.

Doris avait des étoiles plein les yeux, ce monde merveilleux et ses légendes, ces tribus peuplées d'étranges personnages le fascinaient. Il aimait tellement la nature et les animaux qu'il avait l'impression d'y être, de se fondre dans cet univers. Mais il restait concentré et luttait aisément contre le sommeil, impatient de connaître la suite de cette intrigante légende.

C'est ainsi que les années passèrent et vint le tour de la benjamine Arras. Elle accéda au trône et dirigea le Royaume de Ohrme, regroupant la tribu des Gramms et toutes les créatures vivant sous terre. Le jour de son accession au trône, lors de la cérémonie d'investiture, la bagarre générale qui éclata entre membres de la même tribu lui donna un aperçu très franc de son héritage. Au caractère brut et sans nuances, les Gramms, que l'on pourrait qualifier comme étant les bûcherons de la forêt, étaient des êtres petits, barbus, trapus, aux mains et avant-bras disproportionnés. Dès la naissance, ils étaient dotés d'une force physique phénoménale. Ils avaient fait preuve d'un engagement sans limites aux côtés du Roi Aggor pendant la Grande Bataille. Téméraires et combatifs, armés de masses monstrueuses ou de lourdes haches, ils avaient souvent combattu en première ligne, affrontant le danger en scandant de cris de guerre et des hurlements de rage.

Bons vivants, excessifs à tout point de vue, ils débordaient d'énergie autour de grandes tablées abondant en victuailles en tout genre. Ils s'exprimaient souvent en hurlant, en chantant gaiement et terminaient toujours les festivités par de brutales empoignades.

Leurs liens avec le monde animal souterrain étaient à leur image : désordonnés et souvent incompréhensibles. Les Gramms et les insectes travaillaient ensemble par nécessité et par habitude. Ils cohabitaient depuis toujours, mais n'avaient jamais tissé de liens en particulier. Les bûcherons de la forêt coupaient des arbres, des bataillons de fourmis à la discipline exemplaire les transportaient, des chenilles et autres insectes découpaient les restes et nettoyaient les sous-bois. Les taupes, véritables bulldozers souterrains, creusaient des kilomètres de galeries. Elles avaient permis pendant la Grande Bataille de tendre des pièges à l'ennemi, mais aussi de communiquer incognito d'une région à l'autre.

La nouvelle reine Arras, la dernière des trois sœurs à

accéder au trône, masqua difficilement sa désillusion face à cet encombrant héritage. Mais elle se plia à la décision de son père. Ainsi, ne pouvant rivaliser par la force, imposer son respect et son autorité, elle préféra utiliser la ruse, la duperie pour canaliser ce peuple qu'elle considéra pendant longtemps comme inférieur et primitif.

Ainsi, tous les animaux et insectes de la Contrée avaient leur place et leur importance auprès des trois grandes tribus. La paix et l'harmonie régnaient et les trois nouvelles reines en garantissaient la pérennité. Quelques années plus tard, le Roi Aggor mourut de vieillesse, apaisé d'avoir transmis son royaume à ses trois filles, selon ses propres règles et de la manière la plus équitable qui soit. Comme il l'avait souhaité, sa magie fut transmise en trois parts égales à ses filles.

Au fil des ans, les trois sœurs firent prospérer leur royaume respectif dans la paix et l'opulence. Elles donnèrent chacune naissance à un enfant, trois beaux garçons, assurant ainsi une descendance masculine aux royaumes de Cis, de Khan et de Ohrme, dans le plus grand respect des lois ancestrales.

Mais, un grand malheur s'abattit sur le Royaume de Ohrme. La reine Arras perdit son enfant peu de temps après sa naissance. Malgré le soutien inconditionnel de ses deux sœurs, elle fut rongée par la tristesse et le désespoir. Les sentiments nocifs se succédèrent : l'abattement, le déni, le sentiment d'injustice, la colère, l'agressivité et enfin la jalousie envers ses sœurs. Son âme sombra dans une noirceur, une violence féroce et incontrôlable. Sa paranoïa grandissante lui fit croire à un complot de ses sœurs pour s'emparer de son royaume. De plus en plus isolée et ne pouvant utiliser la magie directement contre ses sœurs, elle décida de l'utiliser sur les animaux et les insectes de son royaume et notamment les taupes qu'elle transforma, à l'aide d'un puissant sortilège, en une armée de monstres ravageurs au service de sa jalousie maladive et de son besoin de destruction.

Au fil des ans, les relations se dégradèrent et des conflits éclatèrent de toute part jusqu'au jour où Arras déclara ouvertement la guerre à ses deux sœurs. Des hordes de taupes enragées, des bataillons dévastateurs de fourmis et d'araignées carnivores se répandirent sur la Contrée comme une marée noire, maléfique, propageant la terreur et détruisant tout sur leurs passages.

Arras était déterminée à conquérir les deux autres royaumes et ainsi régner en maître absolu.

Hostile à toute créature vivant dans la Contrée.

Le royaume des ténèbres était né.

Doris se recula dans son fauteuil. Enrobant les bras autour de ses genoux, son regard se remplit d'effroi. Wilick comprit ce que venait de réaliser le jeune garçon.

– Et oui mon garçon, tu t'es retrouvé seul au cœur du royaume des ténèbres... dans cette forêt, tu as croisé la route de ces monstres qui continuent, encore aujourd'hui, à répandre la terreur. Mais tu t'en es sorti sain et sauf.

– Je m'en suis sorti vivant parce qu'on est venu m'aider.

– Pas seulement... et tu vas comprendre pourquoi. Écoute bien la suite de cette histoire...

La tribu des Gramms, anciens fidèles combattants aux côtés du défunt roi Aggor, ne put se résoudre à braver les lois ancestrales et combattre les autres tribus comme leur ordonnait leur souveraine. Pour les punir de cette rébellion, la reine Arras les soumit à un sortilège d'éloignement. Exilés aux limites de la Contrée de Célen, ils disparurent à jamais.

Les rangs de l'armée du royaume des ténèbres grandissaient de jour en jour. Les combats étaient violents et dévastateurs.

Les Volaxs, sous le commandement de leur reine Idriss, portèrent secours au Royaume de Khan. Les Thollens, et toutes les créatures vivant sur terre, étaient dirigés par la reine Dorianne qui faisait face à l'ennemi. Combattant avec courage et détermination ces hordes de taupes enragées qui détruisaient tout sur leur passage.

Ainsi, fragilisée par cette alliance et ne parvenant pas à anéantir les royaumes de ses deux sœurs, Arras ordonna la capture de l'enfant d'Idriss. Son neveu fut emprisonné dans une galerie souterraine, dans les profondeurs sombres et terrifiantes du royaume des ténèbres.

Malgré ses tentatives de négociation, Idriss ne parvint pas à résonner sa sœur dont la noirceur avait définitivement enseveli les derniers espoirs de paix et de clémence. Résignée, l'aînée cessa les combats au côté de Dorianne, abandonnant à contrecœur le Royaume de Khan.

Quelques semaines plus tard, la ruse et la fourberie d'Arras permirent également de capturer l'enfant de Dorianne.

Les deux reines abdiquèrent et prêtèrent allégeance au royaume des ténèbres dans l'espoir de cesser les combats sanglants et de retrouver leurs enfants. Les derniers héritiers légitimes de leurs royaumes respectifs.

Mais Arras ne tint jamais sa promesse.

Son armée devint de plus en plus forte et fit régner le chaos. Instaurant une véritable terreur en pillant et détruisant tout sur son passage.

Loin de leur mère, les enfants d'Idriss et de Dorianne moururent prisonniers. Sans regret ni remords, ils furent inhumés dans la même stèle et enfouis secrètement dans les profondeurs insondables du royaume des ténèbres.

Quelques années plus tard, dans un décor de désolation, une malédiction sembla s'abattre sur les trois filles du roi Aggor. Comme si elles avaient été condamnées par une force supérieure pour avoir gâché et anéanti toutes ces richesses. Ainsi, elles moururent subitement le même jour, vieilles, seules, et sans descendance, laissant leurs royaumes à l'abandon et en ruine.

Les trois anciens palais se décomposèrent en fine poussière que le vent se chargea de reprendre sur toute la contrée comme les cendres d'un défunt. Seul vestige des temps anciens, encore visible aujourd'hui, est la stèle du roi Aggor qui trône au centre des ruines de son ancien palais enseveli sous une envahissante végétation.

La légende raconte qu'à la mort des trois reines, les dépouilles des trois enfants, enterrés dans les profondeurs du royaume des ténèbres, se décomposèrent en fine poussière. Seul leur petit cœur subsista et se transforma en pierre. Ainsi, prisonnier de leur stèle, une surprenante poussière dorée, lumineuse et éblouissante recouvrait les cœurs fossilisés de ces trois enfants.

Trois cœurs, trois pierres qui n'étaient autres que l'héritage de la magie immortelle de leurs mères.

La stèle comprenant les cœurs fossilisés des enfants d'Idriss et de Dorianne ne fut jamais retrouvée. Quant à la stèle de l'enfant d'Arras, un bruit court qu'elle aurait été volée au royaume des ténèbres, il y a bien longtemps.

Ainsi la magie disparut définitivement de ce monde.

Sur ces mots de la fin, le vieux Wilick releva la tête en se caressant la barbe d'un air pensif. Par-dessus ses lunettes en demi-lunes, il regarda attentivement son assistance, qui restait sans voix devant ce passionnant récit. Doris, qui bouillonnait de questions, mit fin à ce silence pesant :

— Que sont devenues les deux dernières tribus ?

— Le manuscrit s'arrête là, il ne décrit que la légende. Ils seraient tous partis en exil aux frontières les plus lointaines de la Contrée. Quant aux créatures des anciens royaumes qui ont survécu, elles sont restées ici et cohabitent tant bien que mal. Les rancunes sont très tenaces, tu sais. Les créatures de la terre n'ont jamais vraiment pardonné aux créatures du ciel de les avoir abandonnées lors de ces féroces batailles contre le royaume des ténèbres.

— Mais la guerre est finie et puis... le royaume des ténèbres n'existe plus vraiment, ils pourraient faire la paix, reprit Doris d'un air enjoué.

— Le royaume des ténèbres s'est éteint avec la mort de la reine Arras. Mais...

Wilick se tourna du côté de son ami Kaafu comme pour chercher son approbation du regard et poursuivre son récit. Était-il judicieux de continuer à expliquer à cet enfant la menace réelle qui pesait sur eux, aujourd'hui encore ? Sans doute un peu fatigué, le scarabée géant ne semblait pas comprendre la signification de ce regard interrogateur et ouvrit grand ses yeux d'étonnement.

Excédé du manque de réactivité de celui-ci, le vieux fou souffla d'impatience puis se retourna vers le jeune garçon. Il attrapa la bouteille de liqueur, remplit en silence le verre de Doris, puis le sien et reprit son discours :

— ... mais, pas les créatures souterraines. Ces créatures sont toujours sous l'emprise du sortilège maléfique de la reine Arras. Les hordes de taupes sauvages continuent de mener une politique de terre brûlée et de saccager tout sur leur passage. Leur chef, nommé Drakkar, est persuadé que le royaume des ténèbres est seulement en sommeil depuis la disparition de leur reine, et qu'un jour il renaîtra de ses cendres et retrouvera ses heures de gloire. En attendant, il règne en maître sur la nuit, aux côtés des fourmis et autres araignées monstrueuses que tu as pu rencontrer au hasard de ton chemin.

— Et pourquoi tout le monde ne combat-il pas ensemble, une fois pour toutes, contre ces méchants ?

— Ce n'est pas si simple mon garçon, car si notre monde ressemble en beaucoup de points au tien, les choses sont en fait bien différentes. Nous étions un monde d'harmonie où tout être vivant était profondément relié à un autre. Chaque tribu possédait un lien très fort avec la nature et le monde animal. Les Volaxs en sont l'exemple parfait. C'est un peu comme un château de cartes, si tu préfères. Si tu enlèves une pièce de dessous, les fondations vacillent et c'est tout l'édifice qui s'écroule. Certains prétendent qu'il s'agit d'une malédiction, parce que le Roi Aggor n'a pas respecté les lois ancestrales en léguant son royaume à ses trois filles. D'autres prétendent que c'est tout simplement la reine Arras qui a détruit ce subtil équilibre en déclarant la guerre à ses deux sœurs. Toujours est-il que les tribus jouaient un rôle fondamental et qu'elles ont aujourd'hui disparu.

— Mais comment vous savez que nos mondes se ressemblent ? demanda Doris. Vous êtes déjà venu dans le monde réel... enfin chez moi ?

— Mais ce monde est bien réel, Doris, répondit Wilick un peu maladroitement. Comme toi et moi... il se fait tard, tu dois être mort de fatigue. Bien que tu sois plus résistant que notre ami Kaafu qui ronfle de nouveau.

Il se releva péniblement de son fauteuil, les derniers verres de liqueur étaient sans doute de trop pour le vieil ermite. Il s'avança pour remettre une bûche dans le feu et posa un regard tendre sur ce jeune garçon recroquevillé sur son fauteuil. Doris avait déjà embarqué à bord du train de ses rêves, pour un riche et long voyage. Wilick le recouvrit délicatement d'une chaude couverture.

— Alors... elle t'a plu cette légende, mon enfant ? chuchota le vieux fou. Quand je pense que ta première question portait sur le devenir des anciennes tribus et comment rétablir la paix dans ce monde...quelle générosité de ta part! Tu t'es tellement laissé embarqué par cette histoire, que tu n'as même pas fait le lien avec tes œufs magiques... comme tu les appelles. Enfin, te voilà parmi nous.

Depuis le temps que j'attendais ce moment...

Il remonta affectueusement la couverture jusqu'au visage du petit garçon endormi et son regard se remplit de tendresse et de tellement d'espoir.

15

Juste un souffle.

Les mains serrées autour d'une poignée de poils rêches.

L'air chaud des profondeurs lui balayait les cheveux en arrière. Était-ce la lumière aveuglante qui se reflétait sur les murs recouverts d'or ou la vitesse ahurissante à laquelle il se déplaçait dans les airs, mais ses yeux luttaient pour se maintenir ouverts ? Autour de lui, tout était flou, éblouissant, perturbant et en même temps tellement extraordinaire. Il n'avait jamais rien vu et encore moins vécu de semblable. Il se sentait différent, sûr de lui, invincible. Investi d'une mission. Avec cette sensation étrange, d'être dans un autre corps, d'être spectateur de lui-même ou plutôt d'un autre Doris en pleine action. Il voyait de ses yeux un univers complètement inconnu, avec la certitude d'être lui, mais sans se reconnaître réellement. Comme s'il vivait un moment de vie qui ne s'était pas encore passé. Une vision de lui dans le futur ou un simple fantasme. Toujours est-il que ce Doris avait fière allure : sa posture de combattant, son accoutrement de guerrier, son assurance, sa manière de maîtriser sa monture avec fermeté et complicité. Ce papillon en imposait, par sa taille, sa musculature et sa couleur d'un noir intense. Un authentique étalon du ciel.

Les murs en or s'ouvraient comme des portes coulissantes sur leur passage, sans lui procurer la moindre appréhension. Ce Doris-là ne craignait pas le danger. Pourtant, c'était bien lui.

Je m'appelle Doris et je vole sur le dos d'un papillon géant.

« Filistrom ati doloris pétrénas »
« Filistrom ati doloris pétrénas »
« Filistrom ati doloris pétrénas »…

Il reconnaissait cette douce voix féminine qui résonnait en ces lieux immenses et mystérieux. Et ce Doris ne paraissait pas étonné. Il l'entendait avec certitude et semblait même en saisir le sens.

« Filistrom ati doloris pétrénas »
« Filistrom ati doloris pétrénas »
« Filistrom ati doloris pétrénas »…

Pourquoi cette même phrase qui se répétait en boucle? Aussi mélodieuse soit-elle, il ne comprenait toujours pas le sens de ces mots étranges. Mais il avait le sentiment que cette femme s'adressait à lui, précisément, comme un message, une mise en garde qui résonnaient sans cesse dans sa tête. Cette voix envoutante, ensorcelante, l'encourageait à poursuivre son chemin, accroché fermement sur dos de son splendide papillon noir aux reflets argentés. Ses petites jambes se serraient comme un étau autour de cette terrible monture. Il sentait le souffle de ses ailes aux battements saccadés lui caresser le visage.

Que faisait-il ici, entre ces murs, dans ce temple, sur le dos de cet insecte géant ? Sa mémoire lui ferait-elle défaut ? Cet endroit lui était totalement inconnu.

Soudain, sa monture entama brutalement une descente à pic. Bien cramponné, il suivait au plus près les changements de direction. Il se sentait en confiance, contrairement à la fois où il avait volé sur le dos de Phylatrodis, le papillon multicolore qui lui avait sauvé la vie lors de sa traversée nocturne au cœur de la forêt noire. Une expérience forte en émotions, mais terriblement effrayante.

Ce papillon noir était différent, plus agile, plus féroce et beaucoup plus massif. Il se mit à tournoyer sur lui-même, entamant une descente vertigineuse. Un tourbillon autant effrayant qu'enivrant lui provoqua la nausée. Des crampes lui tordaient les entrailles.

L'aventure se transformait en cauchemars. Il ne maîtrisait plus rien. Son destin était livré au bon vouloir de sa monture devenue incontrôlable. Il avait perdu tout sens de l'orientation. Mais paradoxalement, le guerrier en question ne semblait ressentir aucune peur. Ce Doris, à l'intérieur duquel il vivait cette expérience, était vaillant et combatif. Faisant corps avec ce virtuose de la voltige, en conquérant intrépide, il semblait au contraire être maître de la situation.

Mais la peur le submergea comme un raz de marée qui détruit tout sur son passage. Ils allaient s'écraser sur le sol. Le choc allait être aussi violent que la vitesse de la chute laissait présager. Il sentait une sueur, froide comme la nuit, lui couler le long du dos. Des tremblements incontrôlables. Un gout de métal envahit sa bouche. Vision trouble, flashs aveuglants, têtes de monstres aux visages déformés, rapaces effrayants, sangliers enragés... plus rien n'avait de sens. La folie s'était emparée de son esprit encore bien trop fragile.

Ses tympans bourdonnaient, la pression le faisait souffrir. Un sifflement strident envahit sa boîte crânienne.

Un rayon de lumière l'éblouit.

Ses mains allaient lâcher prise.

Envie de vomir.

Un hurlement puissant arraché des profondeurs de son être.

Le cri du désespoir.

Son dernier souffle...

Un cri puissant et effrayant résonna dans toute la grotte. Doris se releva de sa couchette en sursaut, le regard paniqué, le souffle court, le front en sueur. Un rêve.

Un cauchemar. Une vision. Une hallucination d'une rare violence l'avait profondément secoué. Il était en nage. Des larmes chaudes coulaient le long de ses joues écarlates. Les mains tétanisées sur sa couverture.

– Qu'est-ce qui se passe ? Qu'est-ce qui t'arrive, mon garçon ? s'inquiéta le vieux fou qui s'était endormi sur le fauteuil d'à côté.

Les cheveux hirsutes, le regard inquiet, les lunettes emmêlés dans la barbe, pris de panique, il s'écria :

– Kaafu ! Réveille-toi ! Le petit à un problème !

Recroquevillé au creux de son fauteuil, essoufflé, le front en sueur, le regard fixe et perdu dans le vide, Doris restait de marbre aux agitations du vieux fou.

Emportant tout sur son passage, dans un vacarme à réveiller les morts, le scarabée géant se précipita en trombe au chevet du jeune garçon.

– Que s'est-il passé ? demanda Kaafu d'un air soucieux.

– Il dormait... Enfin, moi aussi... Et, d'un coup, il s'est réveillé en sursaut en poussant des hurlements incompréhensibles. Je ne sais pas quoi faire. Il reste prostré dans cette position. Fais quelque chose bon sang... tu le connais mieux que moi !

– C'est vrai qu'il n'a pas l'air dans son assiette. Écarte-toi. Et laisse-moi faire. Je crois savoir comment le ramener à nous. Il faut absolument le calmer.

Un doux ronronnement grave et puissant résonna dans toute la grotte. Les ailes du scarabée vibraient comme le jour de leur première rencontre. Le charme opéra aussitôt. Les mains de Doris se détendirent jusqu'à lâcher la couverture. Son souffle reprit un rythme presque normal. Au bout de quelques minutes, le jeune garçon reprit ses esprits, au grand soulagement de ses amis.

– Que... que s'est-il passé ? demanda Doris d'une voix faible en regardant d'un air étonné ses deux amis.

— Je crois que tu as fait un cauchemar, mon garçon, répondit le vieux fou. Mais ça a l'air d'aller mieux. Comment te sens-tu ?

— J'ai faim...

— Voilà ! Ça, c'est une bonne nouvelle ! s'exclama Kaafu. J'étais justement en train de préparer le petit déjeuner.

— Tu ne penses vraiment qu'à manger, répliqua Wilick d'un air désabusé.

— Le petit vient de nous dire qu'il avait faim, non ? Alors, arrête de ronchonner. Allez, à table les amis !

Soulagé, Wilick emboîta le pas de ses deux convives qui repartaient en direction de la pièce principale d'où émanait une agréable odeur de pain grillé. La cuisine était sens dessus dessous après le départ en précipité du scarabée et les déboires de la veille.

Autour d'un bon petit déjeuner comme Doris les aimait tant, il leur raconta son rêve dans les moindres détails. Le papillon noir, son vol à l'intérieur d'un temple immense avec des murs en or, la voix ensorcelante dont il ne comprenait pas le sens de ses paroles et enfin sa chute vertigineuse.

C'était la deuxième fois qu'il faisait ce rêve étrange. Mais cette fois-ci, il était allé encore plus loin. Il expliqua cette sensation étrange d'être à l'intérieur d'un autre Doris. Un Doris plus sûr de lui, un véritable guerrier que rien n'effrayait. Alors que lui était pétrifié de peur durant cette chute interminable dans les profondeurs de ce temple.

— Il ne s'agissait pas d'un rêve, mais d'une vision, ou peut-être même...d'une prémonition.

— Ah bon ? Bah, moi je préfère les rêves que je fais d'habitude, quand même.

— La prophétie... murmura Kaafu, une tartine de pain dans la main et le regard médusé.

— Encore cette histoire de prophétie, souffla le jeune

garçon.

— Bigre ! Mais ça ne va pas de parler de ça devant lui ! s'écria Wilick.

— Tu en as trop dit. Alors maintenant, tu dois tout lui révéler. Les œufs magiques, la légende, la magie, l'élu... Il vient d'un autre monde... Tout se tient ! s'écria Kaafu.

— C'est de la folie... Tu le vois bien qu'il est beaucoup trop jeune pour comprendre. Et puis cette prophétie, personne n'y croit. C'est loin d'être une certitude.

— Ça fait des années que tu me bassines avec cette histoire et maintenant que tu te retrouves devant une évidence aussi... aussi évidente... tu me dis que tu n'y crois plus ! s'énerva Kaafu.

— Eh, oh ? chantonna Doris en remuant la main.

Mais ils continuèrent de s'invectiver, se rejetant mutuellement les responsabilités de toute cette situation. Ils criaient toujours plus fort.

— Au fait, c'est quoi une prophétie ? demanda calmement Doris entre deux hurlements.

Le contraste et la douceur de sa voix mirent brutalement un terme à leur dispute.

Kaafu se rassit et fixa Wilick dans les yeux en attendant une réponse de sa part.

— Moi aussi, j'aimerais bien savoir ce que c'est qu'une prophétie, reprit-il avec espièglerie.

— Allez Wilick, demanda Doris tendrement, s'il vous plaît, on a fait tellement de chemin pour vous voir. C'est à cause du rêve que j'ai fait cette nuit que vous vous disputez ? Il faut que je comprenne ce que je fais là, pourquoi les œufs magiques m'ont conduit jusqu'à vous, dans ce monde si différent du mien. Il faut que je comprenne, je ne peux pas repartir chez moi sans savoir.

Résigné, Wilick soupira profondément en regardant avec compassion le jeune garçon. Il voulait tellement le protéger, le mettre à l'écart de tout ce qu'il savait, de tout ce qu'il avait vécu et vu avant de s'exiler dans ce refuge, cette grotte dans laquelle il s'était lui-même emprisonné depuis tant d'années. Il connaissait très bien cette candeur, cette naïveté, cette pureté qu'il avait si souvent considérée comme une faiblesse. Mais Doris en avait fait un atout, une force tout au long de son aventure dans ce monde.

Wilick était convaincu au plus profond de lui que son vieil ami Kaafu avait raison. Et si la prophétie était exacte, si Doris était celui qu'ils attendaient depuis si longtemps, celui qui pouvait les sauver du chaos, les libérer de l'oppression grandissante du monde des ténèbres, celui qui pouvait restaurer la paix et la sérénité d'antan, celui qui avait enfin le pouvoir de changer la destinée de ce monde.

— Très bien, alors suivez-moi, ordonna-t-il en empruntant une nouvelle galerie.

— Pas si vite ! s'écria Kaafu. On aurait pu finir le petit déjeuner avant... non ? Pfff, c'est toujours la même histoire...

Le tunnel déboucha sur une nouvelle pièce, certainement la plus sombre et la plus froide de toutes, qui contrastait avec la chaleur réconfortante de la précédente. Une odeur écœurante, un sol vaseux, une sensation étrange lui rappelait les impressions qu'il avait ressenties dans sa bulle lors de sa traversée du lac. Ces murs constitués d'une roche aussi noire que la nuit, un plafond excessivement bas et la faiblesse de l'éclairage d'une maigre bougie conféraient à cette pièce une atmosphère lourde et solennelle. Au centre trônait une énorme et très épaisse table en pierre noire. Ils s'approchèrent lentement et en silence comme s'il s'agissait d'un monument sacré ou d'une pierre tombale. Inconsciemment, la main du petit garçon effleura l'épais plateau luisant d'humidité.

Doris se figea lorsqu'il entendit la voix, comme un très

léger souffle. Cette voix envoûtante à peine audible. La voix suave de ses rêves.

« Filistrom ati doloris pétrénas »

D'un geste brusque, il retira sa main comme s'il venait de se bruler.

Mais il réalisa que personne, à part lui, ne semblait l'avoir entendue.

— Ceci est certainement le dernier vestige sacré du temple du roi Aggor. Une sorte de parchemin gravé sur de la roche noire. La roche sacrée des Montagnes D'Argelonne. Je l'ai découverte il y a bien longtemps maintenant. Elle fait état d'une Prophétie. Une vision de l'avenir si tu préfères. Dans des temps très anciens, des érudits de la tribu des Thollens proches du roi Aggor l'avaient mis en garde sur les risques de défier les lois ancestrales en partageant son royaume et sa magie à ses trois filles. Ne souhaitant pas pour autant s'opposer aux choix de leur roi, ils décidèrent de graver sur cette pierre sacrée un message pour les générations futures. Leurs prédictions sur l'avenir de la Contrée de Célen. Ils avaient délibérément choisi cette pierre noire pour être certains qu'elle résiste aux épreuves du temps, et que leur message soit adressé à qui voudrait bien l'entendre. Elle est malheureusement endommagée, mais on peut y lire une grande partie de ce qu'il s'est réellement passé jusqu'à l'effondrement des trois royaumes et tout ce que je t'ai raconté hier soir.

Kaafu tournait lentement autour de la table sans rien dire. Doris approcha de nouveau sa main. Et au contact de la pierre, humide et froide, il entendit encore une fois la voix. L'absence de réaction de ses amis lui confirma qu'il était effectivement le seul à l'entendre.

— C'est écrit dans une langue très ancienne, reprit Wilick. J'en ai passé des heures à étudier toute sorte de manuscrits pour parvenir enfin à déchiffrer le message. Les érudits avaient volontairement compliqué la tâche de la personne qui la découvrirait, afin que ça ne leur porte pas préjudice avant leur mort. Il est écrit qu'un jour les reliques des trois anciens royaumes se retrouveront entre les mains d'un être venu de très loin, au-delà des montagnes enneigées et des frontières les plus reculées de la Contrée de Célen. Trois pierres recelant toute la magie de l'ancien royaume du roi Aggor entre les mains d'un être exceptionnel, pur, dénué de toute convoitise et qu'ils nommèrent : l'élu. Il devra partir à la recherche des trois anciennes tribus disparues. Une quête indispensable en vue de convaincre leurs chefs de s'unifier pour combattre le royaume des ténèbres. Une partie du texte a été détruite, mais une fois la mission de l'élu accomplie, il devra fixer les trois pierres magiques sur le médaillon sacré. Celui que portait en pendentif le roi Aggor. Ce symbole est le même que sur le vieux grimoire qui raconte en détail la légende. Un cercle symbolisant la magie protectrice de ce monde entourant trois anneaux reliés entre eux, symbolisant les trois royaumes de ses filles. Le médaillon deviendra alors la clé qui permettra d'ouvrir la stèle du roi Aggor, libérant ainsi une poussière dorée sur toute la Contrée de Célen et anéantissant à jamais tous les maléfices de la Reine Arras. Les trois anciens royaumes renaîtront de la poussière. Les chefs des trois tribus deviendront légitimement les nouveaux rois des trois anciens royaumes. Et la paix règnera à nouveau sur notre monde.

— Doris… ce ne sont pas des œufs que tu as trouvés, mais des pierres magiques, s'exclama Kaafu. Les reliques sacrées des trois anciens royaumes.

— Désormais, tout concorde pour affirmer que tu es l'élu, mon garçon, dit Wilick en lui mettant la main sur l'épaule. Ce qui t'impose une lourde responsabilité au vu de ce qu'il est écrit dans cette prophétie.

— Whaou... c'est fou! Mais, pourquoi moi? Mais... comment c'est possible?

— Je n'ai malheureusement pas toutes les réponses à t'apporter, se confia le vieux fou.

— Très bien, s'enthousiasma Doris. Qu'est-ce qu'on attend alors? Il faut retrouver ces fameuses tribus. On ne peut pas laisser le royaume des ténèbres tout détruire. Je veux vous aider à sauver la Contrée et tous ses habitants.

— C'est très gentil de ta part, mon ami, reprit Wilick, mais tu es bien trop jeune pour vivre une telle aventure. Et ça fait tellement longtemps que l'on a plus eu de nouvelles des trois anciennes tribus qu'on ne sait même pas si elles existent encore.

— Mais si la prophétie dit vrai, répliqua Kaafu, elles ne peuvent pas avoir disparu. Elles existent toujours quelque part et on devrait partir à leur recherche.

— C'est bien beau tout ça, mais vous oubliez quelque chose, déclara Wilick les mains dans le dos, en faisant les cent pas. Même si nous possédons les pierres magiques, et admettons que tu sois l'élu... bon, admettons que nous retrouvions les trois tribus disparues aux confins de la Contrée et... et que nous revenions de ce périple sain et sauf... qu'en plus, nous parvenions par le plus grand des miracles à les unifier pour anéantir le royaume des ténèbres... ça fait beaucoup de « si » vous ne trouvez pas? Mais admettons... Il nous manque le principal, sans quoi rien n'est possible : le médaillon du roi Aggor. Et je sais pertinemment qu'il a disparu depuis très longtemps.

— Comment peux-tu en être aussi sûr? interrogea Kaafu.

— Je le sais, c'est tout, reprit sèchement Wilick en détournant le regard.

— Il ressemble à quoi, ce médaillon? demanda Doris.

— Il porte le symbole des trois royaumes, comme tu

peux le voir gravé là, sur cette pierre, répondit Wilick en le soulevant pour qu'il puisse le voir.

Soutenu sous les bras par le vieux fou, Doris n'en croyait pas ses yeux. Méduser par ce qu'il venait de voir, il reprenait espoir de vivre cette grande aventure. Il venait d'identifier le symbole. Déjà sur la couverture du manuscrit, il avait eu quelques doutes. Mais cette gravure sur la pierre fut comme une révélation. Tout était plus clair.

— C'est le symbole... Dans mon rêve, le temple en or... quand je suis sur le dos du papillon noir... notre chute... je comprends maintenant.

— Comment ça? Qu'est-ce que tu comprends? interrogea Kaafu.

— Le papillon ne se laisse pas tomber dans le vide, il m'emmène dans un lieu bien précis. Une immense salle, c'est un peu flou, mais ce symbole est au centre de la pièce. Je le reconnais très bien.

— Y a-t-il des statues géantes qui entourent cette salle? s'excita Wilick.

— Mais oui! Les monstres... les sangliers... ce n'étaient que des statues... il y en avait tout autour de moi, mais dans ma chute je ne m'en étais pas rendu compte.

— Comment est-ce possible? s'étonna Wilick. Ta vision... c'est la salle du trône de roi Aggor, réduite en poussière depuis très longtemps, enfouie sous les ruines de son royaume. Mais que s'est-il passé après?

— Je fais toujours le même rêve, depuis que j'ai mis les pieds dans ce monde. Mais je n'avais jamais été aussi loin que ce matin...

— Ce qui veut dire que la prochaine fois, on te laisse crier si l'on veut en savoir un peu plus? reprit Kaafu sans conviction.

— Ce n'est pas tout... vous ne savez pas la meilleure?

Wilick approcha la bougie près du jeune garçon puis

écouta attentivement.

— Le médaillon... je suis presque certain de l'avoir déjà vu. Au début, quand j'ai vu le symbole, ça me disait quelque chose. Mais je n'étais pas trop sûr de moi. Mais quand vous avez parlé d'un pendentif, ça a fait tilt dans ma tête comme dirait mon grand-père. Ma grand-mère, vous ne la connaissez pas, mais devriez, je suis sûr que vous vous entendriez très bien avec elle. Elle est formidable. Elle adore la nature, les oiseaux, les insectes, les animaux... tous les animaux enfin sauf les taupes, comme par hasard... parce qu'elles détruisent tout son jardin. Elles font des trous partout et après elle est obligée de tout refaire... je passe beaucoup de temps avec elle. Elle me raconte de merveilleuses histoires et elle écoute toujours les miennes. Moi, je savais qu'il était possible de parler aux oiseaux, aux arbres, aux insectes... enfin, je m'en doutais, mais personne ne me croyait. Sauf ma grand-mère...

— Où veux-tu en venir, mon garçon, interrogea Kaafu, ce n'est pas que j'ai faim, mais...

— Enfin Kaafu, laisse-le parler ! s'impatientait Wilick.

— Je sais où se trouve le médaillon du Roi Aggor...

16

Un cadre en plastique à bas prix, une imitation de dorure à l'ancienne, ça ne passe pas inaperçu. Il ne pouvait pas être bien loin. Doris inspectait toutes les pièces de la maison les unes après les autres. Il fallait profiter de ce moment d'accalmie où la famille au complet faisait la sieste à l'extérieur, après ce festin dominical trop riche et trop copieux.

Doris progressait avec l'intime conviction que ce cadre regroupant plusieurs photos était dans la maison. Il devait absolument le trouver rapidement, inspectant chaque mur, chaque cadre rassemblant les plus belles photos de famille, partageant l'espace mural aux côtés des portraits de leurs aïeuls.

Un Noël autour du sapin, habillés sur leur trente et un, la joie qui brillait dans les yeux des deux enfants de la famille à l'ouverture des cadeaux, un anniversaire immortalisé au moment de souffler les bougies, les vacances à la mer à faire des châteaux de sable, en camping avec leurs grands-parents. Ces moments de vie pris sur le vif, chers à toute la famille qui trônaient un peu partout dans les deux maisons. Mais la photo qu'il recherchait était ici, chez ses grands-parents. Sa mémoire était formelle.

Au fil de ses recherches, il fit une curieuse découverte. Son frère était ronchon sur presque tous les clichés, excepté avant ses deux ans. Comme si l'arrivée d'un petit frère avait bouleversé à jamais son existence et sa vision du monde. Comme si Doris avait irrémédiablement détruit quelque chose en lui, volé sa joie de vivre. Mais la brutalité avec laquelle Rudolf exprimait cette rancune infondée effaça tout sentiment de culpabilité chez son benjamin.

Doris revivait chacun de ces moments. Un sourire tendre et nostalgique à la fois rayonnait sur son visage. Il savait qu'il allait devoir partir. Fuir cet endroit et sa famille qu'il aimait tant, pour vivre une aventure extraordinaire dans un monde merveilleux. Il allait devoir abandonner les siens. Le temps passé loin de ses proches lui paraîtra une éternité, alors que son absence ne sera même pas remarquée. Une parenthèse enchantée suspendue hors du temps. Aussi curieux que cela puisse paraître.

Mais sa mission était bien trop importante pour qu'il se sente le courage de tout abandonner. Il était pris entre deux feux. Sa famille qu'il allait quitter et le monde magique qu'il fallait tenter de sauver.

Il aurait tout le temps de prendre une décision plus tard. Sa priorité était de retrouver le médaillon sacré du roi Aggor. Et pour cela, il devait mettre la main sur cette photo, son seul et unique indice.

Il continuait ses recherches.

En vain.

Mais où avait-il bien pu voir cette photo ?

Plus il cherchait et plus Doris avait la conviction d'être sur la bonne piste. Il se remémorait chaque détail avec précision. Elle était jeune et belle. Madeleine n'était qu'une inconnue sur ce cliché en noir et blanc. Elle était physiquement si différente de la grand-mère qu'il connaissait aujourd'hui. Une vingtaine d'années à peine, adossée nonchalamment au capot d'une voiture bien trop vieille pour en connaître le modèle. De grosses lunettes de soleil, de longs cheveux clairs comme la paille, une taille exagérément mince, une cigarette pincée au bout des doigts, un short en jean délavé, une chemise à fleurs nouée au-dessus du nombril et ouverte sur son généreux décolleté au creux duquel on pouvait distinguer... un pendentif : le fameux médaillon sacré du Roi Aggor.

Comme il l'avait consigné dans son carnet des secrets, avec tout le reste de son aventure, la coïncidence était surprenante. Madeleine, en possession du médaillon sur un cliché datant d'une quarantaine d'années et Doris qui trouve les trois pierres magiques. Sa grand-mère avait certainement dû trouver le pendentif par hasard dans son jardin, au même titre que lui avait trouvé les pierres magiques derrière la cabane, à Pâques, pendant la chasse aux œufs.

Elle l'avait certainement mis de côté comme à son habitude. Si elle conserve de vieux boulons rouillés, des cadenas sans clé, d'anciennes piles usagées et autres objets inutiles dans un « tiroir à bordel », elle avait certainement gardé le médaillon. Sa grand-mère ne jetait rien. Jamais. Tout pouvait servir un jour ou l'autre. Mais elle était très jeune sur cette photo. À cet âge, elle n'avait peut-être pas encore l'habitude de remplir tous ces tiroirs de choses inutiles. Après réflexion, il doutait de pouvoir remettre la main sur ce joyau sacré. Tant d'années les séparaient de cette photo. Même s'il parvenait à la retrouver, sa seule certitude serait que sa grand-mère l'avait possédé dans sa jeunesse. Rien de plus. Mais depuis, elle avait pu le perdre. Se le faire voler. En faire cadeau à quelqu'un.

Le col de son t-shirt le serrait une fois de plus. Il tira dessus sans ménagement et poursuivit ses recherches.

Au bout de longues minutes, accroché au mur de la chambre de sa grand-mère, il finit par trouver le fameux cadre à photos sur lequel était aimantée une dizaine de clichés. Certains étaient en noir et blanc, un peu jaunis par le temps qui passe. D'autres, cornés dans les angles. Et enfin, au centre, l'inoubliable photo de jeunesse de sa grand-mère. Sa bonne mémoire visuelle ne lui avait pas joué de mauvais tours. Elle portait bien le médaillon autour du cou.

Sans faire tomber les autres, la photo tant recherchée fut minutieusement décrochée du tableau d'une main tremblante. Doris prit soin de répartir les autres clichés pour que son absence n'attire pas l'attention de sa grand-mère et la glissa dans sa poche arrière.

Il fallait trouver le moyen d'en savoir plus auprès d'elle, mais sans éveiller ses soupçons. Il ne se sentait pas très à l'aise à l'idée de mentir à sa grand-mère qui avait toujours été à son écoute et sincère avec lui.

L'usage du mensonge était une habitude pour détourner l'attention de son frère, mais vis-à-vis de sa grand-mère, il aurait eu la désagréable impression de la trahir.

Et pourquoi ne pas tout lui raconter ? Pourquoi ne pas lui révéler son secret ? Il suffirait de lui faire lire le contenu de son carnet. Elle le croirait certainement, comme elle a toujours cru à ses histoires. Si jamais il parvenait à la convaincre de l'existence du monde merveilleux, elle ne pourrait être qu'enchantée pour lui. Ravi qu'il vive une si merveilleuse aventure. À moins qu'elle ne soit dépitée, horrifiée d'apprendre tous les dangers que son petit-fils de huit ans avait été contraint d'affronter, seul dans ce monde inconnu. Et devant lesquels, par chance, il s'en était sorti indemne. Après réflexion, il comprit qu'elle ne le laisserait jamais repartir, et encore moins seul. Elle voudrait certainement l'accompagner, ou simplement, lui interdire d'y retourner.

Il fallait trouver une autre solution.

Il ne voulait pas mentir à sa grand-mère et encore moins fouiller dans ses affaires pour lui voler le médaillon qu'il n'était pas certain de trouver.

Il allait devoir faire preuve de malice, mettre au point un stratagème et amener sa grand-mère à parler du pendentif qu'elle portait sur cette photo. S'il est toujours en sa possession, alors, il devra la convaincre de lui donner, sans lui révéler son secret. La manœuvre n'allait pas être simple.

Perdu dans ses pensées, Doris ne prêta pas attention aux pas qui montaient dans l'escalier. Quand soudain, il entendit quelqu'un approcher dans le couloir qui menait à la chambre de sa grand-mère. Dans la précipitation, sans réfléchir, il se glissa sous le lit. Couché à plat ventre, il vit la photo qui avait glissé de sa poche arrière, flotter en suspension au rythme d'une feuille morte qui tombe des arbres à l'automne. Aussi légère qu'une plume, elle se déposa délicatement sur la moquette. La personne dans le couloir approchait distinctement. Trop tard, il n'avait pas le temps de ressortir de sa cachette et le cliché était inaccessible en tendant simplement le bras. Il aurait voulu arrêter le temps. Ou encore, l'attirer dans sa main par la simple force de la pensée. Ou utiliser la magie comme lorsqu'il avait découvert le manuscrit, grâce aux pouvoirs des pierres, dans l'immense bibliothèque de son ami Wilick.

La porte s'ouvrit dans un grincement à réveiller les morts.

La main de Madeleine, abimée par les années de travail de la terre et usée par le temps qui passe, ramassa le cliché retourné sur le sol.

— Mon Dieu que la terre est basse, souffla-t-elle. Les courants d'air m'ont encore fait tomber une de mes photos. Alors, qui est-ce qui s'est décroché aujourd'hui ? dit-elle en retournant le cliché.

Doris qui ne voyait que les pieds de sa grand-mère s'étonna de sa réaction. Elle restait immobile. Sans qu'il puisse voir son visage, il devina que cette photo ne la laissait pas indifférente. Elle réveillait certainement de vieux souvenirs de sa tendre jeunesse. À plat ventre sous le lit, la joue aplatie sur la moquette, le nez dans la poussière, Doris se retenait d'éternuer. Il espérait une réaction de sa grand-mère. Une simple pensée murmurée à voix haute. Un indice sur l'existence du pendentif.

En silence, elle s'assit sur le lit.

C'est alors que Doris découvrit le reflet de sa grand-mère dans le miroir de la porte de son armoire. L'émotion le submergea lorsqu'il découvrit le visage de la vieille dame. Il ne l'avait jamais vu ainsi. Les traits marqués de profonds sentiments que sa pudeur lui interdisait de dévoiler. Le regard perdu dans le vide, la main tremblante, elle sortit son mouchoir de sa manche pour essuyer une larme discrète dans le coin de son œil, puis une autre qui avait glissé le long de son nez. Doris assistait impuissant à cette scène. Il aurait préféré disparaître ou ne jamais voir ce désarroi dans le regard de sa grand-mère qu'il chérissait tant.

Mais il n'avait d'autre choix que de patienter, de subir ce supplice en silence.

Au bout de longues minutes, Madeleine se dirigea vers sa vieille commode, héritée de son arrière-grand-mère, recouverte d'un magnifique plateau de marbre noir et orné de luxueuses poignées en laiton mouchetées de vert-de-gris. Un tiroir s'ouvrit au son d'un lugubre grincement.

Le jeune garçon sursauta. Spectateur aveugle, il épiait chaque son avec impatience en serrant les dents.

Madeleine plongea ses mains sous un amas de vêtements, et sortit un coffret en bois qu'elle caressa soigneusement.

Doris observait du mieux qu'il pouvait de sa cachette, mais le miroir n'était malheureusement pas assez grand pour voir toute la scène.

Il entendit le bruit sourd du coffret en bois posé sur le marbre froid. Un léger crissement des charnières. Le son mélodieux d'une chaîné métallique. Puis, les pieds de sa grand-mère qui se dirigèrent devant le miroir.

En silence, Doris se décala de quelques centimètres pour élargir son champ de vision, et découvrit le reflet d'un visage rayonnant.

Au cou de sa grand-mère, il était magnifique.

Encore plus beau et plus gros qu'il ne l'avait imaginé.

Le pendentif tant convoité.

Le médaillon sacré du Roi Aggor.

Comme dans son dernier rêve, il avait la sensation que des murs en or éblouissants s'ouvraient devant lui. Délivrant un univers fantastique. Lui ouvrant les portes de son aventure sur l'autre monde. Tout lui revint à l'esprit comme un film à l'envers. Un rembobinage fulgurant. Le médaillon, la prophétie, la légende... Wilick, la tornade dans la bibliothèque... les araignées, la forêt noire, Phylatrodis... Kaafu... les œufs magiques... lui, joyeux et innocent, qui courrait dans les herbes hautes, son panier à la main. Sans se douter un seul instant de ce qu'il allait vivre.

Le sourire de Madeleine en disait long sur la puissance des souvenirs que son reflet réveillait. Son sourire était joyeux et triste à la fois. Un regard nostalgique, une expression que Doris ne parvenait pas à lire distinctement. Une intimité précieuse dont il était embarrassé d'en être le témoin indiscret.

Soudain, une masse noire se faufila dans l'embrasure de la porte de la chambre. Minet, le chat noir de Madeleine qui s'incrustait au mauvais moment. Son regard jaune intense démasqua immédiatement le jeune garçon allongé sous le lit. Une approche gracieuse et féline, un ronronnement puissant trahissant son enthousiasme, la boule de poil se dirigea droit sur lui. Après un rapide contrôle du museau,

Minet lui témoigna toute son affection en lui infligeant une répétition de caresses avec le front.

Ne surtout pas le toucher.

Il allait tout gâcher en attirant l'attention de sa grand-mère. Elle ne devait surtout pas se baisser pour regarder sous le lit. Doris lui fit signe d'aller plus loin, mais l'obstination de ce féru de tendresse ne voulait rien entendre. Ronronnant de plus belle, se frottant la tête contre la joue du jeune garçon qui se mordait les lèvres d'inquiétude.

— Qu'est-ce que tu fais là, petit voyou ? s'amusa sa grand-mère en se dirigeant vers la commode pour remettre le pendentif dans son étui.

Au son du grincement strident du tiroir, il devina qu'elle avait tout remis à sa place.

Doris aurait préféré être puni pour avoir fait la pire des bêtises qu'un gamin de son âge puisse faire plutôt que se faire démasquer à cet instant précis. Ce n'était qu'une question de seconde. Comment en vouloir à cette boule de poils qu'il aimait tant, mais qui était inconsciente de la portée des enjeux qui se jouaient à cet instant ?

Les pieds de sa grand-mère se rapprochèrent du lit. Son cœur résonnait affreusement dans sa poitrine.

— Allez ! Sors de là-dessous !

Un éclair traversa brusquement son corps tout entier. Etait-il démasqué ? Où s'adressait-elle uniquement à Minet ? Ses émotions étaient bousculées comme une boule de flipper entre la honte, le déni et la colère.

Madeleine s'assit sur le lit et reprit avec cette espièglerie qui la caractérisait si bien :

— Tu ne crois quand même pas que je vais aller te chercher, petit chenapan ? Tu m'aurais connu plus jeune... comme sur la photo, par exemple... et sans cette satanée arthrose qui me fait tant souffrir, je t'aurais attrapé avant même que tu ne t'en rendes compte, mon gros Minet.

Appâté par la promesse de caresses, le chat finit par sortir, la queue dressée comme une antenne, ronronnant à plein poumon et effectuant des allers-retours entre les jambes de sa maîtresse.

— Allez ! Viens dans mes bras, avant de te retrouver enfermé tout l'après-midi. Avec tous ces courants d'air...

Doris poussa un soupir de soulagement. Il ne bougeait pas de sa cachette. Il s'en était fallu de peu.

Maintenant qu'il savait où se trouvait le médaillon, il bouillonnait d'impatience de retrouver ses deux amis dans le monde merveilleux. Ils n'allaient pas en croire leurs yeux. Lui, Doris... détenteur des reliques du pouvoir magique des trois anciens royaumes... détenteur du médaillon du Roi Aggor... Lui, l'Élu... celui qui rétablira la paix et la prospérité... celui qui brisera la malédiction d'Aggor et sauvera le monde magique.

Sa décision était prise.

Il partira demain.

17

— Youky ! T'es où ma belle ? s'écria Doris.

Un chemin ponctué d'aboiements se dessina dans les herbes hautes. La jeune chienne exprimait son allégresse de quelques sauts en rejoignant le petit garçon. Leurs retrouvailles étaient toujours aussi intenses et démesurées. Elle sautait sur place, la jubilation dans le regard, la gueule grande ouverte et la langue pendante. « La grâce et le sourire incarnés », répétait sans cesse Madeleine, sans grande objectivité.

Doris s'en amusait et marchait en levant les bras pour inciter la chienne à sauter encore plus haut. Puis, très vite, elle retrouva son calme et comme à son habitude, guida le jeune garçon en remuant la queue, jusqu'à sa grand-mère.

Recourbée les jambes tendues et le buste en avant, chaussée de ses fameuses bottes en caoutchouc, elle enjambait une longue rangée de haricots qu'elle cueillait et amassait au fond d'un panier en osier pour le repas du soir.

Satisfaite d'avoir guidé Doris jusqu'au potager, la jeune chienne faufila sa tête entre les jambes de Madeleine qui se releva le visage englué de bave.

— Ah ! Celle-là... qu'est-ce qu'elle peut aimer faire comme bisous, dit-elle en s'essuyant le visage d'un revers de manche. Et alors, mon petit cœur, tu viens enfin rejoindre ta grand-mère dans le jardin ? Je ne sais pas si ta mère ne te fait pas un peu trop travailler sur tes devoirs... à ton âge, on doit passer ses journées dehors, sous le soleil, plutôt que de rester enfermé devant un bureau. Viens donc m'aider à ramasser les haricots. Tu ne cueilles que les grands, il faut laisser les petits grandir, d'accord ? Et si tu pouvais éviter de les manger crus comme tu fais tout le temps, j'aimerais bien qu'il y en ait un peu dans les assiettes pour le souper !

Doris s'assit, jambes croisées sur une planche en bois pourrie qui servait de séparation entre les rangs de haricots. Un nuage de poussière se souleva autour de la jeune chienne qui faisait toujours deux ou trois tours sur elle-même avant de se coucher. Allongée face à eux, le museau appuyé sur ses pattes avant, enfin calmée et le regard rempli d'une inconditionnelle tendresse.

— Comme ton grand-père... elle n'arrive jamais à se poser sans brasser de l'air pendant cinq minutes, s'amusa Madeleine d'un sourire complice à son petit-fils.

— Mamie...

— Oui mon petit cœur...

— Tu sais... j'ai encore fait ce rêve bizarre, cette nuit.

— Ah bon ? dit-elle en continuant de ramasser les haricots. Tu sais, si ton rêve est aussi génial que ce que tu m'as raconté, il n'est pas étonnant que ton esprit veuille y retourner. Ce genre de rêves t'ouvrent des portes insoupçonnées sur d'autres univers... sur des mondes merveilleux, mon garçon. Si tu t'en souviens, je veux bien que tu me racontes une nouvelle fois... et, en plus, tes rêves sont bien loin d'être bizarres, comme tu dis. Ils sont plutôt extraordinaires, n'est-ce pas ?

Le monde merveilleux ? Mais, comment aurait-elle pu savoir ? Impossible qu'elle ait fini par découvrir mon secret.

Ses mots n'étaient sans doute qu'une coïncidence. Si seulement elle savait que ce monde merveilleux existait réellement. Que ce n'était pas un rêve. Que tout était bien réel. Et c'est peut-être ça le problème, après tout. Qu'est-ce qui se passerait, si jamais il lui arrivait malheur au cours de sa folle aventure ?

Il serait perdu, à jamais.

Doris avait envie de soulager sa conscience, d'arrêter de mentir, même par omission. Il aurait tant aimé tout révéler à sa grand-mère. Lui dire la vérité une fois pour toutes. Sans subterfuges. Lui raconter tous les détails de son aventure, sans avoir à maquiller son histoire en un simple rêve d'une nuit. Mais pour les mêmes raisons que la dernière fois, il ne s'en sentait pas capable. Il aurait tant aimé profiter de ses précieux conseils. Être certain de faire les bons choix.

Il lui raconta de nouveau toutes ses péripéties. Détaillant chaque rebondissement avec toujours le même enthousiasme. Au bout d'un long monologue, il marqua une courte pause et reprit en inspectant attentivement la réaction de sa grand-mère :

— Devrais-je continuer l'aventure...les aider à vaincre le monde des ténèbres... enfin dans mon rêve, bien sûr ? demanda Doris, qui ne s'était pas aperçu que sa grand-mère s'était assise par terre, face à lui, au milieu de son potager, pour savourer la suite de son récit.

— Mais d'où te vient une telle imagination, mon petit cœur ? C'est une très belle histoire que tu viens de me raconter. Quel rêve éblouissant ! Certes un peu étrange, mais tout semble si réel de la manière dont tu en parles.

— C'est n'importe quoi ! s'écria Rudolf qui s'était approché furtivement pour espionner son frère.

Même Youky sursauta en aboyant, tellement absorbée par ce beau discours qui lui avait servi de berceuse.

— Mais ça ne va pas de crier comme ça ! s'exclama Madeleine la main sur le cœur. Rudolf ! Tu m'as foutu une de ces trouilles !

— C'est des conneries ! Un scarabée qui parle... ha ha ha ! se moqua Rudolf. Des temples avec des murs en or ? Il a volé sur le dos d'un papillon géant, c'est ça ? Et puis quoi encore ! Quel menteur, celui-là ! Tu le laisses parler, comme d'habitude, et tu le crois en plus !

– Pourquoi faut-il toujours que tu te moques de ton frère ? s'énerva-t-elle. Ce ne sont pas des mensonges, ton frère me raconte ses rêves et moi, j'ai plaisir à les écouter. Il n'y a pas de quoi se moquer, c'est toujours un peu bizarre les rêves. Tu n'en fais pas toi, peut-être ?

– Non ! Certainement pas des rêves aussi débiles que ça ! Et puis, je ne m'en souviens pas de toute façon. Tu vois bien qu'il invente toutes ces histoires pour faire son intéressant.

– C'est même pas vrai ! s'écria Doris les poings fermés.

Il se releva pour partir en courant, mais sa grand-mère le retint avec douceur par le bras. L'attira tendrement vers elle pour lui chuchoter à l'oreille :

– Moi, je te crois. J'aime tes histoires, elles sont fantastiques. Ne fais pas attention à ce qu'il dit. Écoute ton cœur. Vis tes rêves à fond et fais toujours ce qu'il te semble juste...

Doris prit la fuite en courant. Loin des aboiements de son frère.

Mais les mots de sa grand-mère résonnèrent encore longtemps dans son esprit. Dommage qu'elle ne fasse allusion qu'à ses rêves.

« Fais toujours ce qu'il te semble juste... »

Encore une fois, elle s'était élevée au rang de farouche protectrice, de confidente aguerrie et de guide inconditionnel.

Doris avait enfin pris sa décision.

Il partira demain.

18

Le lendemain matin, les parents de Doris s'apprêtaient à partir pour la journée. Ils embrassèrent leurs enfants, attablés pour le petit déjeuner dans la cuisine de leurs grands-parents. Karl partait très souvent seul en déplacements, mais parfois Jade l'accompagnait pour lui prêter main-forte pour négocier certains dossiers importants.

Comme d'habitude, les deux frères allaient passer la nuit en face, chez leurs grands-parents. Deux lits, mais une seule chambre pour le plus grand désarroi de Doris.

Madeleine respectait au mieux les recommandations toujours très strictes de sa fille. Le souper à dix-huit heures. Pas de télévision après dix-neuf heures trente. Obligation de se brosser les dents avant d'aller au lit. Et coucher au plus tard à vingt heures. Mais pendant les vacances, leur grand-mère se permettait secrètement d'assouplir les règles.

Le seul souci était que Doris allait devoir partager sa chambre avec son frère. Ce n'était pas prévu et surtout très mal venu. Il avait planifié de partir le lendemain matin. Il allait devoir faire preuve de beaucoup de prudence. Échapper à la surveillance accrue de Rudolf qui prenait toujours aux mots les consignes de son père : « ... c'est toi l'aîné, alors tu gardes un œil sur ton petit frère, qu'il ne lui arrive rien pendant notre absence. »

Doris allait devoir user de malice pour préparer son départ. Il lui faudra dissimuler rigoureusement au fond de son sac, au milieu de quelques affaires de rechange, ses pierres magiques, son carnet des secrets et le pendentif.

— À demain les « pitchounes » ! s'écria joyeusement Karl en leur faisant signe de la main.

— À demain soir, mes amours, je compte sur vous pour obéir à papy et mamie, renchérit Jade. Allez, soyez sages.

Mais à peine avaient-ils franchi la porte de la cuisine, que Doris fit grincer son tabouret en le reculant brusquement. Il s'élança jusqu'à eux et enlaça vigoureusement les jambes de sa mère.

— Ho, ma petite puce… mais ne t'inquiète pas, on ne part pas longtemps, rassura Jade tendrement en s'agenouillant pour le prendre dans ses bras. Ce n'est quand même pas la première fois que l'on s'absente avec ton père. On est de retour demain soir. Tu n'es pas tout seul. Il y a mamie, papy et ton frère.

Elle jetait un regard étonné à sa mère, puis à son mari. Ce comportement ne lui ressemblait pas. Mais les enfants étaient toujours pleins de surprises. Jade en conclut que Doris devait être dans une période où il fallait lui donner un peu plus d'attention et d'affection que d'habitude. Une passade qui ne durerait pas.

— Je sais, mais vous allez me manquer… dit-il en retenant ses larmes.

Il avait tellement de choses à leur dire. Tant de choses qu'il ne pouvait pas leur révéler. S'ils savaient où il partait, dans quelle aventure il allait s'embarquer, seul, loin d'eux. Un jour, sans doute, ils apprendront ce qu'il s'apprêtait à vivre et ils seront fiers de lui, de son courage, de sa bravoure et de ses sacrifices pour sauver un monde en détresse.

Doris exprimait tous ses sentiments dans cette étreinte. Son amour, ses peurs, sa tristesse, son inquiétude, mais aussi sa détermination. Peut-être qu'un jour ils comprendront.

Karl s'accroupit. Il prit la tête de son fils entre les mains et lui témoigna tout son amour en l'embrassant pudiquement sur le front. Le dépeignant maladroitement d'un geste de la main, il ajouta :

— Allez ! T'es un grand garçon maintenant.

— Ho ! La pleureuse ! chantonna Rudolf avec sarcasme. Il est perdu sans sa petite maman, nia-nia-nia...

— C'est même pas vrai, je ne pleure même pas ! répondit Doris, le trémolo dans la voix et des éclairs de feu dans les yeux.

— Ho là, là ! Ça suffit ! Vous n'allez pas commencer tous les deux, s'énerva Jade. Rudolf, arrête de te moquer de ton petit frère... Non d'une pipe. C'est pas possible, ça !

Madeleine s'interposa calmement entre les garçons et les prit chacun par la main sans leur laisser le choix.

— Allez, les enfants ! Venez finir votre petit déjeuner avant que ce ne soit froid, coupa Madeleine et s'écria sans se retourner : « Partez tranquilles, je m'occupe des petits monstres ! »

Aussitôt assis à la table de la cuisine, des tartines de pain beurré en main, les hostilités étaient reparties de plus belle. Jusque-là, Madeleine qui faisait mine de ne rien remarquer, souffla d'exaspération derrière son journal. Repliant un angle du bout des doigts, elle s'exprima d'une voix grave et d'un regard par-dessus ses lunettes en demi-lune :

— Si vous continuez à vous chamailler, je vous préviens... que... qu'il n'y aura pas de crêpes pour le goûter !

Sans attendre de réponse, l'angle du journal se referma et Madeleine se replongea dans sa lecture hebdomadaire des faits divers.

Le silence revint comme par enchantement. Elle savait naturellement contenir ces tensions fraternelles sans crier, sans prendre au sérieux ces petites querelles de gamins.

Mais Rudolf n'en démordait pas. Il continuait de provoquer son frère en silence en lui donnant des coups de pied sous la table.

— Rudolf ! Tu crois que je ne te vois pas ? reprit sa grand-mère sans bouger.

— Mais mamie ! se plaignit-il. C'est lui qui a commencé. Tu ne vois pas que c'est lui qui me cherche depuis quelques jours. Il ne veut même pas partager ses chocolats de Pâques, et il fait des trucs en cachette, dans votre dos. Et vous... vous ne voyez rien ! Comme d'habitude ! Ça fait deux ou trois jours déjà que je me doute de quelque chose. Je suis sûr que dimanche il n'avait même pas mal au ventre quand il est sorti de table. Il a planqué des trucs dans sa chambre et j'aimerais bien savoir ce que c'est !

— Écoute Rudolf, ça suffit maintenant. Doris a peut-être gardé des œufs en chocolat dans sa chambre, et alors ? Quoi ? Tu n'avais qu'à venir les chercher dans le jardin avec nous plutôt que rester dans ta chambre à bouder comme tu sais si bien le faire. Il est déjà bien gentil de t'en avoir donné gracieusement. Bon, et maintenant, vous finissez vos tartines avant que je ne me fâche et vous allez vous changer. Vous viendrez me donner la main au potager, ça vous changera les idées.

Rudolf fusilla son petit frère du regard. Il détestait donner la main au jardin, travailler au contact de la terre, des insectes en tout genre, de toutes ses odeurs qui le répugnaient. Il avait horreur de se salir les mains. Et pour cette raison, il n'allait pas en rester là. Et Doris le savait. Désormais, son frère allait lui en faire baver, surveiller chacun de ses faits et gestes, tenter de fouiller sa chambre à la moindre occasion. La prudence ne suffirait malheureusement plus. Il allait devoir user de tous les subterfuges possibles pour détourner son attention s'il voulait réellement partir demain.

Il ne pouvait plus faire marche arrière maintenant qu'il était en possession du médaillon. Désormais, l'avenir du monde merveilleux en dépendait. Il devait faire diversion pour occuper son frère, pendant qu'il irait dans sa chambre, récupérer les pierres, le carnet et le pendentif.

Déterminé, désormais rien ni personne ne pourrait l'empêcher de partir.

Sans lâcher son frère d'un regard menaçant, Rudolf se leva de table le premier. En passant devant Doris, par surprise, il lui arracha un bout de sa brioche sans que sa grand-mère s'en aperçoive. La langue tirée, le nez plissé, la provocation soutenue dans son regard, il quitta la pièce à reculons puis s'empiffra en manquant de s'étouffer.

Ne rien paraître.

« L'indifférence est souvent la meilleure réponse à la provocation, mon fils ». Encore une des phrases de son père qui remontait à la surface, sans prévenir, mais toujours à point nommé.

Doris leva les yeux au ciel en faisant mine de s'en moquer. Ne surtout pas répondre à la provocation, éviter à tout prix de rentrer dans son jeu.

Il plongea sa tête dans son bol et but son chocolat chaud en silence.

Les coudes sur la table, le menton entre ses mains, les jambes en balancier sous le tabouret, il se concentra pour élaborer minutieusement un plan solide. Infaillible. Comment allait-il pouvoir occuper son frère sans attirer son attention sur la préparation de son départ ? Sans qu'il se doute de quelque chose.

Chaque fois que leurs parents s'absentaient, c'était le même scénario. Rudolf était encore pire que les autres jours. Toujours sur son dos. Sans cesse à l'espionner, à l'empêcher de s'amuser seul, à guetter ses moindres faits et gestes, à dénoncer le moindre écart de son petit frère, à dénigrer la moindre lubie qui lui semblait sans intérêt. Il œuvrait quotidiennement pour garder sa place sur le podium. Fier de son statut d'aîné. De fils préféré.

Doris devait se montrer ingénieux s'il voulait partir le lendemain.

Une fois le petit déjeuner terminé, il remonta dans sa chambre pour se changer. Il échangea son confortable pyjama en éponge rouge pour son habituelle salopette en jean et en profita pour préparer son sac.

Même si Kaafu et Wilick, ses fidèles alliés d'aventure ne manqueraient pas de lui prêter main forte, il devait prendre le strict minimum, éviter de se charger inutilement, car la route pour retrouver les trois tribus perdues serait longue et certainement beaucoup plus éprouvante que ce qu'il avait connu jusqu'à présent.

Il prit quelques affaires de rechange, un couteau suisse que sa grand-mère lui avait offert en cachette pour son anniversaire. Un bien joli cadeau, outre l'interdit parental qu'il représentait. Mais Madeleine savait transgresser certaines règles sous le couvert de son âge avancé, et de son statut de grand-mère. Un secret bien gardé. À coup sûr, ce couteau lui portera chance. Et de la chance, il allait lui en falloir pour mener à bien cette nouvelle mission. Il l'embrassa en faisant un vœu avant de l'enfouir au fond de son sac. Puis il rajouta de la ficelle, des punaises, la loupe que son père lui avait offerte. Admiratif devant la patience de son fils qui restait de longs moments à observer les insectes et les fleurs, un jour il avait eu l'idée de lui offrir ce formidable cadeau. Et enfin, il jeta dans le sac sept paires de chaussettes… comme si sa vie en dépendait, un réflexe de survie ou un dernier rattachement à la vie moderne. À sa vie dans ce monde.

Après quelques minutes de réflexion, il ajouta sur le dessus une BD de super héros qu'il sortit de sous son matelas et ses œufs en chocolat qu'il avait précieusement mis de côté. Il s'assit sur son lit, patientant calmement, le sac sur les genoux.

Sans plus attendre, la porte de la chambre s'ouvrit tellement brusquement, qu'elle rebondit contre l'armoire dans un bruit assourdissant.

— Qu'est-ce que tu fabriques encore ? s'écria Rudolf le menaçant du doigt en s'approchant d'un air suspicieux. On va juste dormir chez les grands-parents. Pourquoi tu fais ton sac ? T'as encore rien compris, ou quoi ? Tu croyais peut-être qu'on partait en vacances à la mer, espèce d'abruti !

Doris ne bronchait pas, serrant ostensiblement son sac entre les bras.

— Ho ! la fillette, elle a peur de faire pipi au lit qu'elle prend des affaires de rechange. À moins que... qu'est-ce que tu caches dans ce sac ?

— Mais rien... juste des livres pour m'aider à m'endormir ce soir.

— ... Juste des livres pour m'aider à m'endormir, répéta son grand frère en se moquant avec une voix de fillette.

Doris serra plus fermement encore le sac en se tournant légèrement sur le côté opposé.

— Donne-moi ça, je suis sûr que tu mens et que tu caches des trucs dans ton sac, vociféra-t-il en arrachant le sac de mains de son frère qui ne marqua qu'une faible résistance.

Rudolf posa le sac sur le lit, et d'un geste de la main fit obstacle à son frère qui obtempéra en soufflant, d'un air résigné. La fermeture éclair s'ouvrit sur un véritable trésor de guerre. Les œufs en chocolat tant convoités que son petit frère s'était mis de côté.

Un masque de dégoût s'afficha sur son visage lorsque sa main rentra en contact avec les paires de chaussettes, pourtant propres.

— Quoi ? s'écria-t-il. Mais c'est ma BD ! Espèce de voleur, t'es venu dans ma chambre pour fouiller dans mes affaires et me piquer ma BD préférée.

– Ah bon, mais c'est la tienne ? se défendit innocemment Doris.

– Tu ne perds rien pour attendre, je vais tout raconter aux parents et tu n'auras plus qu'à chialer dans ton coin comme d'habitude. Et tiens ! Pour la peine, tes œufs en chocolat sont à moi maintenant.

Rudolf ressortit de la chambre triomphant les bras chargés.

Doris ne put retenir un sourire malicieux. Il avait réussi à détourner l'attention de son frère pour un bon moment. Suffisamment pour finir son sac et le mettre en sûreté jusqu'au lendemain. Il referma la porte, bloqua la pognée avec le dossier de sa chaise de bureau, se précipita sur son lit, ouvrit sa cachette secrète et en sortit le saint Graal : les pierres magiques et le pendentif sacré du roi Aggor. Il se résolut à prendre également son carnet des secrets qu'il réservait à titre posthume au cas où il ne revienne pas. Ces récits étaient avant tout l'aide-mémoire de son aventure dans l'autre monde. Il était aussi destiné à ses parents pour qu'ils comprennent ses choix s'il ne revenait pas et qu'ils soient fiers de lui. Mais il était trop risqué de le laisser dans sa chambre avec Rudolf sur son dos. Alors il glissa le petit carnet sous une épaisse couche de chaussettes.

La fermeture éclair de son sac à dos siffla d'un coup sec.

– Kaafu, Wilick… j'arrive les amis !

19

Le grenier était bien le seul endroit où Doris était certain de ne pas croiser son trouillard de grand frère. Niché au dernier étage de la maison de ses grands-parents, il était uniquement accessible par un escalier très étroit, ajouré et recouvert d'une moquette verte aussi laide que vétuste.

Sombre et poussiéreuse, cette pièce était habillée de longues toiles d'araignée qui tentaient de le retenir sur son passage, comme des mains invisibles et omniprésentes. Les caresses d'un monstre imaginaire, immergé dans une nuit d'horreur. Le sol engloutissait le son de ses pas. Plongé dans le noir absolu, cet endroit lui donnait des frissons.

Et ce t-shirt qui lui serrait le cou.

Doris progressait lentement, à l'aveugle, démuni de tous repères. Il avançait à petits pas, ralenti par ses muscles tétanisés par la peur.

Et ces picotements qui jouaient à cache-cache sous sa peau.

Cette atmosphère poussiéreuse qui l'étouffait.

Un relent amer de ses pires cauchemars. Cette sensation si étrange et complexe qui hantait parfois ses nuits : le savoureux mélange d'infiniment grand vertigineux et d'infiniment petit oppressant, agrémenté quelquefois d'une chute brutale dans le vide absolu. Une véritable psychose nocturne qu'il ne pensait pas revivre en journée.

Mais, pour une fois, il tenta de la contrôler. Comme une bête enragée qu'il tentait d'enfermer derrière les barreaux.

Il était déterminé à aller jusqu'au bout. Il ferma les yeux pour se convaincre qu'il ne subissait pas cette situation, cette absence de lumière oppressante. Dominant sa respiration, il attendit que le calme soit enfin de retour dans son esprit.

Il se fit violence pour affronter son appréhension, avancer dans cette obscurité la plus totale. Bras tendus comme la canne d'un l'aveugle, à la recherche de poutres et autres traverses en bois dont l'odeur de moisi et la rugosité lui rappelaient que cette bâtisse n'était plus de première jeunesse.

Cependant, le grenier était la cachette idéale pour son sac de voyage, à condition de rester dans le noir pour ne pas attirer l'attention.

Éclairé, cet endroit représentait tout ce que Doris aimait dans cette maison : il était secret, interdit et difficile d'accès. On y avait entreposé, au fil des ans, une quantité astronomique de meubles désormais abandonnés sous une épaisse couche de poussière, des objets en tout genre que personne n'avait osé jeter, de véritables trésors pour le jeune garçon.

Très tôt, la curiosité l'avait guidé aux pieds de ces escaliers parfaitement adaptés à la taille d'un enfant de huit ans. L'impatience lui avait donné la force de gravir les marches jusqu'à l'imprudence de pousser cette vieille porte en bois, car l'état délabré du plancher de cette pièce représentait un réel danger. C'est pour cette raison que ses parents avaient été contraint d'en interdire l'accès aux enfants. Et par esprit de contradiction, il en fit sa cachette secrète, son refuge par temps de pluie, sa planque en sursis. Jusqu'au jour où son frère le surprendra et s'empressera de le dénoncer.

Il continuait son avancée timide, jusqu'au bruit sourd de sa basket contre le bois creux d'un objet posé au sol. Il le palpa, à tâtons, pour s'assurer qu'il s'agissait bien du fameux coffre de son arrière-arrière-grand-mère. Enfin, quelque chose dans le genre. Il plongea son sac à dos à l'intérieur, puis referma discrètement le couvercle.

La poussière en suspens lui déclencha une violente quinte de toux. Des spasmes irréguliers et indomptables.

Les mains pressées sur sa bouche, le souffle court, les yeux exorbités à l'affût de la moindre réaction aux étages inférieurs. Ce corps incontrôlable qui venait le trahir au plus mauvais moment.

Pourvu que personne ne l'ait entendu.

Son frère devait avoir mieux à faire. Certainement occupé à se goinfrer de chocolats, à l'abri des regards.

Personne ne devait savoir qu'il était monté dans le grenier.

Aucun bruit.

Il ressortit en vitesse.

En descendant les étages, il fut rassuré d'entendre le crissement assourdissant d'une scie circulaire. En passant devant la fenêtre du deuxième, il aperçut son grand-père qui coupait des planches sur deux tréteaux en bois. Au milieu de la cour qui séparait les deux maisons, le spectacle était grandiose. Un tourbillon de poussière, opaque, aveuglant et assourdissant autour de ce vieil homme, ce magicien en bleu de travail, ce virtuose du bricolage qui avait involontairement couvert les quintes de toux de son petit fils.

Un instant suspendu. Un regard admiratif. Un souvenir capturé. Un bagage de plus à emporter. Aussi léger que nécessaire. Quelle que soit la durée de son aventure dans le monde merveilleux, Doris aura besoin de ses souvenirs si réconfortants. Émotionnellement, il lui faudra tenir bon s'il souhaitait aller au bout de sa mission.

— Doris ! Rudolf ! Dépêchez-vous !

Étouffés par les rugissements de la scie, les cris de sa grand-mère montaient péniblement les étages de la maison.

Il fallait vite redescendre pour ne pas éveiller les soupçons.

En tenue de jardinage, sa grand-mère les attendait, les mains sur les hanches, devant la porte de la cuisine. Doris fit une arrivée en fanfare en traversant la pièce d'une glissade sur ses chaussettes, en position du surfeur, le sourire aux lèvres, satisfait d'avoir tout préparé avant son départ. Prise par surprise, la jeune malinoise se retourna brusquement. Pattes avant et museau au sol, fesse redressée, l'œil vif, les oreilles à l'affut, la queue en balancier, Youky était visiblement prête au jeu. Mais Doris ressentait le besoin de faire le plein d'amour et de tendresse avant son départ. Il s'agenouilla en ouvrant ses bras. Sa complice de tous les instants changea instantanément d'attitude. Les oreilles en arrière, elle se releva et se dirigea calmement vers lui. Elle nicha sa tête au creux de son épaule et le jeune garçon referma tendrement les bas autour de son cou, sous le regard attendri de sa grand-mère.

Un bagage supplémentaire, un instant de pur bonheur que son frère n'allait pas tarder à pulvériser d'un simple revers de manche.

— Mais, fous-lui la paix à cette pauvre chienne, s'esclaffa Rudolf qui venait juste d'arriver, les marques de son forfait encore présentes aux commissures des lèvres.

— Tu ne vas pas commencer Rudolf, s'exaspéra Madeleine. Enfile tes bottes et venez me rejoindre. Bon sang de bon sang…

Rudolf obtempéra en ronchonnant, s'acharnant à chausser ses bottes en caoutchouc sans quitter son frère du regard. Assis sur le perron, Doris s'essuyait méthodiquement le dessous de ses pieds avant d'enfiler les siennes. Il baissa la tête brusquement, évitant de justesse un projectile : une botte en caoutchouc jeté par son frère.

— Moi je trouve que ces bottes en plastique t'iraient mieux en pleine tête, non ?

Marquant volontairement son indifférence, Doris termina de se chausser sans soutenir le regard. Il se releva brusquement et partit en courant le projectile à la main sous le regard médusé de son frère.

— Eh ! Rends-moi ma botte ! Abruti !

Doris continuait sa course folle. À mi-parcours, il se retourna, essoufflé, le sourire aux lèvres. Il ne put retenir un éclat de rire en voyant Rudolf courir à cloche-pied, le visage écarlate de colère, en crachant toute sa haine et ses menaces de représailles.

La botte en caoutchouc vola dans les herbes hautes alors que Doris mimait un air désolé en levant la paume des mains au ciel. Cette audacieuse moquerie allait peut-être lui coûter cher, mais c'était plus fort que lui. Il savait qu'il allait partir loin et pour longtemps. Enfin libéré du joug de ce frère tyrannique.

Il se remit à courir en direction du potager, pas mécontent d'avoir échappé à son grand frère, toujours plus fort et plus rapide. Mais pas aujourd'hui.

De plus en plus perplexe de ne pas l'entendre le rattraper, Doris ralentit sa course, se retourna et, alors qu'il continuait de marcher à reculons, une vision de stupeur lui glaça le sang en une fraction de seconde.

Telle une statue de marbre, la chaussette trempée, debout dans les herbes hautes, sa botte volante dans une main, Rudolf ne parvenait pas à détourner le regard de son autre main.

Sur le résidu collé à ses doigts.

Sur cette main qui avait tenté de se resserrer, in extremis, sur la chevelure de son jeune frère en fuite.

Telles les serres d'un prédateur sur sa proie.

Une toile fine et blanche entrelacée entre ses doigts.

Une toile d'araignée.

La trace incontestable de son passage dans ce lieu

interdit.

Le grenier...

20

Des toiles d'araignée accrochées à ses cheveux. Comment avait-il fait pour ne pas se rendre compte qu'il lui restait des traces de son passage dans le grenier ? Comment avait-il pu être aussi négligent ?

Tout était certainement compromis.

Il allait devoir repousser son départ pour le monde merveilleux.

Je suis désolé, les amis, mais tout ne se passe pas comme prévu. Je me suis fait avoir par mon imbécile de frère alors, je ne pourrai pas venir tout de suite. Mais, tant que je garde les pierres magiques et le médaillon sacré, ce n'est pas terminé, je vais tout faire pour venir vous rejoindre et ce sera le début d'une magnifique aventure. Je ne vous abandonnerai pas.

S'il n'était pas déjà trop tard, il fallait en priorité retourner dans la pièce interdite pour récupérer le sac à dos, avant que son frère ne fasse le rapprochement entre la toile d'araignée emmêlée dans ses cheveux et le grenier.

Motivé par un redoutable désir de vengeance après l'humiliation de la botte volante et de la chaussette trempée, Rudolf allait tout mettre en œuvre pour lever le masque sur les agissements de son frère. Il jubilait sûrement à l'idée de le dénoncer pour avoir mis les pieds dans la pièce interdite. Sa détermination le mènerait jusqu'au grenier. Muni d'une lampe torche suffisamment puissante, il n'hésiterait pas à fouiller l'endroit de fond en comble.

Doris devait rapidement trouver le moyen de faire

diversion sans se compromettre. Il rejoignit en courant sa grand-mère qui s'impatientait de les voir arriver.

— Mamie, Mamie, me voilà ! Par contre, Rudolf m'a dit qu'il ne viendrait pas ! Il est reparti à la maison. Il dit que le jardin c'est tout pourri, que ça pue et qu'en plus ça ne sert à rien, manœuvra Doris encore essoufflé.

— Ah oui ? Mais ce n'est pas possible, ce gamin… il ne va pas commencer à ronchonner de bon matin, s'emporta Madeleine, pivotant énergiquement en direction de la maison. Attends-moi là avec Youky. Il ne veut pas venir ? Eh bien, c'est ce qu'on va voir… tout pourri, mon jardin ? C'est ça ?

Sagement assise au pied de Doris, Youky suivait d'un regard attentif la progression de sa maîtresse. En boucle sur les mêmes phrases, elle se dirigeait d'un pas ferme et saccadé en direction de la maison. Mais Rudolf avait déjà disparu des radars.

Doris regrettait d'avoir menti à sa grand-mère. Il s'était honteusement servi d'elle. Mais il n'avait pas eu le choix, c'était pour la bonne cause, après tout. Par ses propres moyens, il n'aurait jamais pu dissuader son frère d'aller fouiller dans ses affaires ou de monter inspecter le grenier.

Peut-être que Rudolf n'allait pas oser pénétrer dans la pièce. Mais si un vent d'audace soufflait sur cet angoissé de nature, il trouverait certainement le coffre. Il reconnaîtrait de suite le sac à dos de son frère. Sans vergogne, il n'hésiterait pas à le vider de son contenu.

Le jeune garçon était écœuré à l'idée que toute cette aventure puisse se terminer ainsi. La légende des trois royaumes avait conquis son cœur. Enfin une aventure à la hauteur de ses rêves les plus fous.

Les minutes s'écoulaient et rien ne se passait. Pas un bruit. Pas un cri. L'attente était insupportable.

Désormais assise nonchalamment, en appuis contre la

jambe de Doris, Youky profitait abondamment des caresses de cette main délicate qui agissait machinalement. Les deux complices avaient le regard rivé sur l'angle de la maison où Madeleine avait disparu de leur champ de vision, et par où elle devait résolument réapparaître.

Les minutes étaient interminables.

Toujours aucun bruit. Même les oiseaux avaient cessé de gazouiller, comme si la nature se montrait solidaire et retenait son souffle devant ce suspense insupportable.

Soudain, la jeune malinoise se mit à remuer la queue, soulevant la terre sèche du potager. Un nuage de poussière qui laissait enfin apparaître une éclaircie : Madeleine était de retour. Elle avançait au rythme de la colère, en trainant Rudolf par la main. Tête baissée, bouche en cul de poule, il se laissait embarquer sans rien dire, tel un pantin désarticulé. La réprimande avait dû être sévère, mais le pire avait sans doute été évité. Et la rancune contre Doris d'autant décuplée.

Les mots « Grenier »... « interdit »... « fini les sottises »... s'échappaient du flot de remontrances incompréhensibles que la distance étouffait.

Pourvu qu'il n'ait pas eu le temps d'aller plus loin.

Tout n'était peut-être pas encore perdu.

Lorsqu'ils arrivèrent à sa hauteur, Rudolf lui jeta un regard menaçant et gorgé de haine qui traduisait sans ambiguïté son sentiment d'injustice.

Le sentiment amer d'avoir été manipulé, d'avoir été trompé et trahi. Il avait été réprimandé et peut-être mérité la fessée pour des paroles qu'il n'avait pas tenues. Il n'avait sans doute pas eu le temps de monter jusqu'à la porte du grenier. A priori, il s'était juste fait surprendre dans l'escalier sans avoir le temps de découvrir quoi que ce soit.

Mais Doris comprit également qu'il serait désormais surveillé en permanence. Que son frère ne le lâcherait plus avant d'avoir assouvi une vengeance proportionnée. Qu'il ne lui laisserait plus aucun répit jusqu'au retour de leurs parents. Tout était foutu. Il n'allait pas pouvoir repartir dans l'autre monde pour rejoindre Kaafu et Wilick avant un bon moment. Qu'allaient-ils penser de lui ? Qu'il n'était finalement pas l'élu, après les voir lâchement abandonnés. Qu'il avait menti au sujet du médaillon sacré. Que la prophétie ne s'adressait pas à lui… Quel gâchis ! Doris s'en voulait terriblement.

Rudolf était loin d'être stupide. Il n'était pas aussi rusé et malicieux que son jeune frère, mais il avait une capacité d'analyse assez surprenante. Si seulement il était capable d'en faire usage pour modérer ses excès de personnalité, tout le monde s'en porterait beaucoup mieux.

Il avait compris que son frère avait manipulé sa grand-mère pour l'empêcher d'aller au grenier. Par conséquent, il était désormais convaincu que Doris y était allé. Mais dans quel but ? Avait-il caché quelque chose ? En tout état de cause, il s'agit d'un objet suffisamment important pour qu'il prenne le risque d'enfreindre l'interdiction de pénétrer dans cette pièce interdite. Rudolf allait tout faire pour le découvrir.

Sa main continuait de caresser tendrement la jeune chienne, tandis que l'autre se compressait de colère, inconsciemment, au point d'en faire craquer ses phalanges. La scène se déroula au ralenti, comme dans un western bon marché, les deux frères se croisèrent, le regard noir et menaçant.

Comment avait-il pu être aussi naïf, aussi insouciant ? Mettre tant de choses en péril, l'avenir de ses amis Kaafu et Wilick. L'avenir d'un royaume, du monde merveilleux, du monde qu'il a toujours rêvé de connaître en vrai. Ce monde qui au fond de lui avait toujours existé.

Il allait devoir se surpasser. Faire preuve de courage pour

aller au-devant de ses peurs, de la peur de son frère, de la peur de partir, loin des siens et de son monde. Il se sentait perdu au cœur d'une tornade d'émotions et de doutes.

Il devait absolument se tenir à distance de son frère.

La prudence lui recommandait de partir cette nuit pendant que tout le monde dormait. Mais exceptionnellement, son lit était dans la même chambre que son frère.

Pourquoi ne pas prétexter un coup de fatigue après le repas du midi ? Pendant que son frère finirait son repas toujours plus copieux que le sien, il lui suffirait de remonter discrètement au grenier, récupérer son sac caché dans la malle en bois, sortir les pierres magiques et repartir sur le champ dans le monde merveilleux.

Après tout, quelle importance qu'il parte de jour ou de nuit. Jusqu'à présent, il était toujours passé dans l'autre monde à n'importe quel moment de la journée.

Plus il attendrait et plus il allait prendre le risque que son frère le surprenne et l'empêche de partir.

La matinée se déroula en silence, dans une ambiance tendue, ponctuée de regards assassins de Rudolf. Madeleine, qui sentait cette nervosité, avait écarté les deux frères d'un bout à l'autre du potager afin d'éviter toute confrontation, comme les chiots d'une même portée qui seraient prêts à en découdre pour un os abandonné.

Même si la situation la faisait sourire, il fallait garder son sérieux pour conserver toute sa crédibilité. Penchée en avant le dos courbé, elle ramassait les légumes en gardant un œil attendri sur ses deux petits monstres.

Une fois le soleil au zénith, la chaleur accablante rendait la cueillette des haricots bien trop pénible, excepté pour la jeune chienne qui surveillait tout ce petit monde, allongé en sphinx à l'ombre d'un figuier.

— Allez les enfants, s'écria Madeleine en se redressant

douloureusement. Ça suffira pour aujourd'hui. On rentre ! Vous avez mérité un grand verre de grenadine bien fraîche. Rudolf, va donc prévenir ton grand-père qu'on passe à table dans un quart d'heure, le temps que je prépare à manger. Quant à toi Doris, tu va m'aider à porter la récolte.

Rudolf partit comme à son habitude en ronchonnant, soulevant la poussière en raclant ses pieds au sol. Finalement, il n'était jamais content.

Madeleine récupéra le panier que Rudolf avait abandonné au milieu de son rang de haricots.

– Tiens mon petit cœur, aide-moi à tout rassembler dans le même panier. Maintenant qu'il est parti, tu peux me le dire… explique-moi ce que voulait faire ton frère dans le grenier ?

– Dans le grenier ? s'étonna brillamment Doris.

– Votre mère vous l'a pourtant interdit, mais non… il est persuadé que tu y as caché des trucs…

– Il veut surtout en profiter pour me piquer mes œufs en chocolat qu'on a ramassés pour Pâques.

– Encore cette histoire de chocolats ! Mais ce n'est pas possible à la fin, s'offusqua sa grand-mère.

– Il doit croire que j'en ai caché dans le grenier… mais c'est n'importe quoi, on n'a pas le droit d'y aller et en plus tout le monde sait très bien que j'ai peur dans le noir.

– C'est vrai que tu as peur du noir mon petit cœur. Mais tu sais, sans lumière, ton grand frère n'est pas plus vaillant.

– Ah bon ?

– Si votre mère apprend que l'un de vous y êtes allé, c'est moi qui vais me faire enguirlander.

– Je ne dirai rien, mamie. Et ce n'est pas Rudolf qui va se dénoncer.

– Vu qu'il n'en démord pas, cette tête de mule, je vais te donner un coup de pouce. Mais ça reste entre nous. D'accord ?

— Comment ça ?

— C'est simple, je vais le garder avec moi à la cuisine, on va préparer le repas de midi. Pendant ce temps, tu en profiteras pour aller cacher tes chocolats dans l'armoire de ma chambre, chuchota Madeleine à l'oreille de son petit-fils, en terminant sa phrase par un clin d'œil.

Doris se jeta au cou de sa grand-mère en signe de reconnaissance. Encore une fois sans le savoir, sa grand-mère le sortait de l'impasse et rendait possible son retour dans le monde merveilleux. L'étreinte du jeune garçon en disait plus que Madeleine pouvait s'imaginer.

Cette sensibilité ne cessera jamais de l'étonner. Elle avait tellement de facilité à le comprendre, que certains mystères de sa personnalité la bouleversaient.

À cet instant, Doris réalisa que son ultime recours était de partir tout de suite. Sans réfléchir. Pendant que son frère était retenu entre les mains de sa grand-mère.

C'était le moment idéal.

Sa dernière carte à jouer.

21

Les heures passaient. Les jours défilaient sans que rien ne se passe. La douce mélodie de la pluie qui ruisselait entre les roches contrastait avec un silence de plus en plus pesant. L'espoir de revivre, un jour, un monde meilleur s'évaporait progressivement comme neige au soleil. Assis au coin du feu, la tête basse, le regard dans le vide, ils restaient prostrés sans dire un mot dans l'obscurité de cette pièce. Ils n'osaient même plus se regarder, ensevelis sous cet amoncellement de désillusions, cette attente interminable.

Soudain, une voix rauque émergea de l'ombre :

— Je te l'avais dit...

— Quoi ?

— Je t'avais dit que ce n'était pas une bonne idée !

— Comment peux-tu dire une chose pareille ?

— C'était évident ! Il était trop jeune et bien trop fragile pour supporter une telle responsabilité. Tu as tout misé sur lui, et nous voilà dans de beaux draps maintenant...

— Parce que tu avais une meilleure idée, peut-être ?

— Il ne fallait pas lui mettre de faux espoirs dans la tête à ce petit... et si jamais il s'était mis en danger pour retrouver le médaillon du Roi Aggor. En plus, qu'est-ce qui nous prouve qu'il s'agit réellement du médaillon que l'on cherche ? Qu'est-ce qui nous dit qu'il ne va pas se mettre en danger pour récupérer un truc qui ne nous servira à rien ? J'espère pour toi qu'il ne lui est rien arrivé...

— Arrête de te tracasser comme ça Kaafu, je vois bien que tu te fais du souci pour le petit, mais qu'est-ce que tu veux qu'il lui arrive ? interrogea Wilick.

En s'avançant, les flammes de la cheminée illuminaient son visage marqué par la fatigue et cette attente interminable. Les poils en chignon sur le sommet du crâne et la barbe hirsute indiquaient qu'il n'avait pas bougé depuis le départ de Doris.

– Le médaillon est sacré dans ce monde. Il a une valeur inestimable à nos yeux, mais là-bas, il ne s'agit que d'un simple pendentif sans importance.

– Tu as sans doute raison, comme d'habitude...

– Après toutes les galères que nous avons endurées, mon cher Kaafu, toutes les misères qui se sont abattues autour de nous et sur nos proches, qu'est ce qui pourrait nous arriver de pire ?

– Qu'il ne revienne pas !

Comme le pivert qui tape sans relâche sur le tronc de l'arbre, ces mots martelèrent l'esprit du vieux fou. Une résonance franche et inattendue. La silhouette du vieil ermite se recula pour disparaître lentement dans l'ombre de son fauteuil, torturé par la culpabilité de n'avoir peut-être pas pris la bonne décision. Après un long silence et un raclement de gorge disgracieux, empreint d'une gravité inhabituelle, sa voix s'échappa de l'obscurité de la pièce :

– Depuis toutes ces années, tu es le seul à avoir cru en moi et à mes histoires de légendes. Tout le monde m'a tourné le dos, préférant vivre dans ce monde dévasté, ou plutôt survivre dans le mensonge. Survivre dans l'illusion. Sacrifiant toutes les nuits au profit d'une paix fragile et éphémère le jour. Quelle hypocrisie de croire que le monde des ténèbres puisse nous épargner ? Au même titre que la forêt noire, jadis si belle et si prospère, les survivants de cette région qui abritait les trois anciens royaumes ne tarderont pas à tomber sous le joug de ce tortionnaire de Drakkar, sous la domination du royaume des ténèbres. Mais toi, mon ami, tu m'as écouté. Tu as continué de venir me voir, alors que tout le monde me prenait pour un fou. Un vieil ermite reclus dans sa grotte, passant ses journées et ses nuits à étudier de vieux manuscrits que personne ne comprenait. Cherchant désespérément la solution à toute cette désolation. La faille qui permettrait de renverser le destin tragique dans lequel les forces du mal, cruelles et maléfiques, ont plongé notre si belle contrée d'autrefois…

— Moi non plus je ne comprends rien à ce qui est écrit dans ces manuscrits, mais j'adore écouter tes histoires. En plus, il fait bon vivre chez toi et la gamelle n'est pas mauvaise, ironisa Kaafu. Chez nous, les scarabées, la famille est ce qu'il y a de plus sacré. Tu es mon ami Wilick. Il est normal que je prenne soin de toi comme de ma famille. Et puis, n'oublie pas que j'ai une dette envers toi. Si tu n'avais pas été là…

— Mais non, mais non, tu aurais certainement réagi comme moi ce jour-là. Tiens, sers-moi donc un verre, au lieu que de dire n'importe quoi.

— Tu n'as pas faim, plutôt? suggéra Kaafu. Depuis combien de temps on n'a rien avalé? Je crois que tu devrais lever un peu le pied sur la liqueur. Non?

— Pas du tout, reprit le vieux fou en se redressant fièrement sur son fauteuil.

— C'est vrai que j'aime bien venir te voir et écouter tes histoires de légendes, de prophétie et de magie ancestrales, mais je n'y ai jamais cru réellement. Bien sûr que Drakkar et ses hordes de taupes enragées nous font vivre un enfer la nuit, mais ça reste marginal, et seulement sur une partie du territoire.

— De jour en jour, il gagne du terrain. Drakkar renforce ses alliances avec les espèces toujours sous l'emprise de l'ancien sortilège de la reine Arras. J'ai entendu dire qu'il recrutait dans la plus grande discrétion une armée de fidèles ralliés à sa cause. Une gigantesque armée, des fourmis, des scolopendres et des araignées monstrueuses. Même les chauves-souris, reconnues pour leur neutralité légendaire, ont cédé à la tentation de rejoindre les rangs de ses troupes. Pour preuve, le petit en a fait les frais pendant sa nuit passée au cœur de la forêt noire. Une fois prêt, le royaume des ténèbres submergera l'ensemble de la Contrée, répandant la terreur de jour comme de nuit. Drakkar engagera ses bataillons dans une stratégie de destruction, d'anéantissement et d'asservissement définitif des dernières espèces vivant encore sur ces terres. Le chaos est proche...

— Tu dramatises beaucoup trop les choses, comme d'habitude. Tu m'étonnes que tout le monde te prenne pour un fou.

— Je ne suis pas fou ! hurla Wilick en se redressant.

Le changement brutal d'intonation fit sursauter le scarabée géant. Il n'avait pas voulu le blesser, mais visiblement le manque de nuance et l'ironie dans ses propos avaient profondément heurté son ami. Il ne lui avait jamais parlé ainsi, avec autant de violence et d'animosité dans la voix.

— Je ne voulais pas te vexer, tu sais, s'excusa immédiatement Kaafu... je me fais tellement de soucis pour le petit que je ne sais plus très bien ce que je dis. Bien sûr que tes histoires, toutes aussi farfelues les unes que les autres, ne m'ont jamais vraiment convaincu, mais elles ont toujours occupé un coin de ma tête. Le jour où j'ai fait la rencontre de Doris, j'aurais très bien pu passer mon chemin et ma petite vie tranquille n'aurait pas été chamboulée du jour au lendemain. Mais ce petit garçon, complètement perdu et si vulnérable, m'a touché sans que je puisse l'expliquer. Avec sa petite bouille et son air innocent, je me voyais mal l'abandonner au milieu de nulle part. J'étais sa seule chance de s'en sortir.

— Et tu as bien fait…

— À y réfléchir, il ne m'a pas vraiment laissé le choix. Un vrai pot de sève de pin, le p'tit, il ne m'a plus lâché. Et quelle pipelette ! Par contre, j'ai tout de suite compris qu'il était différent. Bien sûr, physiquement, je n'en ai jamais connu de pareil, mais ce qu'il est aussi au fond de lui est particulier. C'est une véritable étoile à l'état brut. Sans compromis, il m'a ouvert son cœur ! s'émut discrètement le scarabée géant. Et en toute confiance, il m'a révélé son secret.

— Les œufs magiques ?

— Il n'était pas obligé de le faire. Après tout, on se connaissait à peine.

— Il aurait pu tomber sur quelqu'un dont les intentions n'auraient pas été aussi louables que les tiennes, mon cher Kaafu.

— Bah oui ! Et là, tout m'est instantanément revenu en mémoire. Je me rappelais parfaitement les croquis des reliques des trois anciens royaumes que tu m'avais si souvent montrés dans tes livres. Chaque détail de cette légende a refait surface dans mon esprit. Tout était comme ce jeu que tu raffoles tant. Tu sais, ces petites pièces biscornues que tu regroupes entre elles pour reconstituer l'image d'origine.

— Le puzzle ?

— Voilà ! C'est ça ! Comme un puzzle ! au fur et à mesure que les pièces s'assemblaient dans ma tête, tout devenait limpide. C'est pour ça qu'on est venu te voir. Si je pensais que tu n'étais qu'un fou délirant, crois-tu sincèrement qu'on aurait fait tout ce chemin jusqu'ici ?

— Humm…

— Mais, à aucun moment je ne me suis douté que ça pouvait être l'élément central de toute cette histoire. L'autre soir, quand tu nous as raconté la légende du Roi

Aggor, des trois royaumes déchus, de la prophétie… alors là d'accord, je me suis effectivement posé la question si Doris n'était pas l'élu.

— Doris EST l'élu. Je n'ai plus aucun doute là-dessus. Lui seul a la capacité de sauver notre monde, rajouta Wilick en se redressant péniblement dans son fauteuil.

— Et s'il ne revenait pas ?

— Alors tout serait perdu… à jamais. Il est notre seul moyen de vaincre les forces du mal. Il est notre dernier espoir.

— Il doit bien exister un autre moyen ? s'énerva le scarabée géant. Il suffit de chercher dans tes vieux grimoires. À deux, on finira par trouver une solution.

— C'est peine perdue, mon vieil ami. Sans l'élu, c'est impossible, la prophétie est formelle.

— Alors, il doit absolument nous rejoindre… j'ai confiance en lui. Il va revenir.

L'atmosphère s'assombrit au rythme des braises qui se consumaient dans l'immense cheminée de pierres qui leur faisait face. Perdus dans leurs pensées et leurs inquiétudes respectives, les deux amis se revêtirent de nouveau de ce silence qui les réconfortait sans grandes convictions.

Wilick se releva en prenant appui sur les bords du fauteuil en forme de nie d'oiseau, se pencha en avant pour remettre une nouvelle buche dans le foyer, sous le regard absent de Kaafu.

— C'est ma faute… lâcha Wilick d'une voix rauque.

— Mais non, ne dis pas ça, c'est la faute de personne, rassura Kaafu.

— Bien sûr que si, c'est moi qui ai fait disparaître le médaillon…

— Quoi ? s'exclama le scarabée géant en se redressant.

— Tu as très bien compris, c'est moi qui l'ai fait disparaître. Donc il est très probable que ce soit effectivement le bon médaillon que Doris est persuadé d'avoir reconnu.

— Tu me fais marcher, ce n'est pas possible !

— Ne t'énerve pas, je vais t'expliquer.

— Je t'écoute ! s'impatienta Kaafu.

— Je… je suis tombé dessus par hasard. Il y a des années de ça, je n'étais encore qu'un gamin, lors d'une promenade dans les bois à la recherche de champignons. Tu sais très bien que je me nourrissais presque exclusivement de champignons à cette…

— Vas droit au but, s'il te plaît, j'ai la tête qui va exploser, si ça continue, s'énerva Kaafu.

— Il y avait eu un terrible affrontement. Des libellules messagères, certainement victimes d'une attaque-surprise, un guet-apens meurtrier tendu par un bataillon de taupes enragées avec la complicité d'araignées géantes puisque j'ai retrouvé des traces de leurs fils de soie gluants. Malheureusement, pas une seule d'entre elles n'avait survécu. Comme tu le sais, les libellules ne transmettent pas exclusivement des messages importants. Ce jour-là, elles transportaient un colis très spécial. Un écrin scellé du sceau de la résistance contre le royaume des ténèbres, enfin ce qu'il en restait…

— Et ?…

— Je suis tombé dessus par hasard. L'écrin se trouvait sous un épais matelas de feuilles mortes. Comme si la nature s'était empressée de le faire disparaître, le cacher aux yeux de ces monstres infâmes qui avaient dû longuement le piétiner en savourant leur macabre victoire.

— Et qu'est-ce que tu as fait ensuite ? interrogea Kaafu captivé par cette soudaine révélation.

— J'ai tout de suite reconnu le sceau de la résistance, alors je l'ai caché sous mon manteau et je suis rentré en vitesse me mettre à l'abri dans une grotte qui deviendra bien plus tard mon refuge dans lequel nous nous trouvons. Une fois le sceau brisé, j'y ai découvert trois choses : un parchemin avec des instructions écrites dans une langue très ancienne, de la poudre dorée en faible quantité et le fameux médaillon du Roi Aggor. Pendant des mois, je me suis acharné à déchiffrer le message inscrit sur ce bout de parchemin. À force de persévérance et de regroupement, j'ai fini par comprendre, des années plus tard, qu'il avait été arraché d'un manuscrit dont je n'ai malheureusement jamais retrouvé l'origine. Au fil du temps, j'ai rassemblé tant bien que mal toutes sortes d'écrits que je retrouvais au gré de mes excursions sur les vestiges de l'ancien royaume du Roi Aggor enfoui sous une épaisse végétation.

– Et ?

– Et un jour... je suis enfin parvenu à traduire l'intégralité du message. Les instructions n'étaient que partielles, mais d'une clarté accablante. Il fallait impérativement faire disparaître le médaillon. Pour cela, il suffisait de le recouvrir de la poudre d'or contenue dans l'écrin tout en récitant scrupuleusement le sortilège inscrit sur le parchemin. Il était indispensable qu'il ne tombe pas aux mains du royaume des ténèbres. Par précaution, il était préférable qu'il disparaisse à jamais.

– C'est ce que tu as fait ?

– J'ai longtemps hésité avant de procéder au rituel magique. Je n'y connaissais pas grand-chose à l'époque. Mais il était indispensable de le faire. Et je ne pouvais en parler à personne de suffisamment de confiance. Alors, je me suis résolu à le faire moi-même. Un secret jamais révélé... jusqu'à aujourd'hui. C'est seulement des années plus tard, en regroupant davantage de récits que j'avais accumulés au gré de mes recherches que j'ai compris que le médaillon ne pouvait être détruit. Donc le sortilège était simplement prévu pour le faire disparaître... de notre monde. Il avait juste été propulsé, éjecté... enfin, comment pourrait-on dire... envoyé dans un autre monde ? Et visiblement, dans le monde de l'enfant, de l'Élu... de notre petit Doris.

Devant autant d'évidences et de révélations sulfureuses, Kaafu venait de saisir la gravité de la situation. Il restait immobile, choqué, assis en silence dans son fauteuil. Seules les flammes dansaient en silence dans l'antre de la cheminée. Kaafu n'en revenait pas que son vieil ami, en qui il avait accordé toute sa confiance, ait pu lui cacher une chose aussi importante.

— La prophétie est donc en train de se réaliser... murmura Kaafu.

Il était terrifié à l'idée d'avoir envoyé le jeune garçon, seul et sans défense récupérer la pièce maîtresse qui ramènerait la paix dans la Contrée de Célen, la clé de voûte de tout cet édifice de reconquête des trois anciens royaumes.

En silence, ils se mirent à croire en un avenir meilleur.

L'espoir de revoir Doris réapparaître avec le médaillon murissait progressivement dans leurs esprits chahutés. Alors, un long et périlleux voyage les amènerait jusqu'aux confins de la Contrée.

Mais si Doris ne revenait pas, ce serait la fin de tout. Et le vieux fou le savait très bien. C'est d'ailleurs pour cette raison qu'il n'a rien révélé au jeune garçon. Car la gravité d'une telle mission pouvait aussi lui faire perdre pied. Le faire paniquer, au point de ne plus souhaiter revenir. Sa naïveté et son insouciance étaient sa force.

— Alors pourquoi n'est-il pas là? insista Kaafu. Comment peut-on être sûr qu'il va revenir ici, dans cette grotte ?

— Je n'en ai aucune idée, malheureusement.

— Désormais, notre priorité n'est plus de se poser la

question de savoir s'il va revenir ou non. Il faut être sûr qu'il ne lui arrive rien le jour de son retour. D'autant plus que Drakkar est désormais informé de sa présence. Ses exploits, face à la monstrueuse araignée de la forêt noire, ne sont pas passés inaperçus. Le monde des ténèbres doit être en ébullition pour retrouver sa trace. Je ne vais certainement pas rester ici, les pattes croisées, à attendre qu'il revienne.

– D'autant plus qu'il sera en possession des pierres magiques et peut-être du médaillon sacré...

– Tu restes ici au cas où, et moi demain, je pars à sa recherche aux premières lueurs du jour.

Ne t'inquiète pas Doris... j'arrive

22

Le corps ankylosé, il restait immobile, allongé sur le sol. Tous ses membres étaient lourds et lui interdisaient le moindre mouvement. Cependant, cette sensation familière le rassura. Elle lui rappelait le souvenir de ses passages précédents dans le monde merveilleux. Mais le doute s'empara subitement de son esprit. Il n'avait pas le souvenir d'avoir procédé au rituel habituel indispensable au passage. Il ne se souvenait plus de rien. Était-il parti rejoindre Kaafu ou lui était-il arrivé une mésaventure dans le monde réel ? Que s'était-il passé ? Avec beaucoup de difficulté, il s'efforça d'ouvrir ses paupières qui ne répondaient plus. Sa vision trouble reconnut la couleur caractéristique du sol. La terre de Sienne qui lui maquillait vulgairement le visage comme la dernière fois. Il avait désormais la certitude d'être passé dans le monde merveilleux. Comment était-il arrivé là sans s'en rendre compte ? Des images floues lui revinrent en mémoire. Des flashs aussi brefs qu'incompréhensibles, lui suggéraient timidement quelques indices. Le visage radieux de sa grand-mère lui signifiant de partir d'un geste de la main... debout dans sa cuisine, un sourire complice... il se voit monter les étages en courant... la moquette verte usée de l'escalier... le grenier...

Tant d'images nébuleuses, de scènes approximatives.

Puis un cri. Plusieurs cris.

Tout était emmêlé dans sa tête.

Comme au premier jour, il reprit progressivement ses esprits. Encore étourdi, il se releva en douceur. Les paysages aux couleurs resplendissantes vacillaient autour de lui, il tenta quelques pas maladroits, mais ses jambes se dérobèrent rapidement. Il finit par s'adosser au pied d'un gros rocher, assis sur cette terre aux couleurs de braises incandescentes. Inconsciemment, ses petites mains s'enfouirent dans le sol, serrant cette poussière pourpre de toutes ses forces, comme s'il se raccrochait désespérément à cet endroit qui lui avait tant manqué. Même si l'absence de souvenirs continuait de l'inquiéter, il était rassuré d'être parvenu jusqu'ici, dans le monde merveilleux...

Il était de retour. Enfin.

Il avait donc réussi à échapper à son frère. Une fois encore, sa grand-mère avait été d'une aide précieuse. Elle avait réussi à faire diversion pour lui permettre de s'éloigner seul, sous prétexte d'aller ranger ses chocolats dans l'armoire de sa chambre. Pour le protéger de l'acharnement de Rudolf. Si seulement elle savait. Si seulement il pouvait lui dire qu'en réalité elle lui avait ouvert les portes de son voyage dans l'autre monde. Un jour, il devra lui révéler toute la vérité, lui raconter tout depuis le début et en détail. Sans elle, il n'aurait peut-être jamais réussi à accomplir... la mission !

Mais bien sûr, la mission... retrouver le médaillon sacré du Roi Aggor ! Comment avait-il pu oublier ?

Comme des pièces éparpillées en suspension, son esprit recollait progressivement les morceaux de sa mémoire : une pièce sombre, son sac à dos dans une malle en bois, des toiles d'araignée, les pierres magiques, son carnet des secrets rempli de croquis, beaucoup trop de paires de chaussettes et le pendentif.

Sa vision se rétablissait progressivement jusqu'à devenir presque normale. Il en profita pour scruter l'espace autour de lui à la recherche de ses pierres magiques. Très vite, il en récupéra une des trois qui se trouvait à quelques centimètres de lui.

Impossible, il n'avait pas pu passer d'un monde à l'autre avec une seule pierre. La magie n'opère qu'au déroulement d'un rituel très précis : le frottement dans une seule main des trois pierres entre elles. Donc les deux autres étaient forcément ici. Il ne s'était jamais réellement posé la question de savoir comment il transitait d'un monde à l'autre. S'il apparaissait simplement, s'il se décomposait d'un côté pour se reconstruire de l'autre, s'il tombait du ciel. Toujours est-il qu'il n'en gardait systématiquement aucun souvenir, il avait juste l'impression d'être sonné après un réveil difficile. Mais cette fois-ci, la chute avait dû être brutale, étant donné l'état de sa salopette, et l'absence de ses pierres magiques autour de lui.

Toujours accroupi, il se mit à fouiller le sol des deux mains. De plus en plus frénétiquement, gesticulant à quatre pattes au milieu d'un nuage de poussière rouge, Doris perdait patience à l'idée d'avoir fait une faute irréversible. Soudain, il se figea instantanément. Il venait de réaliser également qu'il n'était pas en possession de son sac à dos. Comment était-ce possible ?

La situation virait à la catastrophe. Non seulement il ne parvenait pas à remettre la main sur les deux autres pierres, mais en plus il était venu sans son sac qui contenait le médaillon. D'un côté, il était bloqué ici sans pouvoir repartir dans le monde réel. D'un autre côté, il était revenu pour rien puisqu'il n'avait visiblement pas pris le seul objet qui pouvait lui permettre de continuer son aventure pour sauver le monde magique.

Encore ce t-shirt qui lui serrait le cou.

Il lui manquait des maillons de la chaîne pour trouver les réponses à ses questions. Il n'avait pas fait tout ça pour rien. Il continuait à chercher, à ratisser cette terre sous un soleil de plomb. La sueur du front lui brûlait les yeux. Il commençait à perdre son calme, réalisant l'impasse dans laquelle il s'était plongé, guidé par cette impatience légendaire, cette manie de toujours faire les choses trop vite et sans réfléchir.

Le constat était sans appel. Il était passé dans le monde merveilleux sans le médaillon, et bloqué ici sans aucun retour possible. Il avait encore joué avec le feu, mais cette fois, les blessures ne cicatriseraient jamais.

Quel imbécile je suis !

Il s'assit, désespéré, les bras ballants, le regard dans le vide. Mais les larmes ne venaient pas. Pourtant, il était triste d'avoir tout gâché. Pourtant, il avait peur. Qui n'aurait pas eu peur à sa place. À son âge. Perdu dans un monde qu'il connaissait à peine. Sans personne. À part Kaafu, un scarabée géant qui ne pense qu'à manger et Wilick, un vieux fou perdu au fin fond d'une grotte qui passe ses journées à lire de vieux manuscrits. Dans un endroit bien trop lointain pour qu'il se souvienne du trajet à emprunter. Ses seuls souvenirs étaient une route interminable, semée d'embuches qui avait failli lui couter la vie, une randonnée éreintante en pleine nature, des ampoules aux pieds... mais à quoi bon partir à la recherche de ses amis, puisqu'il avait échoué dans sa mission. Il n'avait pas rapporté le médaillon alors qu'il était certain désormais de l'avoir trouvé. Il se revoyait l'enfouir au fond de ce fichu sac.

En prenant appui sur ses mains, traçant des sillons dans la terre, il se traîna en arrière jusqu'au tronc le plus proche. À l'ombre d'un arbre pour réfléchir. Que s'est-il donc passé dans ce grenier ? Il avait pourtant tout prévu. Pourquoi ne s'est-il pas réveillé avec toutes les pierres dans la main comme à chaque fois ? Pourquoi n'avait-il pas son sac à dos, alors qu'il avait forcément récupéré les pierres à l'intérieur ?

Il ferma les yeux, replongea dans sa mémoire et se

concentra pour visualiser la scène. Il se revoit vaguement monter au grenier…Il est seul. Pressé et attentif au moindre bruit. Il redouble de méfiance. La porte est fermée devant lui. Sa main pousse le bois épais. Un grincement de charnière. Il se voit maintenir la porte entrouverte avec un vieux pied de parasol rouillé. La lumière inonde la pièce. Des millions de particules de poussière s'agitent en suspension dans l'air. Il avance plus sûrement que dans l'obscurité. Sa main soulève le couvercle de la malle en bois. Son autre main agrippe son sac… Puis plus rien. C'est le trou noir.

Toujours assis au sol, il enroula ses bras autour de ses jambes, recroquevillé sur lui-même, les yeux fermés, comme s'il voulait disparaître.

Quel cauchemar! Dans quoi je me suis embarqué, bon sang!?

Et ce nez qui le chatouille.

Alors que sa main s'apprêtait à se gratter le visage, il rouvrit brusquement les yeux et découvrit à sa grande surprise un magnifique papillon en équilibre au bout de son nez. Le face-à-face effraya l'insecte qui s'envola en un battement d'ailes et s'engagea dans une danse autour de lui. Un instant de grâce, un ballet délicat empreint de poésie. Une beauté naturelle aux infinies nuances arc-en-ciel.

Sous le regard médusé du jeune garçon immobile, et après maintes hésitations, le magnifique papillon finit par se poser délicatement sur son index.

— Bonjour… mon beau, chuchota Doris, le sourire aux lèvres, en reprochant lentement sa main, comme si, instantanément, il venait d'oublier tous ses tourments.

— Bonjour… Doris, répondit le papillon d'une voix affirmée.

Le jeune garçon recula brusquement la tête, les yeux écarquillés.

— Mais... comment connais-tu mon nom ?

— Ici, tout le monde connaît ton nom. Dans ma famille, depuis des générations, on sait qui tu es, et que tu t'appelles Doris.

— Alors ça...

— Enchanté, je m'appelle Phylatrodis, reprit le papillon en s'inclinant des pattes avant et en réalisant un genre de salutation d'un battement des ailes.

— Mais...

— Tu as très bien connu mon arrière-grand-père Phylatrodis, reprit le jeune papillon visiblement amusé par son étonnement.

— Mais, comment...

— Tout le monde connaît ta force et ton courage. Nous apprenons dès le plus jeune âge ton histoire et les exploits que tu as accomplis face au monde des ténèbres. Depuis des générations, nous espérons ton retour, reprit fièrement le jeune papillon. Aujourd'hui est un grand jour. Puisse notre aide te porter secours et te servir comme il se doit !

— Je ne comprends plus rien. Me servir à quoi ? Et comment ça « nous » ?

— Heu... moi et mes cousins... enfin toute ma famille.

C'est alors qu'apparurent, venant de nulle part, des dizaines puis des centaines de papillons aux couleurs éblouissantes. Ils se rassemblèrent jusqu'à former une sorte de nébuleuse, un énorme nuage en perpétuel mouvement. Dans un léger froissement de battements d'ailes à peine perceptible, ce nuage hypnotisant se déplaçait à la manière d'une gigantesque nuée d'étourneaux. Doris n'avait jamais vu un tel spectacle, autant de papillons en même temps, tous plus somptueux les uns que les autres, jusqu'au moment où l'un d'eux s'échappa du groupe, s'approcha du jeune garçon et s'exclama avec le plus grand respect : « Bonjour Doris ! Phylatrodis, pour vous servir ! »

Comme des groupies surexcités devant leur idole, ils s'avancèrent les uns après les autres, en cascade, dans un brouhaha assourdissant. Une hystérie collective de cris, de battement d'ailes, se présentant par leur nom comme s'ils ne s'appelaient pas tous Phylatrodis. Doris resta bouche bée devant ce spectacle psychédélique, grandiose et grotesque à la fois.

— Bon... bonjour, mes amis ! s'émerveilla le jeune garçon... qu'est-ce que vous êtes beaux !

Sur ces quelques mots, le silence revint instantanément. Ne sachant à qui répondre précisément, Doris approcha sa main sur laquelle le premier papillon était toujours accroché, et lui dit :

— Moi aussi... heu, je suis enchanté de vous rencontrer, Phylatrodis. C'est gentil de vouloir m'aider, mais je crains que vous ne puissiez pas faire grand-chose. Ce serait un peu long à expliquer, mais... disons que, c'est plutôt moi qui étais venu pour vous apporter mon aide et j'ai tout raté.

— Mais non, tu vas trouver une solution, comme à chaque fois. Le Doris dont nous a parlé notre arrière-grand-père est vaillant et téméraire. Il ne baisse jamais les bras.

— Ah bon ?

Le jeune garçon accepta volontiers les compliments, mais la triste réalité le rattrapa aussitôt. Comme s'il ne souhaitait pas que la nouvelle s'ébruite davantage, il s'expliqua en chuchotant :

— En fait, je ne me souviens de rien. Je devais rapporter un objet de la plus haute importance à des amis. Je ne sais même pas si je l'ai égaré ou s'il est resté dans... enfin, chez moi. Et le pire c'est que je ne peux même plus rentrer chez moi parce que j'ai perdu... comment dire... la clé ? Voilà, j'ai perdu la clé de chez moi !

— Et bien, nous allons t'aider à trouver la clé de chez toi !

Je te l'ai dit, nous sommes là pour te servir. Tu n'es pas n'importe qui, tu es Doris le conquérant, Doris le brave. Mes cousins et moi avons tous étudié tes exploits pendant notre longue période d'apprentissage.

— Pendant votre... quoi ?

— Avant de devenir les magnifiques papillons que nous sommes, nous avons passé de très longs mois dans notre cocon. C'est confortable, mais il n'y a pas grand-chose à faire. C'est ainsi que nous réalisons notre apprentissage. Nous forgeons nos connaissances sur la courte vie qui nous attend à notre sortie. Tu imagines si l'on devenait papillon avec la tête vide ! Ce serait vraiment n'importe quoi ! Non ?

— C'est sûr, s'amusa Doris, j'en connais qui sont plus âgés que moi et qui ont un courant d'air à la place du cerveau ! Bah... ce n'est pas triste à voir !

— On ne serait pas parler, se nourrir, comment trouver son âme sœur. On ne connaîtrait rien de notre histoire et de ce qu'il faut absolument accomplir pour que les générations futures survivent. On serait incapable de trouver le chemin de la Montagne des éphémères, notre refuge éternel. On reste suffisamment longtemps dans notre cocon, pour tout mémoriser ce qu'il nous faut savoir le jour où nous devenons ce que nous sommes aujourd'hui... enfin bref, c'est une longue histoire.

— Whaou... c'est génial !

— Bon... alors, tu disais qu'il fallait retrouver la clé de chez toi ? Et si on commençait par rassembler toutes tes affaires, tes pierres magiques...

— Attends, mais vous savez où se trouvent mes autres pierres ? Mais vous ne pouviez pas le dire plus tôt ? se réjouit Doris en se relevant d'un bon.

— Tu nous as parlé de tes clés, pas de pierres magiques ! s'étonna innocemment le papillon.

— Mais comment... vous êtes au courant pour les

pierres ?

— On se souvient de tout ce que tu as raconté à notre arrière-grand-père après votre trépidante aventure au cœur de la forêt noire...

Phylatrodis se retourna vers la nuée de papillons toujours en mouvement. Il leur donna une indication d'un claquement d'ailes. Le nuage de papillons se mit en mouvement pour se transformer en véritable reproduction de différentes scènes en trois dimensions d'un réalisme époustouflant. Doris restait sans voix. Il se vit : marcher un panier à la main... se baisser pour trouver les œufs magiques. Les papillons s'éparpillaient dans le ciel pour former de nouveau une autre scène, toujours en mouvement, il se vit : accroupi dans sa chambre en train de faire tourner les œufs dans sa main... sa rencontre avec un scarabée aux proportions gigantesque. Dans son récit avec l'arrière-grand-père de Phylatrodis, il avait certainement un peu exagéré la taille de Kaafu.

— Whaou, mais c'est moi... et mon ami Kaafu ! C'est dingue ! s'exclama Doris.

Le papillon en appuis sur son index donna un autre signal, et le nuage se transforma en pierres magiques, puis en une main d'enfant dont l'index indiquait un emplacement précis.

— Mes pierres magiques ? Derrière ce buisson ?

Doris n'en revenait pas. Tous ses espoirs reprenaient vie en quelques secondes. Même s'il ne se rappelait toujours pas ce qui s'était passé avant son arrivée, il allait récupérer ses pierres et certainement son sac à dos. Il ne pouvait pas être parti sans lui.

À l'ombre d'un petit buisson, il découvrit les deux pierres magiques qu'il s'empressa d'embrasser avant de les ranger précautionneusement dans la poche centrale de sa salopette. Les trois pierres diffusaient de nouveau cette douce chaleur si rassurante.

– Comment puis-je vous remercier les amis ? se réjouit Doris en écartant les bras.

Le nuage prit alors la forme d'un immense papillon qui l'enveloppa tendrement de ses ailes multicolores.

– À votre service, mon seigneur ! reprirent en cœur les centaines d'admirateurs, en relâchant cette étreinte aussi incroyable que réconfortante.

Doris ne put s'empêcher de sourire en repensant à la dernière fois que quelqu'un l'avait appelé ainsi. Tant de souvenirs qui remontaient à la surface. Le rire de Phylatrodis, l'arrière-grand-père, au réveil dans cette forêt noire après une nuit de terreur, se moquant de l'araignée carnivore qui s'était soumise à Doris sous la menace de la pierre magique. Elle l'avait imploré de l'épargner en cirant : « par pitié mon Seigneur ! ».

Visiblement, l'arrière-grand-père avait fait son travail de transmission à la perfection.

Il ne lui restait plus qu'à trouver son sac à dos et tout rentrerait dans l'ordre et les papillons pourront certainement le conduire jusqu'à la grotte de Wilick en toute sécurité.

Mais soudain, le regard du jeune garçon fut attiré par un objet blanc très étrange près d'un autre buisson. Son sac à dos ? Il s'approcha et découvrit une basket bleue avec une semelle blanche. Qu'est-ce qu'une basket pouvait faire ici ? D'un regard, il vérifia que ce n'était pas la sienne. Il se baissa pour la ramasser. Sa main se mit à trembler.

Ce n'est pas possible !

Ça ne pouvait être qu'une coïncidence. Une affreuse coïncidence. Son cœur résonnait de plus en plus fort dans sa poitrine. Sa respiration s'accéléra dans la douleur et son ventre se noua brusquement. Il saisit la chaussure et la vida de son contenu. Le sable qui se déversa sur ses pieds colora de poussière rouge ses propres baskets.

Rudolf... c'est une basket de Rudolf. Ce n'est pas possible !

Le sol se déroba sous ses pieds. Il se laissa tomber à genoux.

À l'impact, Phylatrodis s'envola de son doigt pour aller rejoindre ses congénères.

Une foule de questions envahit son esprit. Une lame de fond, un raz de marée assourdissant. Sans écho, sans aucune réponse en retour.

Après quelques minutes sans bouger, il se releva brusquement, éparpillant le nuage de papillon qui s'était formé autour de lui pour le réconforter. Le regard fou, il se mit à chercher dans tous les sens de manière endiablée. Jusqu'à ce choc brutal.

Le corps étendu de son frère.

Ici... dans son monde merveilleux... inerte, allongé sur le ventre, les bras le long du corps, le visage rougi par cette terre. En short. Une basket en moins.

Comment était-ce possible ? Comment avait-il pu passer avec lui ? Les souvenirs s'entrechoquaient.

Et s'il était mort ?

Non, non, non !

Il n'osait pas s'approcher pour vérifier.

Comment était-ce possible qu'il soit dans ce monde ? Il est forcément passé en même temps que lui. Quelle erreur grotesque avait-il commise pour embarquer Rudolf dans cette folle aventure ?

Mon dieu... Et s'il ne se réveillait pas !

Doris n'aurait jamais voulu que ça se passe ainsi. La brutalité quotidienne, l'arrogance permanente, la tyrannie oppressante de son frère Rudolf le rendait malade par moment, mais il n'aurait jamais voulu lui faire du mal. En tout cas pas à ce point. La vision de son frère étendu sur le sol le terrifiait. Lui tordait les triples. La nausée le submergea. Il ne pouvait se résoudre à l'approcher ou le toucher. Une alternance de bouffées de chaleur et de frissons envahissait son corps tout entier de la manière la plus anarchique et incontrôlable qui soit. Il s'appuya, le dos à un arbre, et se laissa glisser le long du tronc.

Ressentant instantanément sa peine et sa douleur, le nuage de papillon se referma autour du jeune garçon. Certains se posèrent sur ses épaules, ses bras, ses jambes comme si, tous ensemble, ils pouvaient le réconforter, l'illusion d'une étreinte, pour une peine inconsolable.

Doris vivait un véritable cauchemar éveillé, un déchirement intérieur, une douloureuse réalité comme il n'aurait jamais imaginé vivre un jour. Et encore moins ici, dans son monde merveilleux.

Sa gorge se serra, et des larmes coulèrent le long de ses joues.

23

Ses larmes inondaient le bleu magnifique de ses yeux. L'héritage de son grand-père, qu'il n'oserait plus jamais regarder en face. Comment pourrait-il rentrer après tout ce qui venait de se passer ? La honte, la colère et la culpabilité ne faisaient pas très bon ménage dans l'esprit d'un petit garçon de son âge. Et cette canicule qui était insupportable. D'ailleurs, tout devenait insupportable. Même les odeurs enivrantes de sable chaud, la chaleur, les couleurs éblouissantes, ces êtres surprenants et cette terre si magnifique, tout ne lui inspirait qu'amertume et dégoût. Cette terre qui lui teintait les mains en rouge comme les traces d'un crime sanguinaire qu'il aurait commis malgré lui.

Ces larmes incontrôlables qui coulaient sans interruption le long de ses joues...

« Filistrom ati doloris pétrénas »

« Filistrom ati doloris pétrénas »

« Filistrom ati doloris pétrénas »...

Et cette satanée voix dans la tête qui revenait comme une rengaine insoutenable. Incontrôlable. Ce refrain insensé que même la pression de ses mains sur les oreilles ne parvenait pas à étouffer. Sa tête allait éclater de douleur.

« Filistrom ati doloris pétrénas »

« Filistrom ati doloris pétrénas »

Il s'arrachait les cheveux de hargne, de douleur et d'impuissance... C'est alors qu'il sentit une chaleur dans la poitrine. Un rayonnement apaisant. Les pierres magiques qui réagissaient spontanément au creux de la poche ventrale de sa salopette.

Instantanément, son état mental se calma. Ses larmes s'asséchèrent, cette main invisible desserra son emprise autour de son cou, ses pulsations cardiaques reprirent un rythme normal, un air doux et frais pénétra dans ses poumons, malgré l'insupportable chaleur.

Il se sentit apaisé.

Comme par enchantement, le nuage de papillon se souleva en un battement d'ailes. Il se transforma en un ruban de soie bariolé, flottant dans l'air au rythme du vent, sous le regard ahuri de Doris, immobile, assis jambes tendues au pied de l'arbre.

Le voile de papillons se déposa délicatement sur le corps de Rudolf telle une couverture qui viendrait border un enfant avant de s'endormir. Ils se figèrent les ailes repliées vers le haut. Après de longues minutes sans réaction, la nuée de papillons s'envola pour former une énorme goutte suspendue au-dessus de Rudolf.

En spectateur attentif, Doris tentait de comprendre ce qui se déroulait sous ses yeux, quand soudain, dans sa chute, la goutte s'écrasa comme de l'eau, dans une gigantesque éclaboussure sur le corps inerte de son frère.

Une toux rauque le sortit de son état second…

— Mais qu'est-ce que c'est que ce bordel ! Merde ! Mais qu'est-ce qui m'arrive ! s'écria la voix.

La nuée de papillons multicolores s'évapora dans les airs.

Doris s'essuya les yeux et reprit ses esprits instantanément.

Rudolf était vivant ! En colère, mais vivant.

Doris se releva, pour se précipiter vers son frère.

— Rudolf ! s'écria-t-il. Comme je suis content de t'entendre.

— Mais qu'est-ce que tu fous là, espèce d'imbécile, répondit son grand frère qui tentait de se relever, un bras tendu pour stopper tout élan d'affection. Où est-ce qu'on est, d'abord ?

— J'ai eu tellement peur...

— Hum, mais ça y est ! Ça me revient maintenant ! J'en étais sûr que tu trafiquais un truc bizarre dans ce grenier. Quand je vais le dire aux parents, tu vas moins faire le malin.

— Le plus important, c'est que tu sois en vie, tu m'as foutu une sacrée trouille, Rudy...

— Arrête de m'appeler Rudy, tu sais très bien que j'ai horreur de ça. Et commence pas à me chercher, sinon ça va mal finir...

— OK, OK, temporisa Doris.

— Mais où est-ce qu'on est, bordel ! Et qui est-ce qui m'a poussé par terre ?

— Je n'en sais rien. Je ne me souviens de rien. On était dans la cuisine avec Mamie et après plus rien, je te jure, mentit Doris.

— Mais oui, bien sûr, prends-moi pour un imbécile. Je t'ai vu monter les étages pendant que la grand-mère m'occupait à la cuisine. J'ai bien compris votre manège, me retenir en me forçant à éplucher ses satanés légumes pendant que tu filais en douce. Mais voilà, le grand-père a poussé un cri de malade dans la cour. Il s'est coupé un doigt avec ses engins de malheur. Tout ça pour fabriquer ses meubles à la con. La grand-mère s'est précipitée pour s'occuper de lui en hurlant qu'il y avait du sang partout. Du coup, j'en ai profité pour filer en douce. Je t'ai suivi dans les étages. Et là ! Ha ha !

— Et Papy, ça va ?

— On s'en fout du grand-père ! C'est pas la première fois qu'il s'entaille un doigt, il s'en remettra ! Par contre, je t'ai vu rentrer dans la pièce interdite ! Et ça, ça va se payer cher. Je t'ai même surpris en train de farfouiller dans une espèce de grosse malle...

– C'est la malle en bois de notre arrière-grand-mère, coupa Doris d'une voix timide.

– Qu'est-ce qu'on s'en fout que ce soit la malle de l'arrière-grand-mère ou de la tante Simone ! Toujours est-il que t'en as sorti ton sac à dos. Je t'observais sans que tu t'en rendes compte tellement t'es bête, mon pauvre.

Doris encaissait sans broncher. Toute cette agressivité ne provoquait aucune réaction de sa part. Le soulagement de revoir son frère en vie occultait tout le reste. Il pouvait tout entendre. Et pour ne rien gâcher, Rudolf avait beaucoup de choses à dire. Visiblement, sa mémoire était intacte contrairement à lui.

– J'ai vraiment cru que t'...

– Ferme-la quand je te parle ! s'écria Rudolf en bousculant l'épaule de son petit frère. Tu planes ou quoi ? T'es bizarre ? T'as les yeux tout rouges, t'as encore chialé comme une gamine.

– Pas du tout...

– Pfff, ça ne m'étonnerait pas de toi !

– Et après, qu'est-ce qui s'est passé ? interrogea Doris.

– Moi aussi, j'aimerais bien savoir ce qui s'est passé. Tu as sorti de ton sac des cailloux... bleu ou vert... enfin lumineux. Tu les faisais tourner dans ta main comme un débile. Alors, je me suis précipité vers toi... au cas où ce serait dangereux, se justifia Rudolf.

– Ah, mais oui, bien sûr ! Je me souviens, maintenant ! T'as plutôt essayé de me les arracher des mains, incrimina Doris, le doigt en avant, en s'avançant vers son frère.

– N'importe quoi ! s'énerva Rudolf en fronçant les sourcils d'un air menaçant.

– Bien sûr que si ! Et c'est pour ça qu'on se retrouve ici tous les deux. Je comprends mieux. Tu m'as attrapé par l'épaule au moment où je passais dans l'autre monde. Tu étais en contact avec moi, au mauvais moment, en fait. T'as dû sentir un souffle d'air chaud, la magie nous a transportés dans ce monde et tu t'es évanoui.

— De la magie ? Qu'est-ce que c'est que toutes ces conneries ?

— Je sais parfaitement ce que je dis, s'exclama fièrement Doris.

— Ah ouais ? Et comment tu sais ça, toi ? Alors si je comprends bien, c'est ta faute tout ce qui m'est arrivé ? On est où, alors ? Monsieur je-sais-tout ?

— Je ne devrais pas te le dire. C'était mon secret. Mais maintenant que tu es là, ça n'en est plus vraiment un, alors je crois que je n'ai plus trop le choix.

— Accouche, bordel !

— Bienvenu... dans le monde merveilleux ! s'exclama Doris, les bras ouverts et le visage rayonnant.

— Ah ! Ah ! Ah ! Mais bien sûr, comme c'est drôle. Le monde merveilleux ? Mais t'es complètement perché, mon pauvre. Tu m'étonnes que personne ne veut te parler à l'école.

— Je te jure que c'est vrai Rudy... heu pardon, Rudolf. Et d'ailleurs, ce n'est pas la première fois que je viens ici.

— C'est ça, reprit son frère, montant les yeux au ciel, en dodelinant de la tête.

— Je suis venu plein de fois, exagéra Doris. Mais cette fois, ce n'était pas pour rien. J'avais une mission de la plus haute importance. Je devais ramener un pendentif sacré pour sauver le monde merveilleux et ses habitants...

— Toi ? s'esclaffa Rudolf en se tapant la cuisse. Commence par sauver ce qu'il te sert de cervelle, qu'on rigole !

— En attendant, je l'ai trouvé !

— De quoi ?

— Et bien ! Le médaillon sacré du Roi Aggor ! Il était dans

mon sac à dos, il faut absolument que je le retrouve, reprit Doris en mettant à chercher, fouiller dans les buissons. Il ne doit pas être très loin. Il y a aussi mon carnet des secrets dans ce sac. J'y raconte tout ce que j'ai vécu depuis le début.

— Parce que tu sais écrire, toi, maintenant ?

— J'explique comment j'ai voyagé sur le dos d'un papillon géant, comment j'ai combattu les bêtes monstrueuses du monde des ténèbres... j'y ai même fait un croquis de mon ami Kaafu... un scarabée géant super sympa, tu verras...

— Mais tu t'entends parler. T'en as pas marre de raconter tous ces mensonges.

— Si je retrouve le carnet, je te prouverai que je ne mens pas, insista Doris en continuant de fouiner.

Rudolf singeait son frère, le dos rond, en train de chercher ses affaires d'une manière ridicule. Il tomba par hasard sur le sac à dos et le brandit en s'exclamant :

— C'est ça que tu cherches, tête de nœud ?

Doris se retourna brusquement, autant ravi que le sac soit dans ce monde qu'inquiet de le savoir entre les mains de son frère qui ne semblait pas enclin à le lui rendre. Il s'approcha pour le récupérer, mais comme il s'y attendait, son frère le brandit encore plus haut afin qu'il ne puisse pas l'atteindre, tout en reculant avec un sourire narquois.

— Allez, Rudolf... s'il te plaît... ça n'est pas drôle, répondit Doris en sautillant et en s'avançant, résigné, au même rythme que son frère reculait.

— Si c'est ça que tu veux alors t'as qu'à aller le chercher...

Le sac fendit l'air sous les yeux impuissants de Doris. Sans se soucier de ce qui se trouvait à l'intérieur, par provocation ou par simple plaisir de revanche, Rudolf l'avait catapulté de toutes ses forces, dans les airs, en direction d'un gros rocher. Plaisir sadique de détruire le moindre intérêt aux yeux de son petit frère.

Doris avait déjà eu beaucoup de mal à accepter l'éventualité d'avoir oublié son sac dans l'autre monde, mais maintenant qu'il savait qu'il avait accompli sa mission en trouvant et rapportant le médaillon sacré, la vision de tous ses efforts réduits à néant par la jalousie et la bêtise grossière de son frère lui était insupportable.

Comme si les secondes duraient une éternité, le sac tournait sur lui-même en direction du rocher.

Dans un réflexe instinctif, une main serrée sur sa poche ventrale et l'autre tendu en direction du point d'impact, Doris poussa un cri de rage d'une violence inouïe : « Noooonnnnnn ! ». Comme un souffle, la déflagration d'une explosion, l'onde de choc se projeta de sa main jusqu'au rocher qui se brisa comme du verre. Le sac continua sa trajectoire au travers des débris avant d'être saisi au vol, in extrémis, par un papillon géant venu de nulle part.

Dans un vol circulaire avec une grâce incroyable, le géant aux couleurs arc-en-ciel déposa délicatement le sac au pied de Doris, toujours immobile, le bras tendu, stupéfait, sans réaliser ce qui venait de se passer. Comme de la vapeur d'eau, l'insecte géant se décomposa en milliers de petits papillons pour former une nébuleuse en perpétuel mouvement autour du jeune garçon. Des voix s'échappèrent dans un léger murmure à peine perceptible :

— Doris le grand est de retour ! Vive Doris !

Rudolf avait été projeté au sol par le souffle puissant. Il se releva péniblement, les cheveux ébouriffés, les vêtements enduits de poussière rouge.

— Mais qu'est ce qui s'est passé… reprit Rudolf d'un air désemparé.

— Eux ? Non, rien, ce sont des papillons multicolores. Des amis du monde merveilleux, des protecteurs si tu préfères. J'ai connu leur arrière-grand-père la semaine dernière.

— Je ne comprends rien de ce que tu me racontes ! Et qu'est-ce que tu as fait avec ta main ? s'énerva Rudolf.

— Ça ? Heu... je n'en sais rien, mais t'inquiète, c'est normal que tu ne comprennes pas tout au début, j'étais comme toi la première fois, mais attends que je te fasse lire mon carnet des secrets, tu vas comprendre tout ce que j'ai vécu, et un peu comment fonctionne ce monde, reprit Doris en fouillant le fond de son sac.

Le médaillon était bien là, quelques bricoles de survie, des chaussettes, encore des chaussettes... mais qu'est ce qui avait bien pu lui passer par la tête pour prévoir autant de chaussettes ?

Mais pas de carnet. Il avait beau fouiller dans un sens puis dans un autre. Rien. Toujours rien.

— C'est ça que tu cherches ? s'écria Rudolf en sortant la main de son dos et brandissant le fameux carnet.

— Mais, c'est toi qui l'avais ? souffla Doris. Tu ne pouvais pas le dire plus tôt ? T'es lourd quand tu t'y mets.

— Quoi ? Moi ? J'suis lourd ? J'en ai rien à foutre de ton carnet à la con ! C'est des conneries tout ça. Je suis sûr qu'on est pas bien loin de la maison. Je vais rentrer à pied et une fois que j'aurai tout raconté à la grand-mère, tu vas passer un sale quart d'heure... pour peu que je lui parle d'un pendentif que tu as récupéré je ne sais où...

— Tu ne peux pas rentrer comme ça. Il faut procéder à un rituel très...

— Tu me soules avec tes conneries ! Tu l'as volé, c'est ça ? accusa Rudolf d'un air menaçant.

— Mais, de quoi tu parles...

— Le médaillon sacré de machin chose, je suis sûr que tu l'as volé. C'est pour ça que tu faisais tous ces trucs en cachette.

— Mais non, ça n'a rien à voir. Ce n'est pas du tout ce que tu crois. Et je te le redis, tu ne peux pas rentrer comme ça, simplement en marchant. On est arrivés ici grâce à la magie, grâce aux pierres magiques qui sont les reliques des anciens royaumes déchus, reprit calmement Doris en sortant les pierres de la poche centrale de sa salopette. Regarde, ce sont des pierres magiques. C'est grâce à elles que nous allons rentrer à la maison. Tu ne peux repartir dans notre monde que par la magie. Je n'en sais pas plus, mais c'est la vérité, il faut que tu me croies, Rudolf. Je te jure que je ne te mens pas. Tu as déjà vu autant de papillons, de toutes les couleurs, comme ceux-là ? Tu en as déjà vu se transformer comme ils viennent de le faire ? Tu as déjà vu une terre aussi rouge que celle-ci près de chez nous ? Même la chaleur n'est pas la même... enfin Rudolf, réfléchit, tu vois bien qu'on n'est pas dans le même monde.

— Pfff, n'importe quoi !

Rudolf était déstabilisé. Mis face à ses contradictions et conscient que ce qui venait de se passer n'était pas normal, le doute s'immisça progressivement dans son esprit. Les images de ce rocher en décomposition lui revenaient sans cesse à l'esprit. Il n'avait pas rêvé. Il revoit Doris faire ce geste de la main. Convaincu qu'il était à l'origine de cette déflagration. Mais il était inconcevable qu'il lui donne raison ou qu'il lui accorde sa confiance. La seule réponse qu'il était capable d'apporter à tous ces événements était la colère. Une violence verbale et gestuelle qui se nourrissait de toutes ses peurs, de toutes ses angoisses les plus profondes.

Il se précipita sur son petit frère, fou de rage, les mains moites, les joues enflammées de panique et les yeux injectés de sang. Malgré la résistance farouche de Doris, il luttait avec une hargne féroce pour lui arracher des mains les fameuses pierres, le soi-disant unique billet de retour, même s'il n'y croyait pas vraiment. Si c'était vrai, si ces pierres étaient réellement son seul moyen de rentrer à la maison, alors il les lui fallait. À n'importe quel prix.

Résistant de toutes ses forces face à cet enragé, Doris perdit l'équilibre et tomba en arrière dans un cri de douleur, mais sans lâcher prise. À califourchon sur son petit frère, Rudolf redoublait d'agressivité en lui hurlant des insanités sous une pluie de postillons. Une technique d'intimidation qui d'habitude aurait rapidement fonctionné. Mais Doris résistait avec obstination. Malheureusement, il n'était pas de taille contre son frère.

Alors que Rudolf parvint à s'emparer triomphalement d'une pierre, Doris se tourna sur le côté et en profita pour ranger discrètement les deux rescapés dans sa poche centrale, masquant la douleur qui résonnait dans toute sa cuisse.

– Aller ! Chao ! Moi je me casse ! ricana Rudolf en faisant tourner maladroitement la pierre dans le creux de sa main.

Sous son regard dubitatif, il constata qu'il ne se passait rien. Aucune magie. Aucun souffle chaud. Aucun retour au monde réel. Aucun changement de décor.

La déception se transforma en tornade d'injure. Mais, toujours au sol, Doris fixait désespérément la pierre magique que lui avait été volée. Elle perdait progressivement de son éclat. Jusqu'à devenir toute grise comme un simple galet de rivière. Il sentait que cela ne présageait rien de bon. Il fallait que Rudolf la lui rende avant qu'il ne soit trop tard. Comme si la pierre était vivante et qu'au contact de Rudolf, la magie qu'elle détenait mourait à petit feu.

Quand Rudolf réalisa que la pierre avait complètement changé de couleur, il la jeta violemment au pied de son frère. Sous le regard dépité de Doris, la pierre se brisa en deux.

Cette fois, tout était définitivement terminé.

— Mais... qu'est-ce que t'as fait, Rudolf ?

— Ferme-la ! cracha le grand frère.

— On ne peut plus repartir à la maison maintenant ! Mais qu'est-ce qui t'a pris ? se désola Doris.

— Mais tu ne vois pas que c'est qu'un caillou. Et puis merde, t'as qu'à te débrouiller tout seul avec tes conneries de monde imaginaire. Puisque c'est ça, moi, je me casse. T'as qu'à me suivre si tu veux, mais si tu restes là, tu ne viendras pas chialer que tu t'es perdu après...

Doris restait sans voix devant les morceaux de la pierre magique. Il venait aussi de saisir l'ampleur de la catastrophe. Non seulement il ne pourrait plus jamais rentrer chez lui, mais en plus il avait embarqué son frère à son insu. La prophétie et ses espoirs de rétablir la paix dans le monde merveilleux s'étaient brisés avec la pierre, et le médaillon ne servait plus à rien.

Dans un dernier élan de colère, Rudolf se saisit au sol d'une branche morte et la brandit au-dessus de son frère en le menaçant.

— Bon, tu arrêtes tes conneries maintenant, et tu me suis, t'as compris ? On rentre à la maison ! hurla Rudolf.

Soudain, dans un vrombissement assourdissant, une énorme masse sombre vint s'interposer entre les deux garçons. Rudolf recula sous la puissance du souffle, jusqu'à trébucher sur un petit buisson.

La masse se rapprochait dangereusement de Rudolf qui fut pris de panique devant le monstre gigantesque qui se dessinait devant lui. Ses mains cherchaient désespérément à l'aveugle une pierre, un bâton, la moindre arme qui lui permettrait de se défendre, de sauver sa peau. Un liquide chaud se répandit entre ses jambes, sans que la honte prenne le dessus sur sa peur.

— Kaafu ! Non ! s'écria Doris. Ne lui fais pas de mal ! C'est mon frère !

Il se releva malgré sa douleur à la jambe, et avança en boitant.

Le scarabée, aux dimensions impressionnantes, se tenait debout face à un Rudolf en détresse, rampant lamentablement sur le sol. Il s'arrêta sur-le-champ au commandement de Doris, rangea ses ailes sous sa carapace et se retourna. Son visage se radoucit pour se métamorphoser en un sourire radieux. Tout son corps semblait se ramollir sous cette solide armure.

– Doris ! Comment ça va, mon petit ? Tu m'as foutu une de ses trouilles. J'ai bien cru que tu ne reviendrais jamais. Viens dans mes bras, mon ami !

– Un... Un scarabée qui... qui, bégayait Rudolf en se relevant lentement.

– C'est ton frère ? Un instant, j'ai cru qu'il te voulait du mal avec son bâton levé, je pensais être arrivé juste à temps pour te sauver, mais... il n'a pas l'air dans son assiette, non ? Je lui ai fait peur, peut-être ? s'étonna Kaafu sautillant sur place en serrant son ami dans les bras.

– ... qui... qui parle ! Un scarabée géant qui parle ! hurla Rudolf en fuyant à toutes jambes.

– Non ! Rudolf, attends ! hurla Doris, blotti dans les bras du scarabée.

Mais il était déjà loin, il avait pris la fuite dans un nuage de poussière, slalomant entre les pierres et les buissons, jusqu'à disparaître de l'horizon, abandonnant son petit frère aux mains de cet insecte géant.

Fuyant cette douloureuse réalité.

Merveilleux ou pas.

Rudolf était désormais prisonnier de ce monde.

24

Planté au beau milieu de ce décor aride et magnifique à la fois, Doris était submergé de sentiments partagés. La culpabilité, d'avoir entraîné son frère dans cette folle aventure. La déception, d'avoir été abandonné par ce dernier sous le coup de la peur. La joie de retrouver son ami Kaafu, qui une fois encore était prêt à tout pour lui venir en aide. La fierté d'avoir réussi sa mission qui lui avait été donnée en rapportant le médaillon sacré du Roi Aggor. Et enfin, le déchirement de constater que tout était définitivement terminé.

Il avait vraiment du mal à réaliser. Il était sonné. Même si jusque-là sa route avait été jonchée d'obstacles, de déception et souvent de désillusions, rien n'était comparable avec ce qu'il pouvait ressentir à cet instant. Tout s'était déroulé tellement rapidement, sous ses yeux, sans pouvoir agir. Mais le constat d'échec était bien réel : la troisième pierre avait perdu de son éclat, puis noircie comme une fleur fanée, pour au final se briser en deux comme un vulgaire caillou.

Mais pourquoi faut-il que Rudolf gâche toujours tout ?

Qu'est-ce que ça pouvait bien lui faire que son petit frère s'amuse avec des pierres qu'il considère comme magiques ! Qu'est-ce que ça pouvait bien lui faire qu'il aille dans ce grenier ! Qu'est-ce que ça pouvait bien lui faire qu'il vive des rêves d'aventures extraordinaires ! Pourquoi ne l'avait-il pas écouté pour une fois ? Pourquoi ne lui avait-il pas fait confiance, alors qu'il s'était mis à nu en lui révélant tous ses secrets, en partageant toutes ses découvertes ?

Pour une fois, s'il avait écouté son petit frère, il aurait eu le choix.

Le choix entre rester ou repartir. Le choix entre vivre une expérience unique, une aventure hors du commun dans un monde merveilleux avec son petit frère ou rentrer sagement à la maison. Le choix entre le costume du grand frère, aimant et protecteur, qu'il n'avait jamais porté, ou l'habit du tyran égoïste, rongé par la peur. Le choix entre le courage ou la fuite.

Mais Rudolf était toujours en quête de cette autorité, de ce droit d'aînesse complètement illusoire, ce fantasme de domination qu'il a toujours voulu exercer sur son cadet. Doris incarnait la candeur, l'assurance malgré son jeune âge, la légèreté, l'insouciance, l'enthousiasme de vivre chaque moment de la vie comme un enchantement. Tous ces traits de caractère qui avaient le don d'exaspérer son grand frère.

Par jalousie, Rudolf le détestait. Par peur, il l'avait abandonné.

Agenouillé au sol, les yeux rougis de larmes, Doris restait prostré, en silence, devant un tel gâchis. La pierre magique était détruite, brisée en deux, sans vie. Kaafu qui se sentait coupable d'avoir effrayé Rudolf, s'approcha du petit garçon pour lui apporter son soutien. Un peu maladroitement, en respectant sa peine et son silence, il tenta de lui témoigner un peu de réconfort en s'allongeant près de lui. Il n'aimait pas le voir dans cet état. Il aurait tant aimé l'entendre rire aux éclats. Ses rires d'enfants qui comblent chaque espace vide de votre esprit, qui monopolise votre mémoire, qui enrobe votre cœur de bonheur. Il se remémorait tous ces moments qu'ils avaient partagés. Ces longues discussions en chemin qui faisaient oublier le temps qui passe, la nuit dans le terrier, leur fou rire lors de la rencontre avec Wilick. Comment oublier cette partie de rigolade pour trouver le manuscrit avec ce vieux fou à moitié sourd ?

Ainsi, ils restèrent un long moment, l'un contre l'autre, en silence. Sans gêne, à l'ombre d'un respect mutuel.

Kaafu n'était qu'un bousier parmi tant d'autres. Un scarabée sans histoire, qui organisait son quotidien au rythme de son labeur. Il aimait sa famille, sa « confrérie » comme il aimait les appeler. Mais il avait toujours été curieux du monde qui l'entourait. C'est ainsi qu'un jour, en dehors des sentiers battus, il avait fait accidentellement la rencontre du vieux fou. Ils avaient sympathisé et régulièrement, il passait le voir dans sa tanière. Conscient du danger que représentait le monde des ténèbres, il ne pouvait cependant se résoudre à vivre dans l'illusion d'une vie normale, cloisonné dans cette zone franche. Wilick avait raison. Ça ne durerait pas.

Doris était entré dans sa vie sans prévenir. Presque brutalement. Dès le premier jour, il avait bouleversé toutes ses petites habitudes. Il l'avait suivi malgré ses refus répétés. Il se souvient du visage de ce petit garçon si gentil, si seul, si perdu et tellement insouciant. Sans crier gare, il avait fait voler en éclat toutes ses certitudes sur la vie. Même si Kaafu n'avait toujours pas vraiment compris cette notion de voyage d'un monde à l'autre, il était fasciné par le courage de ce petit bout abandonné dans un environnement inconnu. Cette apparente fragilité qui s'était disloquée après le récit de son aventure au cœur de la forêt noire. Kaafu était admiratif devant tant d'audace, de témérité et de bravoure face au danger. Au péril de sa vie, il n'avait pas hésité à combattre des monstres et sauver un Phylatrodis qu'il connaissait à peine.

Le scarabée géant se sentait redevable envers Doris. S'il n'avait pas insisté pour le conduire jusqu'au vieux fou, rien de tout cela ne serait arrivé. Il n'aurait jamais entendu parler de cette légende, de cette prophétie. Il n'aurait jamais su qu'il était l'élu.

Par conséquent, il avait le devoir de le protéger.

Kaafu enroba le jeune garçon de ce doux ronronnement qui l'avait tant de fois rassuré et apaisé.

— C'est gentil Kaafu, mais je crois que cette fois rien ne pourra me consoler, s'attrista Doris. Je suis tellement désolé. Par ma faute, tout est fichu. Je ne suis l'élu de rien du tout. La prophétie ne se réalisera jamais et le royaume des ténèbres finira par triompher. Qu'est-ce que va penser Wilick quand il va apprendre que tout est foutu par ma faute ?

— Ne t'inquiète pas pour ce vieux fou, j'en fais mon affaire. Tu prends les choses bien trop à cœur, mon enfant. Tu sais... moi, je suis fière de toi, Doris. Je... enfin, on ne se connaît pas depuis très longtemps et je ne comprends pas très bien d'où tu viens ni comment c'est possible que tu sois là, mais je suis sûr d'une chose, c'est que je suis le plus heureux des scarabées depuis que tu es entré dans ma vie. Tu ne dois pas avoir honte de quoique ce soit. Tu as fait tout ce que tu pouvais pour nous venir en aide. Et puis, c'est ton frère qui a cassé la pierre. Tu n'y es pour rien...

— Mais j'aurais dû être plus vigilant. Il m'a juste suivi et sans le vouloir, il est passé d'un monde à l'autre, uniquement parce qu'il était en contact avec moi, s'excusa Doris.

— Il a plutôt essayé de te voler tes pierres magiques, si j'ai bien compris.

— Comment le sais-tu ?

— Comment crois-tu que je vous aie trouvé tous les deux ? Je vous ai entendu de loin vous quereller. Et d'après le peu que j'ai entendu, tu n'es pas responsable, d'autant plus qu'il s'est sauvé en t'abandonnant, toi, son petit frère. S'il y en a un de vous deux qui devrait avoir honte, c'est plutôt lui, non ?

— Il ne va jamais arriver à s'en sortir tout seul, il faut partir à sa recherche, s'inquiéta Doris.

— Écoute, il ne va pas aller bien loin dans ce désert aride, et il ne risque pas grand-chose pour cette nuit. Tant qu'il ne s'approche pas des bois, il ne court pas un grand danger. On ferait mieux de rejoindre Wilick dans la grotte. Il trouvera une solution. Il trouve toujours une solution à tout, ce vieux bougre.

Il avait enfin réussi à faire sourire le jeune garçon.

— Restons positifs, ajouta Kaafu, tu as retrouvé le médaillon sacré et il te reste deux pierres magiques. On devrait peut-être arriver à en faire quelque chose, non ? Qu'est-ce que tu en penses ? On ne peut pas abandonner comme ça, pas maintenant. D'ailleurs, la prophétie ne mentionne pas qu'il faut absolument les trois pierres magiques.

— Ben si… j'en suis presque sûr, rétorqua Doris. Trois pierres pour les trois royaumes, pour les trois tributs. Je l'ai noté dans mon…

Ses mains fouillèrent précipitamment son sac à dos, il se releva d'un bond, palpa ses poches arrière, ses poches de devant. Et vice versa, mais rien.

— Qu'est-ce qui te prend ?

— … mon carnet des secrets, je ne l'ai plus, s'angoissa Doris.

— Ton quoi ?

— Mon carnet dans lequel j'ai tout noté, depuis le début.

— Et alors, ce n'est pas très grave.

— Mais, tu ne comprends pas, je ne l'ai pas perdu ! C'est mon frère qui est parti avec. Je le revois me crier dessus avec le carnet dans la main. Ce serait une catastrophe s'il tombait entre de mauvaises mains. J'explique tout en détail ce que Wilick nous a dit l'autre soir dans la grotte. J'ai même fait des croquis du médaillon, des pierres, de la grotte où Wilick se cache, j'explique la légende de trois royaumes, la prophétie, que je suis sans doute l'élu...

— Oups... ça sent pas bon ton histoire. Rassemble tes affaires, on s'en va, et en vitesse. Il faut avertir Wilick de toute urgence.

— Mais je dois absolument retrouver mon frère, je ne peux pas le laisser seul. Il est peut-être déjà en danger, objecta Doris.

— C'est possible, mais du coup Wilick aussi est en danger désormais, il faut le prévenir avant qu'il ne soit trop tard. Et je suis sûr qu'il aura une solution pour retrouver ton frère rapidement.

— Mais c'est à deux jours de marche au moins !

— Je ne suis pas prévu pour ça, mais uniquement pour toi, je vais faire une exception. Il faut faire vite, alors tu vas monter sur mon dos, on ira bien plus vite en volant jusqu'à la grotte.

— T'es sûr de toi ? Parce que la dernière fois que je suis monté sur ton dos c'était juste pour marcher plus vite. Pas pour voler.

— Ne t'inquiète pas, dans le ciel, je suis une vraie tornade ! s'exclama Kaafu en rassurant son futur passager d'un clin d'œil.

Une image troublante lui revint en mémoire : Kaafu en vole stationnaire pour le moins approximatif au cœur de la bibliothèque du vieux fou. Il en conclut rapidement qu'un scarabée pouvait effectivement voler, mais de là à se comparer à un avion de chasse... avec un passager en prime. Mais comment lui dire non sans le vexer...

Doris s'était laissé convaincre, et bien cramponné à la carapace du scarabée géant, il fit signe au pilote qu'il était prêt pour le décollage. Kaafu fit deux pas en arrière pour prendre son élan et s'engagea dans une course folle. Au son de sa respiration, on comprenait qu'il mettait toute son énergie dans ce galop. Ses six pattes frappaient le sol à tour de rôle. On aurait installé des membres et des ailes sur un bulldozer que le résultat aurait été meilleur. Kaafu donnait le meilleur de lui-même, soulevant des tonnes de poussière sur son passage sans parvenir à décoller d'un millimètre. L'extrémité de la piste se terminait sur un immense rocher qui grossissait à vu d'œil. Il fallait faire un choix rapidement : freiner fort ou décoller vite. Un regain de fierté poussa le scarabée à redoubler d'intensité. Il déploya ses ailles au moment où il pensait avoir atteint sa vitesse maximale. In extremis, les pattes courraient dans le vide au-dessus du sol. Doris, les yeux fermés, restait la joue plaquée contre la carapace. En équilibre approximatif, à quelques mètres au-dessus du sol, ils évitèrent de justesse le sommet du rocher. Par vagues successives et poussives, Kaafu luttait pour se maintenir en vol. Le doux ronronnement habituel de ses ailes s'était transformé en vacarme assourdissant qui rappelait à Doris les démarrages poussifs de la tondeuse à gazon de sa grand-mère. L'espoir d'un vol paisible après une envolée hasardeuse fut de courte durée. Les moteurs avaient lâché. Le duo entamait une turbulente descente, en équilibre instable dans les airs.

— Holala ! Accroche-toi mon petit, je crains qu'on soit beaucoup trop lourd ! Attention, ça va piquer... on risque de manger un peu de poussière ! s'écria Kaafu en tentant de maîtriser au maximum un atterrissage d'urgence.

Doris s'agrippait du mieux qu'il pouvait, mais les petits buissons éparpillés au sol s'agrandissaient dramatiquement. Le vent bourdonnait dans ses oreilles, son dernier réflexe fut de fermer les yeux en rentrant la tête dans les épaules.

Mais la chute ne vint jamais, le sifflement du vent s'était adouci, il n'avait plus cette sensation de tomber dans le vide toutes les dix secondes, le moteur de la tondeuse s'était calmé. Il avalait exagérément sa salive pour réduire la pression dans le conduit auditif donc... il prenait de l'altitude ! Doris rouvrit lentement les yeux, et découvrit un ciel magnifique, des nuages à perte de vue, ils avaient réussi à prendre de la hauteur sans comprendre ce qui avait bien pu se passer.

– Youhou, s'écria Doris fou de joie, en jouant du tambour sur la carapace de son ami. Tu es le champion des scarabées, Kaafu ! Tu as réussi !

– On vole ? s'étonna le scarabée qui venait à son tour de rouvrir les yeux.

– C'est Phylatrodis, ses cousins et toute sa famille ! Il y en a partout autour de nous. Ils sont venus nous aider ! s'écria Doris en constatant une myriade de papillons multicolores accrochés à chaque parcelle du corps de Kaafu.

– J'y serais arrivé tout seul ! Mais il faut avouer que le petit déjeuner de ce matin était un peu maigre pour un tel effort physique ! Je devais manquer d'un peu de carburant, voilà tout ! Finalement, ça ira plus vite et sans me fatiguer en plus, reprit Kaafu qui ne voulait pas perdre la face.

– Je n'en doute pas, tu es un sacré pilote, une vraie tornade, le taquina Doris. Il ne te reste plus qu'à leur indiquer la direction à prendre.

Les deux amis voyagèrent enveloppés dans ce nuage de papillons aux couleurs arc-en-ciel. Les magnifiques paysages défilèrent sous les yeux du jeune garçon. Malgré toutes ses inquiétudes, il jouissait avec délectation de ce moment unique qu'il était en train de vivre.

Rempli de crainte et d'espoir.

Il se sentait vivant.

25

Ses poumons étaient à vif. De la lave coulait entre ses côtes. Il n'avait jamais ressenti une sensation aussi violente. Petit, il s'était frotté accidentellement au fer à repasser de sa mère, mais rien de comparable à ce qu'il ressentait dans sa poitrine à cet instant. Il avait couru des minutes, des heures peut-être, sans jamais se retourner, jusqu'à l'épuisement. Des crampes lui dévoraient les mollets, son corps refusait d'aller plus loin. Il n'avait plus aucune notion du temps ou de l'espace. Sa vue était trouble, quelques étoiles brillaient autour de lui. Il devait s'assoir avant que la fatigue ne le fasse s'effondrer de force. Son esprit était comme une bassine vidée de son contenu, au fond de laquelle était plaquée l'image effrayante d'un scarabée géant qui s'avançait sur lui d'un air menaçant. Son brillant esprit d'analyse était grippé, le laissant seul, démuni face à ses peurs. Sa représentation du monde réel était dévastée.

Rudolf devait se rendre à l'évidence : il était perdu.

Assis au pied d'un gros rocher, tentant désespérément de reprendre son souffle, il s'en voulait d'être parti précipitamment. Mais qui n'aurait pas pris ses jambes à son cou devant un monstre aussi terrifiant. Un scarabée géant. Effroyable. La peur l'avait électrifié, survolté, lui donnant la rage de fuir, d'échapper au danger coûte que coûte.

Les images de la scène se bousculaient dans son esprit. Mais certaines visions revenaient sans cesse. Doris qui lui reprochant d'avoir brisé son caillou de malheur. Doris qui s'inventait des histoires délirantes. Encore Doris qui l'avait entraîné dans ce monde terrifiant.

Et voilà qu'il se mettait à penser comme lui, à s'imaginer être passé dans un autre univers. Mais il n'y a pas de monde magique. Ce ne sont que des histoires de gamins dégénérés... Rudolf s'agrippait désespérément au réel, à des choses concrètes pour ne pas sombrer dans la folie comme son frère. Pourtant, comment expliquer ce qu'il avait vu ? Cette bête monstrueuse qui s'était interposée entre eux. Il ne l'avait pas inventé. Le scarabée était géant, monstrueux, terrifiant. Il n'avait pas rêvé. Il était sûr de l'avoir entendu parler. Il s'était exprimé clairement. Il avait même interpelé Doris.

Tout était la faute de son frère.

Il lui en voulait tellement de l'avoir entraîné dans ce piège effroyable. À aucun moment, il ne s'est laissé gagner par un quelconque sentiment de culpabilité. Au contraire, en boucle dans sa tête, il construisait minutieusement la liste de tous les reproches qu'il pourrait lui faire le moment venu. Il ruminait les moindres détails, les regards accusateurs, les paroles blessantes, les sourires narquois. Un riche terreau fertilisant sa haine contre son frère. Le coupable désigné.

Au bout de quelques minutes, l'air frais pénétrait de nouveau dans ses poumons meurtris. Le calme était revenu dans son corps, Rudolf avait repris ses esprits, loin de tout danger, il se dit qu'il serait préférable de reprendre la route avant la tombée de nuit. Il continuait à se raccrocher à l'idée que la maison n'était pas loin. En marchant d'un bon rythme, il serait rentré pour le souper.

Mais, au fil des kilomètres, la fatigue et la soif se firent de nouveau ressentir. Il essuya les dernières larmes que ses yeux s'épuisaient à fournir. Des larmes de rage, de haine, d'amertume d'être perdu, de subir cette souffrance par la faute de son frère. Si ses forces ne l'avaient pas quitté, il aurait crié à l'aide, hurlé son désespoir.

D'une main tremblante, il s'essuya les yeux, le visage déformé de colère. Sa vue était encore trouble, mais il semblait apercevoir de la végétation au loin. Des odeurs d'humus très caractéristiques le mettaient sur la piste. Il cligna des paupières afin de rétablir un minimum de netteté. Une immense forêt se dessinait au loin, une végétation rassurante, une image réconfortante. Il la reconnaissait. Il ne pouvait s'agir que de la forêt qui entoure leur maison.

Enfin, il était sauvé.

— C'est à cause de toi que je me suis retrouvé dans ce guêpier, mais c'est parce que je suis le plus fort que je vais m'en sortir. Tu ne perds rien pour attendre, mon pauvre... murmura Rudolf.

Il allait pouvoir boire, manger, changer ses vêtements souillés d'urine et de cette terre de sang qui le répugnait. Il allait pouvoir raconter toute cette histoire à ses grands-parents, dénoncer son frère pour tous ses mensonges, pour l'avoir manipulé, pour l'avoir mis en danger. Il s'abstiendrait, bien évidemment, de parler du scarabée géant. Persuadé, désormais, qu'il ne pouvait s'agir que d'une simple vision d'optique. Un trouble lié au choc lors de sa chute.

L'espoir d'être enfin tiré d'affaire lui redonna les forces de se remettre en marche jusqu'à la forêt.

À peine avait-il franchi les premiers mètres dans ce labyrinthe d'arbres et de buissons, en apparence identique aux bois qui entouraient leur maison, il eut une sensation très étrange. L'impression qu'elle se refermait sournoisement sur ses pas, comme les deux immenses portes d'une prison. Il se retourna par acquit de conscience. Mais la terre de Sienne avait disparu. Le ciel bleu et la chaleur avec. D'un regard circulaire, il ne vit que des arbres, de la végétation très dense qui ne laissait d'autre choix que de suivre le chemin qui se dessinait à l'infini. Il marcha sur quelques mètres puis se retourna brusquement. Son pressentiment se confirmait. Le même décor, devant et derrière, comme une image qui se reflète dans un miroir. Aucune trace de ses pas sur le sol. Comment était-ce possible ? L'humidité rendait l'air épais et difficilement respirable. Son souffle s'accélérait à son insu. Son cœur tapait dans sa poitrine. Il avait la sensation d'être observé. Il se sentait pris au piège, vulnérable.

C'est ta faute !

Il tournait sur lui-même, comme ligoté au centre d'un manège incontrôlable. Il perdait toute notion d'orientation. L'angoisse le submergea, ses jambes s'avachirent. L'épais tapis d'humus amortit sa chute.

Il perdit connaissance.

La nuit était sur le point de tomber lorsqu'il reprit ses esprits. Il se redressa avec beaucoup de difficulté. Son corps n'était que douleur. Il s'essuya la bouche d'un revers de manche. Cette terre le dégoutait. Il s'accroupit sur ses genoux d'un air écœuré en se frottant les mains sur ses cuisses. Il était sonné. Anéanti. La forte odeur d'humidité lui provoqua un haut-le-cœur. Trop fatigué pour lutter, il se tourna sur le côté et vomit bruyamment. Des larmes coulaient malgré lui le long de ses joues.

C'est à cause de toi, Doris...

Cherchant machinalement dans ses poches son mouchoir en tissu pour s'essuyer le visage, il sentit une gêne dans la poche arrière de son short. Un petit carnet.

Je suis parti avec le « carnet des mensonges » de l'autre débile...

Trop fatigué pour repartir, il préféra ramper jusqu'à l'arbre le plus proche. Il s'adossa péniblement contre l'écorce humide et inconfortable. Il n'avait plus la force d'avancer. Il devra passer la nuit assis dans cette position déplaisante. Il en voulait à son frère de l'avoir plongé dans ce calvaire, pourtant son regard ne pouvait se détacher du carnet. Que pouvait-il avoir tant à raconter ? Pourquoi ne pas vérifier si c'était vrai, qu'il avait déjà rencontré ce scarabée géant ? Ou plutôt, ce trouble de la vision qui avait fait apparaître l'illusion d'un monstre. Il jubilait à l'idée d'avoir dérobé cet objet si important aux yeux de son frère.

Il orienta le carnet afin de profiter au mieux des derniers rayons du soleil qui s'infiltraient péniblement dans les abîmes de cette forêt. Il feuilleta brièvement les pages et fut étonné par l'ampleur du travail accompli. À la lecture des premières pages, il émit rapidement un jugement très critique, se moquant parfois à voix haute des fautes d'orthographe, des dessins d'amateur et des collages imprécis. Mais très vite, il fut surpris par la richesse des descriptions, le réalisme du récit, la pertinence de cette histoire que son frère avait tenté de lui résumer en quelques mots avant qu'il ne s'enfuie. C'était dommage que Doris ait manqué de persuasion sur le moment. S'il lui avait expliqué clairement les choses, rien de tout cela ne se serait passé. S'il n'avait pas fait n'importe quoi comme d'habitude, Rudolf n'aurait pas pris la fuite.

Quel imbécile, pourquoi tu ne me l'as pas dit plus tôt ? Tout est de ta faute, Doris…

L'absence de luminosité rendait la lecture de plus en plus approximative. Mais Rudolf ne parvenait pas à relever la tête de sa lecture captivante. Quand il déchiffra laborieusement le chapitre sur le monde des ténèbres et ses dangers, son sang se glaça. Il avait compris que Doris avait suivi le même chemin que lui, qu'il s'était aussi engagé dans cette immense forêt pour le moins étrange. Si seulement il avait une lampe torche ou un briquet, il arriverait à lire la suite de son récit. Mais les mots n'avaient plus de sens. Il n'y avait plus assez de contraste pour discerner les lettres. Il était primordial qu'il sache ce qu'il lui était arrivé. Pour lui. Pour sa sécurité.

Araignée... Une Araignée...

Il était presque sûr d'avoir lu le mot « araignée ». Sa phobie.

Et si elle était aussi grosse que l'autre scarabée de malheur...

Sa respiration s'accéléra. Son pouls tapait comme un tambour sur ses tempes humides. Il se redressa dans la précipitation. Il entendait des bruits partout. Il ne fallait pas céder encore une fois à la panique. Il fallait garder la maîtrise de soi. Comme un grand.

Tu parles... Qui n'aurait pas peur, dans le noir, perdu au milieu de cette forêt.

Il aurait tellement préféré se retrouver dans le grenier. Même dans l'obscurité la plus totale, cette pièce laissait échapper les résonances de toute la maison. Les sons de la vraie vie.

Mais l'obscurité de cette forêt était terrifiante.

Le royaume des ténèbres... Des araignées... ne pas rentrer seul dans les bois... trouver un abri avant la nuit... Tous ces mots qu'il avait réussi à déchiffrer, sans certitude, retentissaient tels des hurlements dans sa tête.

Une branche qui craque, un froissement de feuilles à seulement quelques mètres de lui. Un cri aigu s'échappa malgré lui de sa gorge assoiffée. Sa lèvre tremblait, ses dents claquaient entre elles. Sa main droite obstrua fermement sa bouche pour retenir le prochain appel à l'aide incontrôlé, le prochain cri du désespoir, pendant que l'autre main balayait à l'aveugle cette fine brume qui dansait entre les arbres.

Un buisson qui bouge.

Des pas lents. Il était persuadé de sentir une présence.

Un souffle.

Ce n'était pas son imagination qui lui joue des tours.

Une odeur fétide. Un animal féroce. Il n'était pas seul, c'est sûr.

Il sentait sa présence.

Ne pas bouger. Ne pas crier.

Sa main restait serrée contre sa bouche.

Encore un bruit de l'autre côté. Il se retourna brusquement.

Ils sont forcément plusieurs.

Pourquoi moi ? Je n 'ai rien fait de mal... je ne mérite pas ça !

Les larmes inondèrent son visage. Son ventre se noua de douleur pour retenir le flot de bile qui ne demandait qu'à sortir, quand soudain il sentit le sol se dérober sous ses pieds. Il chercha à se raccrocher à quelque chose, un arbre, une branche, une racine, une pierre, n'importe quoi. Ses ongles s'enfoncèrent dans la terre trop molle. Il n'avait pas peur de mourir. Il avait peur, tout simplement.

C'est trop injuste. Ce n'est pas à moi de subir ça. Tout est de ta faute !

Sa résistance était vaine.

La terre lui compressait la poitrine.

Plus aucun cri n'était désormais possible.

Comme aspiré par une force invisible, Rudolf disparut sous terre.

Et le lourd silence reprit sa place, comme s'il ne s'était jamais rien passé, dans la nuit sombre et humide de cette forêt mystérieuse.

À suivre…

Remerciements

Comment parler de ce roman sans remercier ma formidable épouse sans qui rien n'aurait été possible. Par cet amour inconditionnel, cette patience du quotidien et ses encouragements malgré mes doutes, elle n'a cessé de croire en moi depuis les premiers jours de cette merveilleuse aventure que fut l'écriture et la publication de ce livre.

J'ai une pensée émue pour ma grand-mère maternelle qui n'est autre que le personnage de Madeleine. Elle a bercé mon enfance de cet amour pour la nature, et rythmé ma jeunesse de cette espièglerie qui me manquera à jamais.

Encore un grand merci à Sylviane ma très chère belle-mère pour ses multiples relectures et toutes ses heures passées à exercer ses talents de correctrice assidue.

Je remercie Carole, Alexandrine, Hélène, Danielle, Aaron pour avoir pris le temps de lire mon manuscrit. Pour m'avoir donné leurs premières impressions riches d'encouragements.

Et enfin, merci à vous, car si vous lisez ces quelques lignes c'est que vous avez lu mon livre. J'espère que cette histoire vous a plu et qu'elle vous donnera l'envie de connaître la suite des aventures du jeune Doris.

Alors, à très bientôt...

Dépôt légal novembre 2022

Librinova

www.librinova.com

Imprimé en France
FRHW010711200623
35334FR00003B/34

9 791040 516361